古典詩歌研究彙刊

第八輯

龔鵬程 主編

第 2 冊

漢魏文人樂府研究

沈志方 著

國家圖書館出版品預行編目資料

漢魏文人樂府研究／沈志方 著 — 初版 — 台北縣永和市：花
木蘭文化出版社，2010〔民 99〕

序 2+ 目 2+204 面；17×24 公分

（古典詩歌研究彙刊 第八輯：第 2 冊）

ISBN　978-986-254-310-8（精裝）

1. 樂府　2. 漢代詩歌　3. 三國文學　3. 詩評

820.9103　　　　　　　　　　　　　　　99016391

ISBN - 978-986-2543-10-8

9 789862 543108

古典詩歌研究彙刊
第八輯　第 二 冊　　　　　　ISBN：978-986-254-310-8

漢魏文人樂府研究

作　　者　沈志方
主　　編　龔鵬程
總 編 輯　杜潔祥
出　　版　花木蘭文化出版社
發 行 所　花木蘭文化出版社
發 行 人　高小娟
聯絡地址　台北縣永和市中正路五九五號七樓之三
　　　　　電話：02-2923-1455 ／傳眞：02-2923-1452
網　　址　http://www.huamulan.tw 信箱 sut81518@ms59.hinet.net
印　　刷　普羅文化出版廣告事業
初　　版　2010 年 9 月
定　　價　第八輯 20 冊（精裝）新台幣 28,000 元

漢魏文人樂府研究

沈志方 著

作者簡介

沈志方，一九五五年生，浙江餘姚人，眷村子弟。東海大學中文系（1973～1977）、中文研究所（1979~1982）畢業。曾任《遠太人月刊》總編輯、理想國開發集團總經理特助、創世紀詩社同仁。現任教於台中市僑光科技大學應用華語文系及東海大學中文系，教授「現代詩」與「（古典）詩選」等課程。著有詩集《書房夜戲》、《結局》（爾雅出版社），碩士論文《漢魏文人樂府研究》，學術論文〈論隱題詩〉等。

提　　要

　　本論文採取清人馮定遠《鈍吟雜錄》中的稱謂：「文人所造樂府……於時謂之乖調；劉彥和以為無詔伶人，故事謝絲管，則是文人樂府」──並擴而充之，將「文人」的範圍涵蓋至「有作者姓名可考的作者群」，以期貫串漢魏二代文人樂府遞嬗衍化之迹。

　　序可參看。全文計分八章：第一章就歷來樂府的分類，而衍伸至樂府的界說，並涉及與文人古詩，民間樂府的差別。第二章為研究範圍。第三章論漢魏文人樂府的創製因緣，先以縱向流變探究其創製背景，再以橫向歸納其創製動機。第四章論漢魏文人樂府的創製性質，本章全面分析此期作品依聲填詞現象、原創性質，及內涵與形式上的模擬狀況。第五章論漢魏文人樂府的內涵，「慷慨任氣」、「磊落使才」、「壯志不遂的嗟嘆」與「人生如寄的感逝與遊仙」是本章基本闡述的重要內涵類型，其間並再細分為若干小類，証諸作品，輔以圖表。第六章以「句式與篇幅的變化」、「辭藻的典雅寢麗」、「疊句形式的施用」及「描寫範圍的拓展」四者，論漢魏文人樂府的表現藝術。第七章闡述漢魏文人樂府在文學史上的貢獻，及對後代詩歌的影響。第八章結論。

目

次

序

　　自從漢武帝於元鼎六年（B.C111）成立樂府後，「文人詩賦」與「趙、代、秦、楚之謳」即同爲采詩的兩大來源。然而因初期的「文人詩賦」多施用於郊祀之禮、天地諸祠，在宗廟肅穆典重的要求下，「通一經之士，不能獨知其辭」「多爾雅之文」（史記樂書），不免有損於作品藝術性的表現；因此，長久以來樂府研究的趨勢，多偏重於民間樂府的整理、闡揚與文學價值的肯定。但從另一個角度來看，好的文學，往往來自民間，然後影響到文人的創作，而臻於藝術顛峯。只要我們不偏執於狹隘的「皇室」或「郊廟」觀點，而將研究的視野擴大到廣義的「文人」——與民間無名氏共同組成樂府的另一類作者群——並以這個觀點切入漢魏樂府的作品長流，我們將可發現，文人樂府不僅在樂府文學史上有其重要地位，甚至在整個詩史的流變上，也具有相當深遠的意義和影響。

　　本論文即以此觀點從事漢魏兩代的樂府研究，並企圖避開主觀的價值判斷，而就作品本身所呈顯的客觀現象，進行一系列的探述，以期彰顯漢魏文人樂府所蘊涵的各種特質。希望經由此一系列的研討後，能對漢魏樂府尋得一個較爲合宜的文學史評估。全文計分八章：

　　第一章：文人樂府的命題。首論歷來樂府的分類角度，次論文人樂府的界說與淵源，次論文人樂府、古詩與民間樂府的差別。本章爲全文導論，皆在爲文人樂府的命題樹立一前導性基點。

　　第二章：漢魏文人樂府的研究範圍。本章就宋書樂志、樂府詩集、

全漢三國晉南北朝詩相互比對，說明本論文研究的範圍。

第三章：漢魏文人樂府的創製因緣。首論樂府制度的沿革及影響，次論東漢的采風與文人樂府，次論曹魏的時代背景與文風趨向；前三節旨就縱向的樂府流變，以探究文人樂府的創製背景。第四節則橫向歸納其創製的動機。

第四章：漢魏文人樂府的創製性質。音樂文學中聲、辭二者的關係極為密切，而往往影響樂府的創製，故本章首論依循前曲所作的新歌，次論空無依傍的樂府創製，次論文人樂府的模擬方式；旨在全面分析作品的依聲填詞、原創性質、及內涵與形式上的模擬現象。所附三個表格，目的在輔證文人樂府與音樂的關係。

第五章：漢魏文人樂府的內涵。首論慷慨任氣的襟抱，次以「理想的人君與治世」、「慷慨求用的壯懷」、「戎馬經歷的實際描寫」、「悲憫傷世的時代證言」四者論其磊落使才的壯志，次論壯志不遂的嗟歎，次論人生如寄的感逝與遊仙。本章旨闡析作品內蘊的重要類型（Genre），以及作者在詩篇中所展現的心靈世界。

第六章：漢魏文人樂府的表現藝術。首論句式與篇幅的變化，次論辭藻的典雅浸麗，次論疊句形式的施用，次論描寫範圍的拓展。本章旨在探述漢魏文人樂府所表現的技巧。

第七章：闡明漢魏文人樂府在文學史上的貢獻，及其對後代詩歌的影響。

第八章：結論。

一個人讀書，往往使許多人受累。我必須深深感謝在論文寫作期間，始終勉勵我、啟迪我的邱燮友老師，更必須感謝多年來始終了解我、支持我的白髮雙親；希望這篇論文的完成，能對他們的關愛稍作回報，也希望一年多的沉潛苦思，能讓自己在學術工作上，邁出敬慎的第一步。

中華民國七十一年四月上旬沈志方謹識於東海大學中文研究所

第一章　文人樂府的命題

第一節　樂府的分類角度

　　樂府分類的目的，最主要在於彰顯作品的源流與性質。但由於樂府作品的，採集地域的廣泛，音樂配協的各異及分類取捨的時代趨向不同，因而樂府分類的歸納成績，便頗有差距。歷代學者於此亦多有不同的看法，但在音樂亡佚已久的情況下，均難得到一個周密、精確而足資實證的結論。然而不能絕對肯定的歸納成績，並不等於沒有結論；進一步說，面對既有的樂府作品，我們可採用不同的角度，作多面性的觀照與省察，進而得到多面性的分類成果，以求得對作品源流及性質更深一層的了解。

　　綜觀歷代的分類方式，雖然各有差異，但就判別的原則而言，則大體以下列四者爲主要依據：

　　1. 依作品的施用性質分類。

　　2. 依作品的曲律分類。

　　3. 依作品綜合性的效用分類。

　　4. 依作品「聲」「辭」「題」三者的關係分類。

這四種分類角度只是我們就前人論點而區分出來的大類，各類之

間並非截然獨立，往往具有極為密切的相互關係。

第一種：依作品施施用性質分類，亦即按作品的實際用途予
以區別。如：

（一）東漢蔡邕論敘漢樂四類（見《宋書卷二十樂志二》）：

1. 郊廟神靈
2. 天子享宴
3. 大射辟雍
4. 短簫鐃歌

（二）東漢明帝時樂有四品（見《隋書卷十三樂志上，通典樂
典》）：〔註1〕

1. 大予樂：郊廟上陵之所用。
2. 雅頌樂：郡雍饗狩之所用。
3. 黃門鼓吹樂：天子宴群臣之所用。
4. 短簫鐃歌樂：軍中之所用。

（三）唐房玄齡等編撰的《晉書樂志》析漢樂為六類：

1. 五方之樂：大樂九變，天神可得而禮。
2. 宗廟之樂：肅雍和鳴，先祖是聽。
3. 社稷之樂：琴瑟擊鼓，以迓田祖。
4. 辟雍之樂：移風易俗，莫善於樂。
5. 黃門之樂：宴樂群臣，蹲蹲舞我。
6. 短簫之樂：王師大捷，令軍中凱歌。

〔註1〕一般論分類者，多據隋書音樂志所載「明帝時樂有四品」，而易以「定
樂四品」，並認為樂府分類始於東漢明帝永平三年。但後漢書明帝
紀：「永平三年……秋八月戊辰，改太樂為大予樂」列傳二十五曹褒
傳：「帝善之，下詔曰：今且改太樂官曰大予樂」並未言及雅頌，黃
門鼓吹及短簫鐃歌三樂，所謂大予樂，亦不過改名而已；且成書較
早的宋書樂志等所論亦異。可見「明帝時樂有四品」的說法未必足
信，或只能代隋書編者魏徵、長孫孫无忌等人的意見，故將其說置
於宋志所載的蔡邕論敘後。

第二種：依作品的曲律分類

嚴格的樂府界定，首要條件即爲入樂。依樂音的不同，曲律自然有別；甚至一類之中，按旋律的舒疾變化，亦可別爲若干小類。所以此類分法，主要係牽就曲律的性質，就作品內容而言，並無太大差異。如：

（一）梁沈約分「清商三調歌詩」爲平調、清調、瑟調三類。（見宋書卷二十一樂三）

（二）宋鄭樵分「相和歌」爲七類（見通志卷四十九樂略第一樂府總序）〔註2〕

　　1. 相和歌（漢舊歌）

　　2. 吟　歎

　　3. 四　絃

　　4. 平　調

　　5. 清　調（按總序無此調，今據同卷「正聲序論」後之分論增補）

　　6. 瑟　調

　　7. 楚　調

（三）宋郭茂倩分「相和歌辭」爲九類（見樂府詩集卷二十六至四十三）

　　1. 相和六引：（1）管篌引；（2）商引；（3）徵引；（4）羽引；（5）宮引；（6）角引

　　2. 相和曲

　　3. 吟歎曲

　　4. 四絃曲

　　5. 平調曲

　　6. 清調曲

〔註2〕據梁啓超《中國之美文及其歷史》，頁28之分列表。

7. 瑟調曲

8. 楚調曲

9. 大　曲

第三種：依作品綜和性的效用分類：

即綜和各種運用的效用，而對作品予以歸類，加以區分。如宋郭茂倩分樂府爲十二類：

1. 郊廟歌辭

2. 燕射歌辭

3. 鼓吹曲辭

4. 橫吹曲辭

5. 相和歌辭

6. 清商曲辭

7. 舞曲歌辭

8. 琴曲歌辭

9. 雜曲歌辭

10. 近代曲辭

11. 雜歌謠辭

12. 新樂府辭

其中郊廟、燕射二類，顯然偏重於施用性質；相和、琴曲二類則較偏重曲律。至於鼓吹、橫吹及舞曲三類，可以看出是綜和施用性質與曲律而得出的類別；清商曲辭含有地域性（如吳歌、西曲）及時代性（如梁朝特盛之江南弄）的色彩；近代曲辭的時代性尤爲顯著。雜曲歌辭及雜歌謠辭二類，乃郭氏爲求兼收備載之全功而特予立目的類別；至於新樂府辭一類，則兼有時代及體製二者的性質。

綜觀郭茂倩的分類角度，雖然在運用上有多寡之別，但至少含有施用性質、曲律、地域性、時代性、全面性，以及體製等六種原則，故稱之爲「綜合性的效用分類」。

第四種：依作品「聲」「辭」「題」三者的關係分類

所謂聲，即指曲律；辭，即指歌辭（詩內容）；題，即指詩題，（或曲名）如：

（一）清馮定遠分樂府爲七類（見《鈍吟雜錄》古今樂府論）：

1. 製詩以協於樂
2. 采詩入樂
3. 古有此曲，倚其聲爲詩
4. 自製新曲
5. 擬古
6. 詠古題
7. 並杜祾之新題樂府

（二）近人黃季剛分樂府爲四類（見《文心雕龍札記》樂府第七）：

1. 樂府所用本曲：若漢相和歌辭江南、東光之類。
2. 依樂府本曲以製辭，而其聲亦被弦管者：若魏武依〈苦寒行〉以製北上，魏文依〈燕歌行〉以製秋風。
3. 依樂府題以製辭，而其聲不被玄管者：若子建、士衡所作。
4. 不依樂府舊題自創新題以製辭，其聲亦不被弦管者：若杜子美悲陳陶諸篇，白樂天新樂府。

張壽平在「樂府歌辭類別考訂」一文中曾說：「分類是一種科學工作，凡爲分類，一定要事先決定準則。任何一種分類法，必須在其某一種準則下分類，才可以避免錯亂。」但嚴格評估這個問題，面對如此繁富而年代不一、性質各異的樂府作品，想要澈底的明源流、辨性質，釐施用、析曲律、斷時地，恐怕都不是運用任何一種分類準則可以畢其全功的，也因而歷代的分類成果往往顧此失彼，頗不一致。

本節所舉的四種主要分類方法，雖爲歷代學者所依據，但皆不免只見局部，或仍不足以窺樂府全豹；就以最稱賅博的郭茂倩綜合性分類法而言，則又因牽就既有作品而予立類補縫，致招體例過多與裁度

不當之失。〔註3〕但正因如此，我們就更不能輕言放棄任何一種分類角度，否則都可能造成樂府分類研究的偏失，我們亦唯有求得更多角度的觀照與省察，才能對這個工作獲致更爲深廣的了解。

基於這種認識，我們固不必再重複批判前賢分類的缺失；——却不妨從「樂府作者」這個角度來立論。儘管樂府的作品極其繁雜，但作者群却顯然由兩種身分來共同組成—— 一是民間的無名詩人，另外一類則爲屬於上層階級的知識份子。我們若經由「文人樂府」及「民間樂府」這個判別原則而予橫切面的剖析，分別觀察其特殊展現的風格，進而比對二者性質、流變及影響的異同，或更能符合以簡御繁的分類目的，也可能使樂府的研究，視野更爲拓展，並對樂府的分類工作，描繪出更多的投影。

第二節　文人樂府的界說及淵源

我們既然劃分樂府作品爲「民間樂府」及「文人樂府」兩大類，那麼就相對於民間無名氏的「文人」義界自當予以釐定，也才能經由這個基點，對文人樂府的淵源充分掌握與正確說明。

然而「文人」的界說，却頗難指明。主要困難有二：第一，我們用什麼觀點來判別何種人才足以稱爲文人？就作品的多寡？文學史的評價？正史的記傳？還是學術成就的高低？這些評估又據何而來？是否有客觀一致的標準？第二，如司馬相如、王粲足稱文人，那麼貴爲王侯的曹操父子算不算？漢高帝姬唐山夫人與明帝時東平憲王劉蒼〔註4〕算不算？也就是說，皇室人士與文人是否需要區分？如

〔註3〕請參閱陸侃如《樂府古辭考》，頁7～11；羅根澤《樂府文學史》，頁11～25；蕭滌非《漢魏六朝樂府文學史》，頁10～13；陳義成《漢魏六朝樂府研究》，頁19～45；張國相《唐代樂府詩之研究》，頁23～34；張壽平《樂府歌辭類別考訂》（大陸雜誌卅一卷十二期，頁6～10）；胡紅波《論郭茂倩相和歌辭之分類》前言（成大學報十三卷人文篇，頁183）等。

〔註4〕唐山夫人作房中祠樂十七章，見漢書卷二十二禮樂志第二，頁1043；

果需要，又如何區分？區分的結果會不會反使我們的研究體系收到負面功效？

　　在缺乏一致標準的客觀條件下，這些都不是容易釐清的問題，如強為劃分，或不免主觀、紊亂而顧此失彼。因此我們不妨轉換另一種角度來看這個問題。既然「民間無名氏」與「文人」是共同組成樂府作者群的兩大類別，且二者互相抵觸，我們自宜由「無名氏」著手，以襯托文人的特質。拙作「試論古樂府〈孤兒行〉的幾個命題」中曾謂：

> 所謂「無名氏」，就民歌（謠）學的理論而言，通常指的不是一個作者，而是泛指一首成型民歌發展過程中陸續增添附益的一群作者。因為民歌的雛型多是下里巴人之音，或即事起興，或由一母題（Motif）輾轉流傳，到作品定型時，其間已不知吸收了多少智慧的結晶；因此民歌的作者實無從考。〔註5〕

可見一般所謂的無名氏，便是指無作者姓氏可考的作者群，並且這類作品的寫定，通常多經流傳增附。如果由這觀點來詮釋「文人」，則對文人的判別便極其清楚，也可以圓滿概括唐山夫人、東平憲王等廣義的文人範圍；因此我們對文人樂府的界說為：有作者姓名的樂府作品。

　　界說既明，我們便進一步來論述文人樂府的淵明。樂府是合樂的「聲詩」，〔註6〕那麼在漢代正式成立樂府機構以前，是否有足資溯源而又有作者姓名可考的合樂聲詩呢？據詩大序所載，詩經有作者姓名可考的約有三十五首，〔註7〕但以年代久遠史料不足，可信度極低。依鄭振鐸考證，較為可靠的不過五人，作品九首，〔註8〕我們檢竅毛詩原文〔註9〕依次如下：

　　　劉蒼作舞歌一章，見宋書卷十九志第九樂一，頁534。
〔註5〕見《中國文化月刊》第十七期，頁127，「無名氏與民歌」一節。亦可參閱《胡適文存》第二集，頁529〈歌謠的比較的研究法的一個例〉。
〔註6〕見邱師燮友《樂府詩導讀》，國學導讀叢編下冊，頁863。
〔註7〕見插圖本中國文學史，頁40～46。
〔註8〕見插圖本中國文學史，頁40～46。
〔註9〕見哈佛燕京學社《毛詩引得》，頁43、48、71。

1. 家父

　　《小雅‧節南山》：……家父作誦，以究王訩。式訛爾心，以畜萬邦。

2. 寺人孟子

　　《小雅‧巷伯》：……寺人孟子，作爲此詩。凡百君子，敬而聽之。

3. 前凡伯的《大雅‧板》。

4. 尹吉甫

　　（1）《大雅‧崧高》：……吉甫作誦，其詩孔碩。其風肆好，以贈申伯。

　　（2）《大雅‧烝民》：……吉甫作誦，穆如清風。仲山甫永懷，以慰其心。

　　（3）《大雅‧韓奕》。

　　（4）《大雅‧江漢》。

5. 後凡伯的《大雅‧瞻卬》及《召旻》。

以原詩所載爲據，我們寧可更保守的取其三人（家父、寺人、孟子、尹吉甫）四首（小雅節南山、巷伯、大雅崧高、烝民）作爲有主名的合樂聲詩之祖。

　　較《詩經》稍晚的《楚辭》篇章中，屬於宗教歌舞的組曲——《九歌》，如照東漢王逸的楚辭章句：「屈原放逐，竄伏其域，懷憂苦毒，愁思沸鬱，出見俗人祭祀之禮，歌舞之樂，其辭鄙陋，因爲作九歌之曲。」或宋朱熹的楚辭集注：「荊蠻陋俗，詞既鄙俚，而其陰陽人鬼之間，又不能無褻慢荒淫之雜。原既放逐，見而感之，故頗爲更定其詞，去其泰甚。」則屈原則是繼《詩經‧二雅》後，唯一有姓名可考的聲詩作者。雖然九歌的作者問題，迄今仍難論定，〔註10〕但至少王、朱二氏的論點，爲我們提供了一個頗值探討的依據。

〔註10〕見游國恩《楚辭概論》，頁 71～78，繆天華《九歌九章淺釋》，頁 3～5；傅錫壬「新譯楚辭讀本」，頁 56 等。

　　降至漢代，就史料而言，高祖姬唐山夫人的〈房中祠樂十七章〉，是兩漢極早寫定的合樂聲詩。《漢書》卷二十二〈禮樂志〉云：「房中祠樂，高祖唐山夫人所作也。……高祖樂楚聲，故房中樂楚聲也。孝惠二年，使樂府令夏侯寬備其簫管，更名安世樂。」《房中祠樂》與《宗廟樂》、《昭容樂》、《禮容樂》（今均亡）等同為高祖時祭祀的樂章，其內容自不脫頌德祈福的範疇。〔註11〕迨至武帝成立樂府官署，才有正式機構採錄樂府詩，所以存留的文人作品漸多，兼以歷經李延年、司馬相如、鄒陽、馬援、劉蒼、梁鴻、張衡、辛延年、宋子侯、繁欽等人的參與，描寫層面亦愈加深廣，流風所及，遂使建安文人樂府大盛，亦隨之確立了文人創製樂府作品的傳統。

　　至於「文人樂府」此一分類觀念的提出，至晚已見於明人劉濂的《九代樂章》。書中分樂府為「里巷」與「儒林」二類，約為此一觀念的雛型。〔註12〕至清人馮定遠《鈍吟雜錄》：「文人所造樂府，如陳思王、陸士衡，於時請之乖調。劉彥和以為無詔伶人，故事謝絲管，則是文人樂府……」則已明言「文人樂府」四字。民國以來，羅根澤、蕭滌非二氏均於樂府著作中專立目次研析，雖然對文人的界說仍不明確，但此一分類觀念無疑已漸臻成熟了。

第三節　文人樂府與古詩、民間樂府的差別

　　本論文雖專力於文人樂府的研究，然而僅就文人樂府本身加以探述而缺乏對比的話，其成果或不免顯得孤立，亦較易流於單向的價值評斷；因此本節試由文人古詩與民間樂府這兩方面來襯托文人樂府所顯出的特色，以為本論文研究重心樹立一前導式的基點。

　　所謂古詩，主要是就時代意義而言，指魏晉以後對漢代五七言詩的總稱，亦即「指異於樂府又異於近體的一種詩體」。〔註13〕古詩與

〔註11〕見亓婷婷《兩漢樂府研究》，頁163、166。
〔註12〕見蕭滌非《漢魏六朝樂府文學史》，頁13。
〔註13〕見洪為法《古詩論・律詩論》，頁2。

樂府，同為漢詩的兩大主流，而二者在形式上的異同，我們可由下表得之：〔註14〕

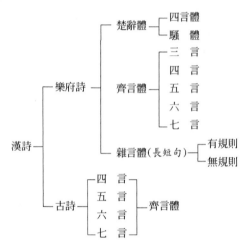

文人所寫的樂府與古詩，大抵不脫此一範疇。但我們針對本節重心進一步要問：在「文人」這個前提下，若同為文人所作，則樂府與古詩二者有何差別？這一問題前人相關的說法雖多，然多在樂府（尤重民間樂府）與古詩的範圍上加以判別，今摘要如下：

明徐禎卿《談藝錄》：「樂府往往敘事，故與詩殊。蓋敘事辭緩則冗不精。」

明楊慎《升菴詩話》：「艷在曲之前，與吳聲之和若今之引子。趨與亂在曲之後，與吳聲之送若今之尾聲。羊吾夷伊那何皆辭之餘音嫋嫋，有聲無字。……如此可以讀古樂府矣。」（按古詩則無艷、趨、亂等聲詩部份，亦無聲辭）

明陸時雍《詩鏡總論》：「古樂府多俚言。」

明徐師曾《文體明辨》：「樂府歌行貴抑揚頓挫，古詩則優柔和平，循守法度，其體自不同也。」

清馮定遠《鈍吟雜錄》：「（鍾）伯敬承（李）于鱗之後，遂謂奇

〔註14〕見方祖燊《漢詩研究》，頁130。

詭聲牙者爲樂府，平美者爲詩。」又云：「文人或不閑音律，所作篇什，不協於絲管，故但謂之詩，詩與樂府從此分區。」

清王士禛《古詩選》五言詩凡例云：「樂府別是聲調、體裁與古詩迥別，然……班姬怨歌行、卓氏白頭吟，被之樂府，何非詩耶？至曹氏父子兄弟，往往以樂府題敘漢末事，雖謂之古詩亦可。」

清郎廷槐《師友詩傳錄》載張篤慶語：「蓋樂府主紀功，古詩主言情，亦微有別。且樂府間，雜以三言四言以至九言，不專五七言也。」又載張實居語：「樂府之異於詩者，往往敘事；詩貴溫裕純雅，樂府貴遒深勁絕，又其不同也。」

清施補華《峴傭說詩》：「古詩貴渾厚，樂府尚舖張。」〔註 15〕觀以上諸家所論，雖與我們的論題才有直接關係，但或就修辭、句式；或就音節、曲律；或就風格、內容，也都爲我們提供了各式研究文人作品可資依循的方向。嚴格說來，外在形式所顯示的各種現象——如樂音的影響或句式的差異——較爲明確；至於內容、風格或文學技巧等判別則較困難。最直接而有效的方法，當爲舉實例以供對比。爲期對比的成果不致偏差，取樣標準僅量以同一題材、同一作者的不同詩體爲度。當然，在這種嚴格的取樣標準下，勢必捨棄只有一類作品傳世的作者；亦必須捨棄沒有相同題材的作者。今謹以「閨思」爲題材者，取二人六首五言詩爲例：

1. 曹　丕

（1）與君媾新歡，託配於二儀。充列于紫微，升降焉可知？
　　梧桐攀鳳翼，雲雨散洪池。（樂府：猛虎行）

（2）與君結新婚，宿昔當別離。涼風動秋草，蟋蟀鳴相隨。
　　冽冽寒蟬吟，蟬吟抱枯枝。枯枝時飛揚，身體忽遷移。
　　但惜歲月馳，歲月無窮極。會合安可知？願爲雙黃鵠，

比翼戲清池。（古詩：於清河見挽船士新婚與妻別）

2. 曹　植

（1）種葛南山下，葛蔓自成陰。與君初婚時，結髮恩義深。
　　歡愛在枕席，宿昔同衣衾。竊慕棠棣篇，好樂和瑟琴。
　　行年將晚暮，佳人懷異心，恩絕曠不接，我情遂抑沈。
　　出門當何顧？徘徊步北林。下有交頸獸，仰有雙棲禽。
　　攀枝長太息，淚下沾羅襟。良鳥知我悲，延頸對我吟。
　　昔爲同池魚，今若商與參。往古皆歡遇，我獨困于今。
　　棄置委天命，悠悠安可在？（樂府：種葛篇）

（2）西北有織婦，綺縞何繽紛。明晨秉機杼，日昃不成文。
　　太息終長夜，悲嘯入青雲。妾身守空閨，良人行從軍。
　　自期三年歸，今已歷九春。飛鳥遶樹翔，噭噭鳴索群。
　　願爲南流景，馳光見我君。（古詩：雜詩六首之三）

（3）攬衣出中閨，逍遙步兩楹。閒房何寂寞，綠草被階庭。
　　空室自生風，百鳥翔南征。春思安可忘？憂感與我并。
　　佳人在遠道，妾身獨單煢。懽會難再遇，蘭芝不重榮。
　　人皆棄舊愛，君若豈平生。寄松爲女蘿，依水如浮萍。
　　束身奉襟帶，朝夕不墮傾。倘終顧盼恩，永副我中情。
　　（古詩：雜詩）

（4）石榴植前庭，綠葉搖縹青。丹華灼烈烈，瑞采有光榮。
　　光榮曄流離，可以戲淑靈。有鳥飛來集，拊翼以悲鳴。
　　悲鳴夫何爲？丹華實不成。拊心長歎息，無子當歸寧。
　　有子月經天，無子若流星。天月相終始，流星沒無精。
　　棲遲失所宜，下與瓦石并。憂懷從中來，歎息通雞鳴。
　　反側不能寐，逍遙於前庭。踟躕還入房，蕭蕭帷幕聲。
　　搴帷更攝帶，撫節彈素箏。慷慨有餘音，要妙悲且清。
　　收淚長歎息，何以負神靈？招搖待霜露，何必春夏成。
　　晚穫爲良實，願君且安寧。（古詩：棄婦詩）

同一類型的情感，除了曹丕的〈猛虎行〉，因模仿古辭〈猛虎行〉：「飢不從猛虎食，暮不從野雀棲。野雀安無巢，遊子爲誰驕。」，〔註16〕在篇幅上較爲簡短外；其他在內涵上，無論就曹丕的二首、曹植的四首，或綜合此二體六首互相比較，我們可以看出在修辭、命意、比喻、象徵、舖敘，甚至於意象的塑造、情感的剪裁及用韻的選擇都沒有明顯的差別，〔註17〕如果不特別標明「樂府」與「古詩」，或許我們極可能無法分出哪些爲古詩，哪些是樂府。

因此，就文人樂府與文人古詩而言，二者主要的差別有二。一在創製目的的不同：文人樂府或有爲實際需要而作，如祭祀祖廟用的唐山夫人〈房中祠樂〉，或讚述功德用的韋昭、繆襲《鼓吹》各十二曲；與文人的古詩或詠史（如班固詠史詩）、或抒懷（如張衡四愁詩）、或贈人（如劉楨贈五官中郎將四首）等純爲一己感思的不同，因此在風格的展現上，前者較爲「句法簡古格韻高嚴，與詩之頌體相類」，〔註18〕而後者則較富「有感歎之詞」。〔註19〕一在樂音所影響的形式表現：文人樂府的雜言形式或篇幅短長，多爲因應曲律節奏的相對結果。今部分樂府古辭仍存，所以較有原型可供比對；而文人古詩因無需牽就音樂，故多爲齊言形式，篇幅的長短，亦無一定規則。陳鍾凡云：「樂府播之管弦，故篇分數解以爲節奏，長短其句，求合律呂，詩但用之諷吟，篇有定句，句有定字，所以便記憶，利口吻也。」，〔註20〕文人作品在形式上的差別，亦可由

〔註16〕見里仁版《樂府詩集》，頁462。
〔註17〕曹丕猛虎行獨用支韻；古詩則合用支、職韻。曹植種葛篇獨用侵韻；古詩〈西北有織婦〉合用文、眞韻，〈攬衣出前庭〉、〈石榴植前庭〉皆用用青、庚韻。此數韻除入聲職韻外，皆可通可轉，古風中陽聲韻尾－ng、－n、－in可通押。（參見李立信〈古風之用韻與調律〉，東海中文學報第二期，頁56）。又丕、植樂府皆獨用一韻，古詩則二韻合用，可見樂府用韻似較古詩爲嚴。
〔註18〕見張清鍾〈兩漢樂府詩之研究〉，嘉義師專學報第八期，頁205。
〔註19〕見汪中《詩品注》卷下，頁219。
〔註20〕見陳鍾凡《中國韻文通論》，頁121。

此區分。

　　但若就大部份的作品內涵來觀察，則誠如我們以曹丕、曹植六首同題材不同體製的對比結果，二者實無太大差別。梁啓超云：「其時（指建安、黃初間）詩風已一變，樂府與五言詩幾不復可分矣。」〔註21〕可做爲本論點的註腳之一；廖蔚卿云：「魏晉以後，一般人稱漢之五言爲『古詩』，實際上却與魏晉以還的五言古詩在體裁上並無二致。」〔註22〕可做爲本論點的註腳之二；清馮定遠《鈍吟雜錄》云：「大略歌詩分界，疑在漢魏之間，伶倫所奏，謂之樂府，文人所製，不妨有不合樂之詩。」又云：「文士所造樂府，如陳思王、陸士衡，於時謂之乖調。劉彥和以爲無詔伶人，故事謝絲管，則是文人樂府，亦有不諧鍾呂，直自爲詩者矣。」觀馮氏有論文人樂府與古詩之別，只在合樂與否而不在內涵，可做爲本論點註腳之三；清沈德潛《說詩晬語》卷下云：「作古詩正須得樂府意。」〔註23〕可做爲本論點註腳之四。

　　至於文人樂府與民間樂府的差別，我們亦依前法，取同一題材的有名氏、無名氏作品來比較。在舉實證之前，先列表說明近代二位學者對此問題的綜論性意見：

姓　名	文人樂府	民間樂府	註
蕭滌非	說理的，教訓的；古典的，故多模擬詩經楚辭。	抒情的，寫實的；創作的，故一無依傍。	漢魏六朝樂府
	只有文人模擬（民間）樂府，而絕無（民間）樂府蹈襲文人。		文學史頁15
羅根澤	文人所作，多歌詠男女風情。 原因：文人無經濟之壓迫，有閒暇之幽情，故多遊戲或馳情之情戀文學。	平民所作，多歌詠社會問題。 原因：平民生長民間，目擊經濟之壓迫，社會之刺激，故每對社會上奇異而難以解決的問題，發爲熱烈的、同情的歌唱。	樂府文學史頁80。

〔註21〕見梁啓超《中國之美文及其歷史》，頁79。
〔註22〕見廖蔚卿《論陸機的詩》，現代文學四一期，頁240。
〔註23〕見臺靜農等編《百種詩話類編》，頁1561。

　　二氏所見，雖就漢代樂府立論，然於本論題仍架構了相當明晰的判別基礎；鄭振鐸曾爲「俗文學」的特質提出六點看法，〔註24〕我們轉換至民間樂府，亦頗具參考價值：（一）是大眾的民間文學，爲大多數人的心情所寄托。（二）是無名氏的集體的創作。（三）是口傳的，在寫定前隨時可被修正；寫定後便可成爲被模仿的對象。（四）是新鮮的，但是粗鄙的。（五）是想像力往往是很奔放的，非一般正統文學所能夢見，獨創性亦極高。（六）是勇於引進新的東西。基於以上的認識，大體而言民間樂府與文人樂府的主要差別約爲下列五者：

1. 情感的熱烈與含蓄。
2. 想像力、獨創性的豐富與保守。
3. 描寫層面的廣濶與偏狹。
4. 修辭的樸拙與凝鍊。
5. 結構的粗略與完整。

　　今舉東漢無名氏的〈陌上桑〉三解（一名艷歌羅敷行、日出東南隅篇）與晉傅玄、唐李白的作品比較如下：

1. **無名氏的〈陌上桑〉三解**

　　日出東南隅，照我秦氏樓。秦氏有好女，自名爲羅敷。羅敷善蠶桑，採桑城南隅。素絲爲籠係，桂枝爲籠鈎。頭上倭墮髻，耳中明月珠。緗綺爲下裙，紫綺爲上襦。行者見羅敷，下擔捋髭鬚；少年見羅敷，脫帽著帩頭。耕者忘其犁，鋤者忘其鋤。來歸相怒怨，但坐觀羅敷。（一解）

　　使君從南來，五馬立踟蹰，使君遣吏往，問是誰家姝？秦氏有好女，自名爲羅敷。羅敷年幾何？二十尚不足，十五頗有餘。使君謝羅敷：寧可共載不？羅敷前置辭：使君一何愚！使君自有婦，羅敷自有夫。（二解）

　　東方千餘騎，夫婿居上頭。何用識夫婿，白馬從驪駒。青

絲繫馬尾，黃金絡馬頭。腰中鹿盧劍，可直千萬餘。十五府小史，二十朝大夫。三十侍中郎，四十專城居。爲人潔白皙，鬑鬑頗有鬚。盈盈公府步，冉冉府中趨。坐中數千人，皆言夫婿殊。(三解)

2. 晉傅玄的〈艷歌行〉

日出東南隅，照我秦氏樓。秦氏有好女，自字爲羅敷。首戴金翠飾，耳綴明月珠。白素爲下裙，丹霞爲上襦。一顧傾朝市，再顧國爲虛。問女居安在？堂在城南居。青樓臨大巷，幽門結重樞。使君自南來，駟馬立踟躕。遣吏謝賢女：豈可同行車？斯女長跪對：使君言何殊！使君自有婦，賤妾有鄙夫，天地正厥位，願君改其圖。

3. 唐李白的〈陌上桑〉

美女渭橋東，春還事蠶作。五馬如飛龍，青絲結金絡，不知誰家子，調笑來相謔。妾本秦羅敷，玉顏艷名都。綠條映素手，採桑向城隅。使君且不顧，況復論秋胡。寒螿愛碧草，鳴鳳棲青梧。託心自有處，但怪傍人愚，徒令白日暮，高駕空踟躕。

對同一題材的描寫，無名氏三解顯係獨創，篇幅較長對話亦多，修辭亦不以重複爲病；後二者爲仿作，剪裁的痕跡很明顯，故篇幅較短。對使君的企圖，由直接的要求「寧可共載不？」亦轉爲較含蓄的「豈可同行車？」，而「寒螿愛碧草」，「鳴鳳棲青梧」的自美夫婿，在文字、意象、譬喻的凝鍊上，都與「腰中鹿盧劍，可直千萬餘……十五府小史，二十朝大夫……坐中數千人，皆言夫婿殊」有著極顯著的不同。

值得我們特別注意的還有結構。無名氏作品中描述羅敷拒絕使君後，爲加強夫婿的形象，竟用了一整段篇幅來形容夫婿的高貴、權尊及舉止不凡，並於句末戛然總結全詩，在結構上極爲突兀。而文人作品則不然，傅玄結以「天地正厥位，願君改其圖」。李白結以「徒令白日暮，高駕空踟躕」，均能脫離主結構線最後的鋪述而宕開一層作

結，因此在全篇的結構上顯得較爲完整。

　　梁啓超〈古歌謠及樂府〉一文中曾云：「歌謠的字句音節是新定的，或多或少，或長或短，都是隨一時情感所至，盡量發洩，發洩完便戛然而止。詩呢，無論四言五言七言乃至楚騷體，最少也有固定的字數句法和調法，所以詞勝於意的地方多少總不能免。簡單說，好歌謠純屬自然美，好詩便要加上人功的美。」〔註25〕我們若能透過這個觀點來比較三首〈陌上桑〉，或以這段文字爲文人樂府與民間樂府的差別做註腳，相信對本論點或將有更清楚的體會。

〔註25〕見梁啓超《中國之美文及其歷史》，頁1。

第二章　漢魏文人樂府的研究範圍

　　本論文研究範圍，就時間而言，上自漢武帝於元鼎六年設立樂府官署，〔註1〕下迄司馬炎改曹魏咸熙年號爲西晉泰始（B.C.111～A.D 265），共計三百七十六年，就作品而言，凡西漢武帝後，東漢、魏、蜀、吳有作者姓名可考之樂府，均在研究之列。今以時代先後爲經，作品類別爲緯，列次於後。

　　兩漢文人樂府由於年代久遠，今存相關的史料相當有限，因此除極少數經漢書等正史記載的作品，如〈郊祀歌〉十九章之外，其餘多未必全然可信。不可靠的原因，第一是僞作。這類作品泰半出於後人據史書所載片言、典故，而予以增補附翼。今人梁氏曾歸納僞作的八種性質，其中第七種爲「由於同情或好事，自動或被動爲古人或同時人撰著文字」。〔註2〕樂府的僞作多屬此種性質，如司馬相如的二首〈琴歌〉，《史記》列傳第五十七但云：「是時卓王孫有女文君，新寡好音，故相如繆與令相重，而以琴心挑之。相如之臨邛，從車騎，雍容閒雅，

〔註1〕對於樂府的起源時間，歷來頗有爭論；關鍵所在，全在於漢書禮樂志、藝文志、百官公卿表的自相紊亂。本論文於此採用「設立於武帝」的看法，主要原因在禮樂志：「至武帝定郊祀之禮……乃立樂府」、「乃立」二字文義極爲確定。不像其餘記載或含混、或有以後制追述前事之嫌。其他理由請參閱亓婷婷「兩漢樂府研究」，頁74～82。元鼎六年的考證，見張壽平「西漢樂府官署始末考述」，大陸雜誌三四卷五期。

〔註2〕見〈中國文學史上的僞作擬作與其影響〉，東海學報六卷一期，頁42。

甚都。及飲，卓氏弄琴，文君竊從戶窺之，心悅而好之，恐不當也。既罷，相如乃使人重賜文君侍者通殷勤。文君夜亡奔相如，相如乃與馳歸成都。家居徒四壁立。」又《漢書》司馬相如傳第二十七上所載幾亦相似，僅言「以琴心挑之」，「卓氏弄琴」而已。然陳徐陵《玉臺新詠》卷九所載「司馬相如琴歌二首並序」云：「司馬相如遊臨邛，富人卓王孫有女文君新寡，竊於壁間窺之。相如鼓琴歌挑之曰：鳳兮鳳兮歸故鄉……」陳去漢時代久遠，奸能令人無疑；日人中井積德曰：「是後人之偽作。」〔註3〕又如武帝的〈秋風辭〉：「秋風起兮白雲飛……少壯幾時兮奈老何？」出自「漢武帝故事」，然此書張心澂已斷爲偽作，〔註4〕武帝之說自不可靠。這種偽作的情形以琴曲歌辭及雜歌謠辭最多。不可靠的第二個原因，是雖無偽作痕跡，但亦缺乏充份證據足證爲該作者所寫。如東漢辛延年的〈羽林郎〉及宋子侯的〈董嬌饒〉，均始見錄於《玉臺新詠》，相隔三百年之久，作者姓名，亦不可考。這種情形以雜曲歌辭較多。

　　綜觀兩漢文人樂府，大部份作品，頗爲可疑，而雜歌謠辭又多爲不合樂之徒歌；然斷然割捨不僅難以判定，亦將局限我們的研究視野，並使研究成果趨於偏狹。爲求研究範圍的全面計，均依考訂較爲精審的里仁版郭茂倩《樂府詩集》〔註5〕所錄錄之，並註明出處。經正史記載原文或較可信者，標以「※」記號。

　　魏（含蜀、吳）部份，因篇幅較多而歷代著錄不一，舉較重要之梁沈約《宋書》樂志、宋郭茂倩《樂府詩集》、近人丁福保《全漢三國晉南北朝詩》三書，按作者及作品類別排比對照。

〔註3〕見瀧川龜太郎《史記會注考證》頁 1207 所引。

〔註4〕見張心澂《偽書通考》，頁 547～548。

〔註5〕該書「出版說明」云：「本書以宋本影印本作底本，用汲古閣本校，還參校了有關各史的樂志、作家的本集、玉臺新詠和它的考異、唐文粹、藝文類聚、文苑英華、詩紀、漢魏六朝百三名家集、全漢晉南北朝詩、唐人選唐詩、全唐詩等。」確爲目前坊間考訂相當完善的「樂府詩集」版本。

第一節　兩漢部份

類　別	作品名稱	作　者	樂府詩集頁數	篇數	備　註
郊廟歌辭	郊祀歌	司馬相如等	3	十九	※漢書禮樂志
相和歌辭	怨歌行	班婕妤	616	一	昭明文選
舞曲歌辭	後漢武德舞歌詩	東平王蒼	754	一	※東觀漢記
琴曲歌辭	昭君怨	王嬙	853	一	琴操
	胡笳十八拍	蔡琰	860	一	楚辭後語
	琴歌	司馬相如	881	二	琴集
	琴歌	霍去病	882	一	古今樂錄
雜曲歌辭	羽林郎	辛延年	909	一	玉臺新詠
	董嬌饒	宋子侯	1034	一	玉臺新詠
	武溪深行	馬援	1048	一	古今註
	同聲歌	張衡	1075	一	玉臺新詠
	定情詩	繁欽	1076	一	玉臺新詠
雜歌	秋風辭	漢武帝	1180	一	漢武帝故事
	李延年歌	李延年	1181	一	※漢書外戚傳上
	李夫人歌	漢武帝	1181	一	※漢書外戚傳上
	烏孫公主歌	烏孫公主	1186	一	※漢書西域傳下
	瓠子歌	漢武帝	1187	二	※史記河渠書
	李陵歌	李陵	1188	一	※漢書李廣蘇建傳
謠辭	廣川王歌	劉去	1188	二	※漢書景十三王傳
	董鵠歌	漢昭帝	1189	一	西京雜記
	燕王歌	劉旦	1192	一	※漢書武五子傳
	華容夫人	華容夫人	1192	一	※漢書武五傳子
	廣陵王歌	劉胥	1192	一	※漢書武五子傳
	五噫歌	梁鴻	1193	一	※後漢書逸民列傳
總計兩漢文人樂府共四十五首					

第二節　曹魏（含蜀、吳）部份

作 者	宋書樂志	樂樂府詩集	全漢三國晉南北朝詩
曹操	相和曲 9 首：氣出倡（3）、精列、度關山、薤露、蒿里行、對酒、陌上桑。 平調曲 2 首：短歌行（2）。 清調曲 4 首：秋胡行（2）、苦寒行、塘上行。 瑟調曲 6 首：善哉行（2）、步出夏門行（4）。	較宋書樂志 增：短歌行本辭（1）、苦寒行本辭（1）、瑟調却東門行（1），共 3 首。 損：瑟調步出夏門行只作 1 首，較宋志少 3 首。	較宋書樂志 增：却東西門行及董逃歌詞各 1 首，共 2 首
篇數	廿一	廿二	廿三
曹丕	相和曲 2 首：十五、陌上桑。（2）、短歌行。 瑟調曲 3 首：善哉行（3）。 大曲 2 首：折楊柳行、煌煌京洛行。	較宋書樂志 增：平調曲 2 首：猛虎行、燕歌行本辭。 清調曲 1 首：秋胡行。 瑟調曲 7 首：善哉行（有美一人）、丹霞蔽日行、飲馬長城窟行、上留田行、大牆上蒿行、艷歌何嘗行、月重輪行。 鼓吹曲辭 2 首：臨高臺、釣竿。	較樂府詩集 增：秋胡行斷作 3 首，較郭茂倩多出 2 首。 損：飲馬長城窟行、燕歌行本辭，共 2 首。
篇數	一○	廿二	廿二
曹叡	清調曲 1 首：苦寒行。 瑟調曲 2 首：善哉行（2）。 大曲 2 首：步出夏門行、櫂歌行。	較宋書樂志 增：平調曲 3 首：長歌行、短歌行、燕歌行。 瑟調曲 1 首：月重輪行。（宋志 2 首大曲則列入本曲） 雜曲歌辭 1 首：樂府（種瓜東井上）。	較樂府詩集 增：猛虎行及樂府詩（昭昭素明月）各 1 首，共 2 首。
篇數	廿	一○	十二
曹植	大曲 1 首：野田黃雀行（置酒） 楚調怨詩 1 首：明月。	較宋書樂志 增：相和曲 3 首：薤露、惟漢行、平陵東。	較樂府詩集 增：遊僊、善哉行、君子行

	鼙舞歌 5 首：聖皇、靈芝、大魏、精微、孟冬。	平調曲 1 首：鰕䱇篇。 清調曲 5 首：吁嗟篇、豫章行（2）、蒲生浮萍篇、當來日大難。 瑟調曲 4 首：丹霞蔽日行、門有萬里客行、野田黃雀行（2）。 楚調曲 3 首：怨詩行本辭、泰山梁甫行、怨歌行。 雜曲歌辭廿一首：桂之樹行、當牆欲高行、當欲遊南山行、當事君行、當車已駕行、妾薄命（2）、齊瑟行（3）、苦思行、升天行（2）、五遊、遠遊篇、仙人篇、飛龍篇、鬥雞篇、盤石篇、種葛篇、驅車篇。	共 3 首。 損：鬥雞篇、怨詩行本辭、野田黃雀行本辭各 1 首，共 3 首。
篇數	七	四四	四四（另有殘篇三十首）〔註6〕
繆襲	魏鼓吹曲十二首。	較宋書樂志 增：相和曲挽歌 1 首。	同宋書樂志
篇數	十二	十三	十二
王粲	魏俞兒舞歌四首。	較宋書樂志 增：平調曲從軍行 5 首。	較樂府詩集 增：太廟頌 1 首。 損：平調曲從軍行 5 首。
篇數	四	九	五
陳琳	無	飲馬長城窟行 1 首。	同樂府詩集。
篇數	○	一	一
阮瑀	無	楚調曲 1 首：怨詩。 琴曲歌辭 1 首：琴歌。 雜曲歌辭 1 首：駕出北郭門行。	較樂府詩集 損：楚調曲怨詩一首。
篇數	○	三	二

〔註 6〕據丁福保書，頁 156〈結客篇〉斷至頁 160。頁 145 之〈艷歌行〉只存四句，據樂府詩集頁 891 引《樂府解題》所載，當爲殘篇。

嵇康	無	秋胡行七首	同樂府詩集。
篇數	○	七	七
左延年	無	雜曲歌辭1首：秦女休行。	較樂府詩集增：從軍行2首。
篇數	○	一	三
諸葛亮（蜀）	無	楚調曲1首：梁甫吟	同樂府詩集。
篇數	○	一	一
韋昭（吳）	吳鼓吹曲十二首。	同宋書樂志	同樂府詩集。
篇數	十二	十二	十二
合計	七一	一四四	一四四

第三章　漢魏文人樂府的創製因緣

第一節　樂府制度的沿革及影響

　　我們在「文人樂府的淵源」中，曾追溯漢武帝成立樂府官署以前，有作者姓名可考的合樂聲詩，不過《詩經》〈小雅・節南山〉、〈巷伯〉，〈大雅・崧高〉、〈烝民〉，《楚辭》〈九歌〉以及〈房中祠樂〉十七章而已。至樂府成立後，因有正式機構採錄，所以文人的樂府作品漸多，流風所及，終使魏之文人樂府大盛，亦隨之確立了文人創製樂府作品的傳統，因此漢武帝成立樂府的意義極值我們探述。

　　《史記》卷二十四〈樂書〉第二云：「至今上（武帝）即位，作十九章，令侍中李延年次序其聲，拜爲協律都尉。通一經之士不能獨知其辭，皆集會五經家，相與共講習讀之，乃能通知其意，多爾雅之文。」

　　《漢書》卷二十二〈禮樂志〉第二云：「至武帝定郊祀之禮，祠太一於甘泉，就乾位也；祭后土於汾陰，澤中方丘也。乃立樂府、采詩夜誦，有趙、代、秦、楚之謳。以李延年爲協律都尉，多舉司馬相如等數十人造爲詩賦，略論律呂，以合八音之調，作十九章之歌。以正月上辛用事甘泉圜丘，使童男女七十人俱歌，昏祠至明。」

　　《漢書》卷三十〈藝文志〉第十云：「自孝武立樂府而采歌謠，於是有代趙之謳，秦楚之風，皆感於哀樂，緣事而發，亦可以觀風俗，知薄厚云。」

《漢書》卷九十三〈佞幸傳〉第六十三云:「延年善歌,爲新變聲。是時上方興天地諸祠,欲造樂,令司馬相如等作詩頌。延年輒承意弦歌所造詩,爲之新聲曲。」

歸納這四段文字的記載,我們可以看出「武帝乃立樂府」,對文人樂府至少產生如下影響:

1. 〈郊祀歌〉是武帝成立樂府後,最先被諸管弦的文人作品;施用於蕭穆典重的「郊祀之禮」「天地諸祠」,意義頗爲不凡,對文人及其作品地位的提高必有相當的影響。

2. 〈郊祠歌〉辭的採錄對象有「司馬相如等數十人」之多。《漢書》〈禮樂志〉所載原文中,「青陽三」、「朱明四」、「西顥五」、「玄冥六」下均題爲「鄒子樂」,[註1]「鄒子」如據梁啓超推斷「當是鄒陽作」,[註2]則鄒陽是漢景帝時人,「與吳嚴忌、枚乘等俱仕吳,皆以文辯著名」,[註3]那麼〈郊祀歌〉辭採錄的對象不僅限於武帝一朝,甚至上溯至景帝時文人作品,範圍不可謂不廣,人數亦不可謂不多,或對當代文士會直接間接產生頗大的鼓勵作用。

3. 〈郊祀歌〉有十九章,但作者却有「司馬相如等數十人」,顯然篇數與作者數不能符合。究其原因,最大可能或在於負責「弦歌」工作的李延年將數十人的作品斷章截句,拼湊而成十九章。余冠英〈樂府歌辭的拼湊和分割〉一文曾說:「古樂府重聲不重辭,樂工取詩合樂,往往隨意拼合裁剪,不問文義。」,[註4]郊祀天地是朝廷要事,李延年雖不致不問文義,但爲諧樂而將眾多的作品拼合裁剪却頗有可能;蕭滌非甚至推斷「從體裁觀之,『日出入』一章,長短錯落,與其他十八章之整儷者迥異,疑即爲『善歌爲新變聲』之李延年所作。」[註5]

〔註1〕見《漢書》卷二十二禮樂志第二,頁1055、1056。
〔註2〕見梁啓超《中國之美文及其歷史》,頁37。
〔註3〕見《漢書》卷五十一賈鄒枚路傳第二十一,頁2338。
〔註4〕見余冠英《漢魏六朝詩論叢》,頁26。
〔註5〕見蕭滌非《漢魏六朝樂府文學史》,頁39。

我們若從歷來極被注意，李延年所寫的〈北方有佳人〉〔註6〕一曲及今已亡佚的〈新聲二十八解〉爲旁證，並非絕無可能。以有深厚音樂素養的身份從事樂府創作，或濫觴自李延年。其後知名文士如仲長統、桓譚、馬融、蔡邕等均妙解音律，〔註7〕至魏武帝曹操「好音樂，倡優在側，常以日達夕」；「登高必賦，及造新詩，被之管絃，皆成樂章」，〔註8〕今曹氏傳世之作品，全爲樂府。就文人樂府的流變而言，此一特色亦可溯自樂府的成立。

4. 樂府成立之初，采詩有兩大來源：一是「文人詩賦」，一是「趙代秦楚之謳」。趙代秦楚等各地的民間歌謠內容極豐，深刻而動人的反映出當時社會層面，及人民的所思、所感、所想與所願，因而具有「感於哀樂，緣事而發」的緣情寫實特色。此一特色不僅成爲兩漢樂府的精神所在，對當時以辭賦爲高、典藻爲重的文人或許也產生了相當的影響；並使文人樂府不再侷限於郊祀廟考的頌讚，而漸趨於述志、感懷、敘事等更爲深廣的題材。

漢武帝以後，昭帝繼立，樂府官署史籍中未見特別記載，大約仍襲武帝之舊。再至漢宣帝，曾於本始四年（B.C 70）春正月因年成歉收，下詔曰：

> 蓋聞農者興德之本也，今歲不登，已遣使者振貸困乏。其令太官損膳省宰，樂府減樂人，使歸農業。〔註9〕

漢元帝繼宣帝嗣位，也曾於初元元年（B.C 48）六月，「以民疾疫，令太官損膳，減樂府員，省苑馬，以振困乏。」〔註10〕成帝時，於樂府似

〔註6〕「北方有佳人」一曲見漢書卷九十七上外戚傳第六十七上，頁3951。樂府詩集，頁1181作「李延年歌」。

〔註7〕仲長統樂志詩序云：「彈南風之雅操，發清商之妙曲」；後漢書桓譚傳：「好音律，善鼓琴」，馬融傳：「性好音，能鼓琴吹笛」；蔡邕傳：「妙操音律，善鼓琴」。

〔註8〕具見魏志卷一武帝紀第一，頁54；前爲裴松之注引曹瞞傳，後爲裴松之注引魏書。

〔註9〕見漢書卷八章帝紀第八，頁245。

〔註10〕見漢書卷九元帝紀第九，頁280。

無明文增損，唯「方今世俗奢僭罔極，靡有厭足。公卿列侯親屬近臣，四方所則。……或乃奢侈逸豫，務廣第宅，治園地，多畜奴婢，被服綺縠，設鐘鼓，備女樂，車服嫁娶葬埋過制。吏民慕效，寖以成俗。……其申敕有司，以漸禁之。」〔註11〕「是時，鄭聲尤甚。黃門名倡丙彊、景武之屬富顯於世，貴戚五侯定陵、富平外戚之家，淫侈過度，至與人主爭女樂。哀帝自爲定陶王時疾之。」〔註12〕所以成帝於綏和二年（B.C 7）三月崩後，六月，漢哀帝即下詔曰：「鄭聲淫而亂樂，聖王所放，其罷樂府。」〔註13〕《漢書》〈禮樂志〉記載了這篇詔文如下：

> 惟世俗奢泰文巧，而鄭衛之聲興。夫奢泰則下不孫而國貧，文巧則趨末背本者眾，鄭衛之聲興則淫辟之化流，而欲黎庶敦朴家給，猶濁其源而求其清流，豈不難哉！孔子不云乎？「放鄭聲，鄭聲淫。」其罷樂府官。郊祭樂及古兵法武樂，在經非鄭衛之樂者，條奏，別屬他官。

〈禮樂志〉並載當時樂府人員凡八百二十九人，其經丞相孔光、大司空何武奏可罷去者有四百四十一人，於是設立了一百零四年（B.C.111～7）的樂府官署被裁去半數。

漢哀帝罷樂府的原因固然不止一端，〔註14〕但值得我們特別注意的應是詔文的最後一句：「郊祭樂及古兵法武樂，在經非鄭衞之樂業，條奏，別屬他官。」這段詔文與孔光、何武的奏文明確印證了存汰的標準：

1. 凡屬鄭衞之樂者，如鄭四會員六十一人、楚四會員十七人、巴四會員十二人、銚四會員十二人、齊四會員十九人、蔡謳員三人、齊謳員六人；不應經法如沛吹鼓員十二人、陳吹鼓

〔註11〕見漢書卷十成帝紀第十，頁 324、325。

〔註12〕見漢書卷二十二禮樂志第二，頁 1072。

〔註13〕見漢書卷十一哀帝紀第十一，頁 335。

〔註14〕見亓婷婷《兩漢樂府研究》的五項原因：（1）漢哀帝性不好聲色（2）倡人受重視，造成淫奢的社會現象（3）漢哀帝性儉，認爲樂府開銷浩繁（4）士大夫持反對樂府不重視雅聲之清議（5）樂府官署本身的變質，頁 128～132。

員十三人、東海鼓員十六人……等各地民間樂府奏謳者，皆在罷除的範圍。

2. 郊祭樂及古兵法武樂仍予保留。所謂「古兵法武樂」，詔、奏文均未詳，約指「漢高祖……造武德舞，舞人悉執干戚，以象天下樂己行武以除亂也」〔註15〕及「閬中有渝水，其人多居水左右。天性勁勇，初為漢前鋒，數陷陳。俗喜歌舞，高祖觀之，日：此武王伐紂之歌也。乃命樂人習之，所謂巴渝舞也」〔註16〕這種武樂。所以孔光、何武的奏文云：「郊祭樂人員六十二人，給祠南北郊。……巴俞鼓員三十六人……凡鼓十二，員百二十八人，朝賀置酒陳殿下，應古兵法。」

在這種情形下，郊祭、武樂等雖轉領於太樂而被保存，但民間樂府除極少數供「朝賀置酒為樂」的宴饗施用外，絕大部份都遭到罷除的命運，因此蕭滌非云：「哀帝之詔罷樂府，非真罷樂府也，特罷樂府中之屬於民間部份者耳。」〔註17〕但哀帝却在三年後，進而將原本「郊祭樂人員六十二人，給祠南北郊。……皆不可能」的「南北郊」也罷除了。《漢書》〈哀帝紀〉第十一建平三年（B.C 4）：

冬十一月壬子，復甘泉泰畤、汾陰后土祠，罷南北郊。

綜觀樂府官署的演變，我們可以知道從漢宣帝、元帝以來，樂府規模即受到若干影響，哀帝的詔罷樂府，實質上只是裁併樂府官署的組織，與半數以上的樂員；與其說是廢止，不如說是這種裁減範圍的擴大，在意義上尤重於矯正成帝以來的淫靡風尚。

就文人樂府而言，也受到哀帝詔罷樂府的影響。因為樂府成立以降，由於民間樂府的影響為時尚短，騷賦的文風仍盛，所以一般文人對樂府的創製多為因應郊祭、頌讚的需要；雖然哀帝對郊祭樂開始仍予以保留，但建平三年的繼罷南北郊，或許會對以參與創製為榮的文

〔註15〕見宋書卷十九志第九樂一，頁 533。
〔註16〕見後漢書卷八十六南蠻西南夷列傳第七十六，頁 2842。
〔註17〕見蕭滌非《漢魏六朝樂府文學史》，頁 7。

人產生相當大的影響。今日我們翻檢相關史書及樂府詩集所載,漢魏二代在郊廟(甚至燕射)歌辭份量上遠遜晉南北朝隋唐各代,漢哀帝的繼罷南北郊或許是一個重要的原因。由另一方面來看,民間樂府的罷除,使文人吸收、模仿民歌的機緣與進度稍阻,必待東漢光武帝後才得重聞民間新聲;否則文人樂府的全盛與樂府境界的拓展,或不必非俟諸於曹魏了。

本節最後要略加討論的,是漢宣帝時人王褒的三首樂府作品。由於這些作品今已亡佚,所以此處只作史料上的摘述與說明:

《漢書》卷六十四下〈王褒傳〉:「宣帝⋯⋯神爵、五鳳之間,天下殷富,數有嘉應。⋯⋯於是益州刺史王襄欲宣風化於眾庶,聞王褒有俊材,請與相見,使褒作中和、樂職、宣布詩,選好事者令依鹿鳴之聲習而歌之。」

《漢書》卷八十六〈何武傳〉:「宣帝時,天下和平,四夷賓服,神爵、五鳳之間婁蒙瑞應。而益州刺史王襄使辯士王褒頌漢德,作中和、樂職、宣布詩三篇。武年十四五,與成都楊覆眾等共習歌之。」

唐顏師古注曰:「中和者,言政教隆平,得中和之道也。樂職,謂百官萬姓樂得其常道也。宣布,德化周治,偏於四海也。」〔註18〕

就《漢書》的記載來看,王褒這三首樂府在創作動機上是「蒙瑞應,頌漢德」的作品;在形式上,既可依《詩經鹿鳴》的曲律而歌,或為四言句式;在內容上,篇章雖已亡佚,但「欲宣風化於眾庶」,並據顏師古的注解,我們仍可充份看出不脫頌讚的範圍。至於作品亡佚的時間,哀帝雖詔罷樂府,但何武年少已習歌之,那麼在他和丞相孔光共同裁汰樂府時,多半得以保存。然而原詩卻不見錄於《漢書》,我們只能推斷它或亡於建平三人的「罷南北郊」以後,或「陵夷壞於王莽」〔註19〕了。

〔註18〕見漢書卷八十六何武王嘉師丹傳第五十六注,頁 3481。另,頁 2822 王褒傳之注略同而簡。
〔註19〕見漢書卷二十二禮樂志第二,頁 1074。

第二節　東漢的采風與文人樂府

樂府成立之初，采詩的兩大來源之一即是「趙代秦楚」等各地的民歌。據《漢書》〈藝文志〉〈詩賦略〉的記載，曾著錄的合樂歌詩篇目有三百一十四篇，〔註20〕其中純屬各地民歌者有一百三十八篇（但以百餘年的採集時間及八百餘人的樂員工作量推想，班固所載，恐怕只是戰亂後部份得以登錄的數量）。然而這些民間樂府却在漢哀帝詔罷樂府時，遭到裁汰的厄運。樂府官署雖然不存，「然百姓漸漬日久，又不制雅樂有以相變，豪富吏民湛沔自若，陵夷壞于王莽。」（漢書禮樂志卷末）這些聲詩却因深入民心，騰於眾口而依舊傳唱不絕，直到新莽末年的戰亂方損佚殆盡。

從哀帝詔罷樂府到東漢初年之間，仍有一次采風之舉。事在漢平帝元始四年（A.D 4）四月至五年八月，見《漢書》〈王莽傳〉上：
〔註21〕

> 四年（平帝元始）……四月丁未，莽女立爲皇后大赦天下。遣大司徒司直陳崇等八人分行天下，覽觀風俗。……其秋（元始五年）……風俗使者八人還，言天下風俗齊同，詐爲郡國造歌謠，頌功德，凡三萬言。莽奏定著令。

我們可以推測這早已亡佚的三萬言「郡國歌謠」，或具有民歌的形式；但其內容既屬僞作，性質上又爲千篇一律的歌頌功德，自與「感於哀樂，緣事而發」的民歌迴異；再經王莽「奏定著令」，恐怕無法引起當時文人太多的喜好，更遑論進一步的模擬或試作了。

東漢一代，據史籍所載，似未恢復樂府官署；而易以予樂署當雅樂，承華令典俗樂（黃門鼓吹），在規模上已無法與西漢相提並論，〔註22〕但采風之舉却頗盛。東漢初年，樂府歌詩皆陵夷殆盡，人民復歷經戰亂，所待抒發的感情既多，風謠之盛是必然的，因此東漢光武

〔註20〕見漢書卷三十藝文志第十，頁 1755。
〔註21〕見漢書卷九十九上王莽傳第六十九上，頁 4066、4075。
〔註22〕見王運熙〈漢魏兩晉南北朝樂府官署沿革考略〉，《樂府詩論文集》，頁 2；亓婷婷《兩漢樂府研究》，頁 141～143。

帝起即廣求民瘼，觀納風謠：

1. 初，光武長於民間，頗達情偽，見稼穡艱難，百姓病害……
   身衣大練，色無重采，耳不聽鄭衛之音，手不持珠玉之玩……
   勤約之風，行於上下。數引公卿郎將，列於禁坐。廣求民瘼，
   觀納風謠。故能內外匪懈，百姓寬息。……然建武、永平之
   間，吏事深刻，亟以謠言單辭，轉易守長。（後漢書循吏傳敍）
   〔註23〕

2. 和帝即位（A.D 89），分遣使者，皆微服單行，各至州縣，觀
   採風謠。（後漢書方術列傳上）〔註24〕

3. （順帝）漢安元年（A.D 142）……八月……丁卯，遣侍中杜
   喬、光祿大夫郭遵、馮羨、欒巴、強綱、周栩、劉班等八人
   分行州郡，班宣風化，舉實臧否。（後漢書順帝紀）〔註25〕

4. 時（漢安元年）詔遣八使巡行風俗，皆選素有威名者，乃拜
   舉爲侍中，與侍中杜喬……分行天下。其刺史、二千石有臧
   罪顯明者，驛馬上之；墨綬以下，便輒收舉。其有清忠惠利，
   爲百姓所安，宜表異者，皆以狀上。於是八使同時俱拜，天
   下號曰「八俊」。（後漢書左周黃列傳）〔註26〕

5. 五年（靈帝喜平五年，A.D 176）制書，議遣八使，又令三公
   謠言奏事。是時奉公者欣然得志，邪枉者憂悸失色。未詳斯
   議，所因寢息。……宜追定八使，糾舉非法，更選忠清，平
   章賞罰。（後漢書蔡邕列傳）〔註27〕

6. （靈帝）光和五年（A.D 182），詔公卿以謠言舉刺使、二千石
   爲民蠹害者。（後漢書杜欒劉李劉謝列傳）〔註28〕

〔註23〕見後漢書卷七十六循吏列傳第六十六，頁 2457。
〔註24〕見後漢書卷八十二上方術列傳第七十二上，頁 2717。
〔註25〕見後漢書卷六孝順孝沖孝質帝紀第六，頁 272。
〔註26〕見後漢書卷六十一左周黃列傳第五十一，頁 2029。
〔註27〕見後漢書卷六十下蔡邕列傳第五十下，頁 1996。
〔註28〕見後漢書卷五十七杜欒劉李劉謝列傳第四十七，頁 1851。

　　細考這六段史料，我們可以知道東漢的采風，上自光武下迄靈帝，一百五十年間幾蔚爲政治風尚。而采風的動機與目的，則在觀納風謠，廣察民情，甚至以此爲黜陟地方官吏的標準。就性質而言，這點與西漢的「朝賀置酒爲樂」極不相同，所以東漢並沒有采民歌以造樂，然後由樂工傳唱、演奏的情形，其采風純粹是爲了政治目的。

　　然而在這種重視民間歌謠、以資平章賞罰的風尚下，東漢各地的「無名氏」作者，必然受到無形的鼓勵，因而今仍流傳下來的作品不僅在數量上較西漢爲多，在內涵上，「感於哀樂，緣事而發」的緣情寫實特色，也更發揮的淋漓盡至。據蕭滌非的考證，東漢民間樂府凡二十八首，可析爲四類，〔註29〕列次如下：

1. 幻想類：蓋指諸言遊仙之作。
   計有〈長歌行〉、〈王子喬〉、〈步出夏門行〉、〈善哉行〉共四首。
2. 說理類：多言處世遊難、安身立命之道，大抵不出儒道兩家思想。
   計有〈君子行〉、〈長歌行〉（青青園中葵）、〈猛虎行〉、〈艷歌行〉、〈豫章行〉、〈枯魚過河泣〉共六首。
3. 抒情類：
   計有〈怨詩行〉、〈西門行〉、〈悲歌〉、〈古歌〉、〈公無渡河〉、〈東門行〉、〈艷歌何嘗行〉、〈艷歌行〉（翩翩堂前燕）、〈白頭吟〉、〈陌上桑〉共十首。
4. 敘事類：
   計有〈雁門太守行〉、〈隴西行〉、〈相逢行〉、〈長安有狹斜行〉、〈上留田行〉、〈婦病行〉、〈孤兒行〉、〈十五從軍征〉共八首。

　　蕭氏的四類分法不免籠統，如按作品內容細分，則可別爲民生流離的痛苦、征戰行役的怨尤、及時行樂的心態及遊仙的玄想、情思的悲

〔註29〕見蕭滌非《漢魏六朝樂府文學史》，頁70～89。

喜、政治良窳的感受、道德意味的訓誡……等等，〔註30〕內容不可謂不豐，兼以時間積漸已久，形式繁富多變，因而對文人的影響較大，文人的樂府作品也逐漸增多，描寫的層面亦較西漢爲廣了。胡適論樂府制度在文學史上的關係時，以爲：「……第二，民間的文學因此有機會同文人接觸，文人從此不能不受民歌的影響。第三，文人感覺民歌的可愛……有時因爲文學上的衝動，文人忍不住要模倣民歌。」〔註31〕這兩點意見，正可以爲此現象作一註腳；同時，東漢文人不僅多通音律，〔註32〕且對民歌頗爲喜好，如張衡〈西京賦〉云：「嚼清商而却轉，增蟬娟以此豸」〈南都賦〉云：「結九秋之增傷，怨西荊之折盤。彈箏吹笙，更爲新聲，寡婦悲吟，鶌雞哀鳴，坐者悽欷，蕩魂傷精。」馬融〈長笛賦〉序云：「吹笛爲氣出、精列相和」，所謂「清商」「西荊」「折盤」「寡婦」「鶌雞」「氣出」「精列」據《文選》李善注，皆爲當時的民間歌豪，〔註33〕那麼我們對東漢文人樂府日繁的現象，應可得到進一步的說明。

我們在第二章「漢魏文人樂府的研究範圍」中，曾列表顯示兩漢文人的樂府名稱、作者與數量，綜觀東漢的文人樂府作品，約有幾點值得我們注意：

第一：文人作品普遍受到民間歌謠的影響。

第二：就內容而言，除漢明帝時東平憲王劉蒼的〈後漢武德舞歌詩〉仍屬頌讚體外，其餘作品皆純屬一己之感思，或緣情或敘事，如張衡〈同聲歌〉、繁欽〈定情詩〉的閨情，馬援〈武溪深行〉、梁鴻〈五噫歌〉的感歎，宋子侯〈董嬌饒〉的傷時及辛延年〈羽林郎〉的敘事等，不僅拓展了西漢文人樂府的內容，並爲曹魏的作品內涵增闢出一片嶄新的範疇。

第三：就形式而言，約可以漢順帝時人張衡的〈同聲歌〉分爲前

〔註30〕見陳義成《漢魏六朝樂府研究》，頁139～168，及亓婷婷「兩漢樂府研究」，頁226。

〔註31〕見胡適「白話文學史」，頁25～26。

〔註32〕見本論文第三章第一節註7。

〔註33〕見文友版昭明文選，頁7、20、92。

後二期。東漢前期的文人樂府，無論在句式或篇幅上，都存留著民間歌謠的雜言與簡短特色，如〈武溪深行〉：

滔滔武溪一何深，鳥飛不度，獸不敢臨。嗟哉武溪兮多毒淫！

〈五噫歌〉：

陟彼北邙兮，噫！顧瞻帝京兮，噫！宮闕崔嵬兮，噫！民之劬勞兮，噫！遼遼未央兮，噫！

至於劉蒼的〈後漢武德舞歌詩〉四言十四句，則仍承繼者西漢郊祀歌以四言為主的形式特徵。〔註34〕張衡〈同聲歌〉以後的作品，一方面因五言詩已漸臻成熟，一方面因文人多受漢賦的舖陳影響，另一方面也因積漸日久，文人逐漸習慣以樂府為媒介的表達方式，所以傳世作品幾乎全為五言，同時在篇幅上亦較前期為鉅；如〈同聲歌〉與〈董嬌饒〉皆為一百二十字，〈羽林郎〉為一百六十字，至漢魏之交繁欽的〈定情詩〉，已增為三百二十字的長篇了。

第四：就文學技巧而言，前期諸篇一般來說都較質樸，未必具有太深厚的藝術內涵；後期作品，則無論在舖敘、排比、描寫或鍛意、謀篇上，均較為精鍊而完整。寫閨中情態的，如〈同聲歌〉：

邂逅承際會，得充君後房。情好新交接，恐慄若探湯。……思為莞蒻席，在下蔽匡牀；願為羅衾幬，在上衛風霜。洒掃清枕席，鞮芬以狄香。

寫女子丰姿的，如〈羽林郎〉：

長裾連理帶，廣袖合歡襦。頭上藍田玉，耳後大秦珠。兩鬟何窈窕，一世良所無。

寫登徒子調笑情狀的，如〈羽林郎〉：

銀鞍何煜爚，翠蓋空踟躕。就我求清酒，絲繩提玉壺。就我求珍肴，金盤膾鯉魚。貽我青銅鏡，結我紅羅裾。不惜紅羅裂，何論輕賤軀。

寫傷時的，如〈董嬌饒〉：

〔註34〕見朱希祖〈漢三大樂歌聲調辨〉，《朱希祖先生論文集》第一冊，頁504～513。

高秋八九月，白露變爲霜。終年會飄墮，安得久馨香。秋
時自零落，春月復芬芳。何時盛年去，歡愛永相忘。

寫愛情誓盟的，如〈定情詩〉：

何以致拳拳？綰臂雙金環。何以致殷勤？約指一雙銀。何
以致區區？耳中雙明珠。何以致叩叩？香囊繫肘後。何以
致契潤，繞腕雙跳脱。何以結恩情？珮玉綴羅纓。何以結
中心？素縷連雙針。何以結相於？金薄畫搔頭。何以慰別
離？耳後玳瑁釵。何以答歡悦？紈素三條裾。何以結愁悲？
白絹雙中衣。

除了以上這些例證外，我們亦應特別注意〈定情詩〉的問答方式與
〈羽林郎〉的敘事詩體，這都是東漢前期以前，文人樂府所不曾有
過的。〈定情詩〉這種連續十一次「何以致拳拳？綰臂雙金環」式
的虛問實答技巧，或輾轉承襲民間樂府中的「天上何所有？歷歷種
白榆」（步出夏門行、隴西行），「家中有阿誰？遙望是君家，松柏
累纍纍」（十五從軍征），所慣用的問答手法。〈羽林郎〉則顯然是
受了〈隴西行〉、〈婦病行〉、〈孤兒行〉等民間敘事樂府的影響，而
成爲樂府詩史上第一首有作者姓名的敘事樂府，並下開魏左延年
〈秦女休行〉、晉傅玄〈龐氏有烈婦〉等文人敘事樂府的先河；在
意義上，已超出文章技巧的討論範圍，而究其因緣，則又不能不歸
功於東漢的采風了。

第三節　曹魏的樂府背景與文風趨向

以建安（A.D 196～220）爲主的曹魏文學，是我國詩史上一個相
當重要的時期。就文學觀念的流變而言，它上承先秦兩漢言志、美刺
的實用傳統，下啓六朝浪漫、唯美的緣情機運；楊祖聿云：「中國文
學即使自周秦算起，到今天大約也有三千餘年的歷史，我認爲魏晉南
北朝是中國文學發展中第一個樞紐，建安又是這個樞紐中的管鑰。周
秦兩漢文學必待建安爲其轉捩，在承先啓後中，建安文學發揮了深遠

重大的影響。」〔註35〕李正治亦云:「盱衡兩漢六朝詩運,六朝詩並不是平地陡起,憑空發生,乃是漢詩類型(樂府詩、五言古詩)與題材的衍續開展,其中關鍵,當以建安爲轉捩點。」〔註36〕而構成此期文會發達的主要原因,乃在時代激盪、政治倡導與文人薈集三者。《文心雕龍・時序篇》析論的最爲清楚:

> 自獻帝播遷,文學蓬轉,建安之末,區宇方輯。魏武以相王之尊,雅愛詩章;文帝以副君之重,妙善辭賦;陳思以公子之豪,下筆琳瑯;並體貌英逸,故俊才雲蒸。仲宣委質於漢南,孔璋歸命於河北,偉長從宦於青土,公幹徇質於海隅,德璉綜其斐然之思,元瑜展其翩翩之樂,文蔚休伯之儔,于叔德祖之侶,傲雅觴豆之前,雍容袵席之上,灑筆以成酣歌,和墨以藉談笑,觀其時文,雅好慷慨,良由世積亂離,風衰俗怨,並志深而筆長,故梗概而多氣也。

文人樂府至曹魏一代,無論就內涵、就形式或就藝術表現而言,也都得到空前的拓展。張芳鈴云:「觀我國詩之發展,乃由言志至緣情,而建安無疑是轉變之歷史關鍵。樂府源出於民間,初固以敘事爲本,由敘事至抒情,係從內容說明樂府至詩之發展。」〔註37〕黃侃所析尤爲詳盡:「詳建安五言,毗於樂府。……若其述歡宴,愍亂離,敦友朋,篤匹偶,雖篇題雜沓,而同以蘇李古詩爲原。文采繽紛,而不能離閭里歌謠之質。故其稱景物,則不尙雕鏤。敘胸情,則唯求懇誠。而又緣以雅詞,振其英響,斯所以兼籠前美,作範後來者也。」〔註38〕曹魏的文人樂府今存者近一百五十首(詳見第二篇的統計),不僅在數量上遠勝兩漢的總和;在文學觀念的演化上,且爲我國詩史由言志到緣情的重要樞紐;也是五言詩發展的重要關鍵;更是以文被

〔註35〕見楊祖聿〈典論論文與建安時代的文學批評〉,學術論文集刊第一期,頁 105。

〔註36〕見李正治《六朝詠懷組詩研究》,頁 2。

〔註37〕見張芳鈴《建安文學之探述》,頁 20。

〔註38〕見黃侃《文心雕龍札記》,頁 35。

質、兼重內容與技巧的「兼籠前美，作範後來」的集大成時期。

　　除說明此期作品在文學史上的一般論斷外，本節旨探述曹魏文人樂府的創製因緣——即文人樂府的背景與文學風尚。

一、戰亂下的樂府背景

　　在政治史上，漢末魏初是一個相當動盪的時期，不僅社會秩序被破壞無遺，並因人民流徙、盜賊四起而逐漸形成割據、分崩的局面。種種景況，史籍所載極眾，我們僅舉二例以略窺一斑：

　　　孝靈遭黃巾之寇，獻帝嬰董卓之禍，英雄棋峙，白骨膏野，
　　　兵亂相尋三十餘年，三方既寧，萬不存一也。（後漢書王充王
　　　符仲長統列傳注）〔註39〕

　　　初平之元，董卓殺主鴆后，蕩覆王室。是時四海既困中平之
　　　政，兼惡卓之凶逆，家家思亂，人人自危。……于是大興義
　　　兵，名豪大俠，富室強族，飄揚雲會，萬里相赴。袞豫之師
　　　戰於滎陽，河內之甲軍於孟津。……而山東大者連郡國，中
　　　者嬰城邑，小者聚阡陌，以還相吞滅。會黃巾盛於海岱，山
　　　寇暴於并冀，乘勝轉攻，席卷南南。鄉邑望烟而奔，城郭覩
　　　塵而潰，百姓死亡，暴骨如莽。（曹丕典論自敘）〔註40〕

　　在這種——英雄棋峙、王室蕩覆、家家思亂、白骨膏野——政治、社會結構的全面崩潰下，舊有的樂府曲譜與聲辭自然遭到無比的陵夷，《晉書》〈樂志〉所謂：「漢自東京大亂，絕無金石之樂，樂章亡缺，不可復知。」〔註41〕正是最好的寫照。

　　在郊廟雅樂上，《魏志》〈方技傳〉及《宋書》〈樂志〉所載杜夔等人紹復古樂的史實，最足說明當時樂制陵夷的狀況：

　　　（曹操於獻帝建安十三年九月平荊州，獲漢雅樂郎杜夔）
　　　太祖以夔為軍謀祭酒……時散即鄧靜、尹齊善詠雅樂，歌
　　　師尹胡能歌宗廟郊祀之曲，舞師馮肅、服養曉知先代諸舞，

〔註39〕見後漢書卷四十九王充王符仲長統列傳第三十九，頁1650。
〔註40〕見三國志卷二文帝紀第二，頁89。
〔註41〕見晉書卷二十二志第十二樂上，頁679。

> 夔總統研精，遠考諸經，近采故事，教習講肄，備作樂器，
> 紹復先代古樂，皆自夔始也。(魏志方技傳)〔註42〕
>
> 漢末大亂，眾樂淪缺。魏武平荊州，獲杜夔，善八音，嘗爲
> 漢雅樂郎，尤悉樂事，於是以爲軍謀祭酒，使創定雅樂，時
> 又有鄧靜、尹商、善訓雅樂，歌師尹胡能歌宗廟郊祀之曲，
> 舞師馮肅、服養曉知先代諸舞，夔悉總領之。遠考經籍，近
> 悉故事，魏復先代古樂，自夔始也。(宋書樂志)〔註43〕

但他們的整理成績不過〈鹿鳴〉、〈騶虞〉、〈伐檀〉、〈文王〉四曲，到
明帝太和年間又僅剩下〈鹿鳴〉一曲，俟永嘉亂後，則全部散佚了。
〔註44〕因之曹魏的頌讚體樂府，在「聲」「辭」「舞容」幾亡、甚至須
「備作樂器」的情形下，除王粲〈俞兒舞歌〉四首及繆襲、韋昭的〈鼓
吹曲〉各十二首等尚有舊辭或舊曲可資依循外，〔註45〕餘皆如《晉書
樂志》所謂的「樂章亡缺，不可復知」了。

在民間歌謠上，因曹魏不曾采風，〔註46〕故民間新聲無由進（觀
此期樂府，全爲文人所作）。但從另一方面來看，由於漢代的民間樂
府尚得與聞，所以文人多依舊曲而製新辭，民歌至此亦得到文人普徧
性的愛好與模仿，《宋書・樂志》所載曹植的〈鞞舞歌序〉，是一段極
爲重要的資料：

> 漢靈帝西園故事，有李堅者，能鞞舞。遭亂，西隨段煨。
> 先帝聞其舊有技，召之。堅既中廢，兼古曲多謬誤，異代
> 之文，未必相襲，故依前曲改作新歌五篇，不敢充之黃門，

〔註42〕見三國志卷二十九方技傳第二十九，頁806。
〔註43〕見宋書卷十九志第九樂一，頁534。
〔註44〕見晉書卷二十二志第十二樂上，頁684；及王易《樂府通論》，頁21。
〔註45〕王粲俞兒舞歌據漢巴渝舞改創，詳見《樂府詩集》，頁767、768；繆
　　　襲、韋昭的鼓吹曲據漢短簫鐃歌改創，詳見晉書樂志下，頁701、702；
　　　餘如曹植鞞舞歌五首據漢鞞舞歌舊曲改作新歌，見宋書樂志樂一，
　　　頁551。
〔註46〕曹魏不曾采風的原因，蕭滌非據魏志十二鮑勛傳而云：「魏樂府之不
　　　采詩，並非厄於環境而不能，實由於樂府觀念之改變而不爲。」詳
　　　見《漢魏六朝樂府文學史》，頁113、114。

近以成下國之陋樂焉。〔註47〕

這種「依前曲作新歌」的創製性質，正是曹魏文人樂府的主要特色；而由這種特色的形成原因，我們亦可看出此期樂府背景除了樂制陵夷外的另一層意義：

1. 由於本性的喜愛。我們在本篇第一章「樂府制度的沿革及影響」中曾說過，曹操「好音樂，倡優在側，常以日達夕」，宋書樂志樂三也說：「但歌四曲，出自漢世。無弦節，作伎，最先一人倡，三人和。魏武帝尤好之。」而曹植更是「詩賦、歌舞、戲劇無不精曉」，宋人陳暘的《樂書》曾記載他「傅粉墨，更衣易貌，以資戲笑，蓋倡優常態也。」明人編錄的《莊嶽委談》亦云：「曹魏思傅粉墨，椎髻胡舞，誦俳小說，雖假以逞其豪俊爽邁之氣……」〔註48〕所謂「倡優」「但歌」「胡舞」「鼙舞」等，都相當於「鄭衞之樂」的民歌曲律，曹氏父子對它的喜愛是相當明顯的；且以王侯之尊而沉緬其間，親與創製、演出，其意義當然與兩漢文人不同。

2. 由於門第背景與政治因素。在東漢講究門第的時代，曹氏父子的出身原非閥閱，然而在動亂的世局中却逐漸統一中原，成為政治上的領袖；但基於門第背景，仍和東漢以來的名門士族存在著若干對立的矛盾，勞榦曾以「非士族的先天潛意識」、「法家的道德觀念」及「好遊獵廣禁苑的生活傾向」三者，來分析曹操的政治，〔註49〕我們以此論點來看他在各種措施上的改變傳統（如唯才是舉的魏武三令、屯田制、戶調新稅制等），均可視為對名門勢力的一種摧抑。王瑤在《中古文學風貌》中的引申極值注意：

> 這一方面因為他出身濁流，受到過去士族的傳統比較少，
> 一方面政治上的成功和利害，又使他故意瞧不起那些士族
> 的傳統。在政治設施上是如此，在文學作風上也是如此。

〔註47〕見宋書卷十九志第九樂一，頁551。
〔註48〕所引樂書及莊嶽委談等，俱見江南書生〈曹植的化粧表演〉，聯合報七十、廿一廿一副刊。
〔註49〕見勞榦《魏晉南北朝史》，頁8。

> 東漢以來的傳統文人是不能這樣大膽利用新的形式和歌詠
> 新的內容的，例如同時代的蔡邕。而建安文學的光輝，却
> 就植基於曹氏父子底這種新的嘗試和提倡，配合了那個動
> 亂時代經過顛沛流離的文人生活，所以才會在文學史上放
> 一異彩的。〔註50〕

王氏能從士族傳統與政治利害的觀點，來探究曹氏父子所以「依前曲、作新歌」的動機，所見相當深刻。在同時代的蔡邕仍專力承繼著「詩、辭、碑、誄、銘、讚、連珠、箴、弔、論議、獨斷、勸學、釋誨、敘樂、女訓、篆執、祝文、章表、書記凡百四篇」〔註51〕這些傳統文學形式的時候，曹氏父子能援用民歌舊曲而賦予新的內容、形式與技巧，在樂府流變上實具有起衰振弊，拓展境界的文學史意義。

　　由作者「本性的喜愛」「門第背景與政治因素」二者，我們或可看出雖然曹魏的樂制在戰亂下已相當殘破，但因漢代所存的部份民間舊曲獲得文人的愛好與積極模仿，兼以曹氏父子本身基於多種因素的倡導，遂使文人樂府由臨於斷滅的邊緣，一躍而爲曹魏文學最精釆的成就。〔註52〕

二、曹魏文風對樂府創製的助益

　　本節所謂「文風」，主要是指當時文人薈集、聚宴賦詩的風尚，以及普徧轉變的文學觀念。

　　在漢末政治與社會結構的迅速崩潰下，文人托身寄命均難，但因曹氏父子皆雅好詩文，獎掖文學不遺餘力，所以中原文士逐漸雲集鄴下，曹植〈與楊德祖書〉中很精要的描述了這種狀況：「……當此之時，人人自謂握靈蛇之珠，家家自謂抱荊山之玉，吾王於是設天網以該之，頓八紘以掩之，今悉集茲國矣。」文士薈集，自必宴樂唱和，

〔註50〕見王瑤《中古文學的風貌》，頁2。
〔註51〕見後漢書卷六十下蔡邕列傳第五十下，頁2007。
〔註52〕廖蔚卿云：「建安時期，作爲文學領袖的曹氏父子，在文學上最大的成就就是樂府詩。」見〈建安樂府詩溯源〉，幼獅學誌七卷一期，頁2。

這似是古今文會共通的一種趨向；且曹丕、曹植並以公子之尊雅交諸子，酬酢吟咏，蔚爲風尙。我們在他們的書信與作品中可以得到極多的徵驗：

> 昔日游處，行則連輿，止則接席，何曾須臾相失？每至觴酌流行，絲竹並奏，酒酣耳熱，仰而賦詩，當此之時，忽然不自知樂也。（曹丕與吳質書）

> 每念昔日南皮之游誠不可忘。既妙思六經、逍遙百氏，彈棋閒設，終以六博。高談娛心，哀箏順耳，馳騁北場，旅食南館。浮甘瓜於清泉，沈朱李於寒水，白日既匿，繼以朗月。同乘載轂，以游後園，輿輪徐動，參從無聲。清風夜起，悲笳微吟。（曹丕與朝歌令吳質書）

> 昔侍左右，廁坐眾賢。出有微行之遊，入有管絃之歡，置酒樂飲，詩賦稱壽。（吳質答魏太子牋）

> 朝日樂相樂，酣飲不知醉。悲絃激新聲，長笛吐清氣。絃歌感人腸，四坐皆歡悦。（曹丕善哉行）

> 清夜延貴客，明燭發高光。豐膳漫星陳，旨酒盈玉觴。……穆穆眾君子，和合同樂康。（曹丕於譙作）

> 置酒高殿上，親友從我遊。中廚辦豐膳，烹羊宰肥牛。秦箏何慷慨，齊瑟和且柔。陽阿奏奇舞，京洛出名謳。樂飲過三爵，緩帶傾庶羞。主稱千金壽，賓奉萬年酬。（曹植野田黃雀行）

> 歡坐玉殿，會諸賓客。侍者行觴，主人離席。顧視東西廂，絲竹與騞舞。不醉無歸來，明燈以繼夕。（曹植當車以駕行）

> 合坐同所樂，但愬杯行遲。常聞詩人語，不醉且無歸。（王粲公讌詩）

> 凱風飄陰雲，白日揚素暉。良友招我遊，高會宴中闈。（陳琳宴會）

> 永日行遊戲，歡樂猶未央。遺思在玄夜，相與復翱翔。輦車飛素蓋，從者盈路旁。（劉楨公讌詩）

陽春和氣動，賢主以崇仁。布惠綏人物，降愛常所親。上堂相娛樂，中外奉時珍。五味風雨集，杯酌若浮雲（阮瑀公讌）

巍巍主人德，佳會被四方。開館延群士，置酒於斯堂。辯論釋鬱結，援筆興文章。穆穆眾君子，好合同歡康。促坐褰重帷，傳滿騰羽觴。（應瑒公讌）

為太子時，北園及東閣講堂並賦詩，命王粲、劉楨、阮瑀、應瑒等並作。（曹丕敘詩）

瑪瑙，玉屬也。……余有斯勒，美而賦之，命陳琳、王粲並作。（曹丕瑪瑙勒賦序）

《文心雕龍·明詩篇》云：「文帝陳思，縱轡以騁節；王徐應劉，望路而爭驅，並憐風月，狎池苑，述恩榮，敘酣宴」〔註53〕余冠英曾指出「大約在建安十六年到二十二年之間，曹植和他的哥哥曹丕以及一班幕僚兼朋友……常常聚會……他們互相贈答，或一題分詠。這種情形是以往作家所少有的。」〔註54〕錢振東則據此種宴樂唱和的現象而歸納出「遊宴酬酢」乃建安文學內容的通性之一，〔註55〕我們如果通過了上述這些實例的印證，或足以間接說明這種風尚對曹魏文人樂府在創製上的助益。

從先秦兩漢言志、美刺的實用傳統，到六朝浪漫、唯美的緣情表現，曹魏是文學觀念轉變的重要樞紐。而在此轉變中，則以「文學不朽論」〔註56〕及「詩賦欲麗」的觀點，對文人樂府的影響較大。所謂「文學不朽論」乃指：

生有七尺之形，死惟一棺之土，惟立德立名可以不朽，其次莫如著篇籍。（曹丕與王朗書）

蓋文章經國之大業，不朽之盛事。年壽有時而盡，榮樂止

〔註53〕見明倫版《文心雕龍注》，頁66。
〔註54〕見余冠英《漢魏六朝詩論叢》，頁94。
〔註55〕見錢振東〈建安諸子文學的通性〉，師大國學叢刊一卷一期，頁59。
〔註56〕此一詞彙援用自楊祖聿〈典論論文與建安時代的文學批評〉一文，學術論文集刊第一期，頁125。

乎其身，二者必至之常期，未若文章之無窮。是以古之作
者，寄身於翰墨，見意於篇籍，不假良史之辭，不託飛馳
之勢，而聲名之傳於後。(曹丕典論之文)

而「詩賦欲麗」，則爲當時文體論〔註 57〕對詩賦體裁的判別標準（亦
可引申爲批評標準）。典論論文云：「夫文本同而末異：蓋奏議宜雅；
書論宜理；銘誄尚實；詩賦欲麗。」所謂「麗」，主要是指辭藻的精
鍊與典麗。這個標準的建立，一方面或承續著漢賦的影響，一方面因
曹魏樂府的作者，無論就學養或文學技巧而言，均有異於兩漢的民間
無名氏，故作品自易展現出典麗的風格。

「文學不朽論」不但肯定文學的重要，更進一步肯定文學本身的
價值，或可使文學創作由「雕蟲篆刻，壯夫不爲」（揚雄法言吾子篇
語）的輕視態度或實用觀念，提升爲「寄身於翰墨，見意於篇籍」的
不朽事業。而「詩賦欲麗」的要求，則可促使曹魏文人在汲取民歌精
髓的同時，達到「文采繽紛，而不能離閭里歌謠之質」及「咸蓄盛藻，
甫乃以情緯文，以文被質」〔註 58〕的藝術化境。

第四節　文人樂府的創製動機

前面三章對漢魏文人樂府的衍變探述，旨在縱向說明文人樂府的
創製，多受到樂制興廢、民間歌謠、時代環境及文學思潮的直接、間
接影響。本節則據此研究成果，進一步對漢魏文人樂府產生的內在因
緣，予以橫切面的歸納與析證。

1. 因應郊廟燕享的實際需要：

（1）如西漢武帝時，司馬相如等數十人所作的郊祀歌十九

〔註57〕所謂「文體」，乃指文章風格或文章體裁；此處取後者立論。張芳鈴
論文章體裁云：「兼形式與功用論；詩賦之分，形式之辨也，銘誄尚
實，詩賦欲麗，體裁之異也。章表書記之別，功用不同也。」詳見
《建安文學之探述》，頁 115。
〔註58〕見宋書卷六十七列傳第二十七謝靈運，頁 1778。

章。

《漢書‧禮樂志》云：「至武帝定郊祀之禮，祠太一於甘泉，就乾位也；祭后土於汾陰，澤中方丘也。……以李延年爲協律都尉，多舉司馬相如等數十人造爲詩賦……作十九章之歌。以正月上辛用事甘泉圜丘，使童男女七十人俱歌，昏祠至明。」佞幸傳云：「是時上方興天地諸祠，欲造樂，令司馬相如等作詩頌。」

（2）如東漢明帝時，劉蒼所作的〈後漢武德舞歌詩〉。

《東觀漢記》云：「明帝永平三年八月丁卯，公卿奏世祖廟登歌八佾舞名。東平王蒼議，以爲漢制舊典，宗廟各奏其樂，不皆相襲，以明功德。……光武皇帝撥亂中興……廟樂名宜曰大武之舞。……用其文始、五行之舞如故，勿進武德舞。……詔書曰：『驃騎將軍議，可。進武德之舞如數。』」〔註59〕

（3）如魏王粲〈俞兒舞歌〉四首。

《宋書‧樂志》云：「魏俞兒舞歌四篇，魏國初建所用，後太祖廟並作之。」〔註60〕

（4）如魏曹植〈鼙舞歌〉五首。

《樂府詩集》〈舞曲歌辭〉雜舞序云：「雜舞者，公莫、巴渝、槃舞、鼙舞……之類是也。始皆出自方俗，後寖陳於殿庭。」〔註61〕

2. 感於哀樂的抒寫情懷：

（1）如西漢成帝時，班婕妤所作的〈怨歌行〉。

《玉臺新詠》序云：「昔漢成帝，班婕妤失寵，供養於長

〔註59〕見東觀漢記卷五郊祀志，頁41，鼎文版新校本後漢書附編一，亦可參閱宋書樂志樂一，頁534。
〔註60〕見宋書卷二十志第十樂二，頁571。
〔註61〕見樂府詩集卷第五十三舞曲歌辭二雜舞一，頁766。

信宮。乃作賦自傷，並為怨詩一首。」〔註62〕

（2）如東漢光武帝時，馬援所作的〈武溪深行〉。

崔豹《古今註》云：「武溪深，馬援南征之所作也。援門生爰寄生善吹笛。援作歌，令寄生吹笛以和之，名曰武溪深。」〔註63〕

《後漢書》〈馬援傳〉云：「（光武帝建武）二十四，武威將軍劉尚擊武陵五溪蠻夷，深入，軍沒，援因復請行。……進營壺頭。賊乘高守隘，水疾，船不得上。會暑甚，士卒多疫死，援亦中病，遂困……賊每升險鼓譟，援輒曳足以觀之，左右哀其壯意，莫不為之流涕。」〔註64〕這首詩全文為：「滔滔武溪一何深，鳥飛不度，獸不敢臨。嗟哉武溪兮多毒淫！」或為當時困境的感傷。

（3）如曹操的〈精列〉：「莫不有終期，聖賢不能免，何為懷此憂？……年之暮奈何？時過時來微。」〈龜雖壽〉：「老驥伏櫪，志在千里。烈士暮年，壯心不已。」〈短歌行〉：「對酒當歌，人生幾何？譬如朝露，去日苦多。慨當以慷，憂思難忘。」等。

（4）如曹丕的〈秋胡行〉：「朝與佳人期，日夕殊不來。嘉肴不嘗，旨酒停杯。寄言飛鳥，告余不能。俯折蘭英，仰結桂枝。佳人不在？結之何為？」〈善哉行〉：「朝日樂相樂，酣飲不知醉。……沖靜得自然，榮華何足為？」等。

（5）如曹植的〈怨歌行〉：「為君既不易，為臣良獨難。」〈門有萬里客行〉：「本是朔方士，今為吳越民。行行將復行，去去適西秦。」〈野田黃雀行〉：「高樹多悲風，海水

〔註62〕見文光版玉臺新詠，頁5；亦可參閱文友版昭明文選，頁151李善注，方祖燊《漢詩研究》，頁199。

〔註63〕見樂府詩集，頁1048所引。

〔註64〕見後漢書卷二十四馬援列傳第十四，頁842～844。

揚其波。利劍不在掌，結友何須多。不見籬間雀，見鷂
自投羅。羅家得雀喜，少年見雀悲。拔劍捎羅網，黃雀
得飛飛。飛飛摩蒼天，來下謝少年。」等。

(6) 餘如繆襲的〈挽歌〉、曹叡的〈月重輪行〉、〈長歌行〉、〈燕
歌行〉等，皆爲此類作品。

3. **緣事而發的寫實精神：**

(1) 如東漢和帝時，辛延年的〈羽林郎〉。

邱師燮友云：「詩中鋪述昔有霍家奴，仗勢調笑胡商賣酒
的女子，其實是寫東漢和帝時的羽林軍。」又云：「借往
事來諷諫今人，但詩中僅將故事鋪述而已，不作任何說
教。」〔註65〕

(2) 如曹操的〈蒿里行〉。

廖蔚卿云：「內容述獻帝初平元年，關東諸州起義兵討董
卓，推袁紹爲盟主，會兵孟津；眾心不合，又自相爭伐；
復謀立幽州牧劉虞爲帝，不協力伐卓；百姓死亡，社稷
荒蕪。」〔註66〕

明人鍾惺《古詩歸》云：「漢末實錄，眞詩史也。」清人
方東樹《昭昧詹言》云：「此言袁紹初意本在王室，至軍
合不齊，始與孫堅等相爭，而紹弟亦別自異心。」〔註67〕

(3) 如王粲的〈從軍行〉五首。

《魏志武帝紀》云：「(建安)二十年……三月，公西征
張魯。」〔註68〕《文選》李善注云：「建安二十年三月，
公西征張魯。魯及五子降。十二月至自南鄭。是行也，

〔註65〕見邱師燮友《中國歷代故事詩》，頁 45、49。
〔註66〕見廖蔚卿〈建安樂府詩溯源〉，幼獅學誌七卷一期，頁 16、17；亦可
　　　　參閱黃節《漢魏樂府風箋》，頁 78。
〔註67〕見邱師燮友等著《中國文學史初稿》，頁 288 引，及《方東樹評古詩
　　　　選》，頁 30。
〔註68〕見三國志魏志卷一武帝紀第一，頁 45。

侍中王粲作五言詩以美其事。」〔註69〕

（4）如繆襲的〈鼓吹曲〉十二首。

《晉書樂志》下云：「及魏受命，改其（指漢短簫鐃歌）
十二曲，使繆襲爲詞，述以功德代漢。改朱鷺爲楚之平，
言魏也。改思悲翁爲戰滎陽，言曹公也。改艾如張爲獲
呂布，言曹公東圍臨淮，擒呂布也。改上之回爲克官渡，
言曹公與袁紹戰，破之於官渡也。改雍離爲舊邦，言曹
公勝袁紹於官渡，還譙收藏死亡士卒也。改戰城南爲定
武功，言曹公初破鄴，武功之定始乎此也。改巫山高爲
屠柳城，言曹公越北塞，歷白檀，破三郡烏桓於柳城也。
改上陵爲平南荆，言曹公平荆州也。改將進酒爲平關中，
言曹公征馬超，定關中也。……」〔註70〕

（5）餘如吳韋昭的〈鼓吹曲〉十二首，亦屬此一性質，並見
《晉書樂志》下。

〔註69〕見昭明文選，頁 150 李善注。
〔註70〕見晉書二十三志第十三樂下，頁 701；亦可參閱廖蔚卿〈建安樂府詩
溯源〉，頁 62～66。

第四章 漢魏文人樂府的創製性質

第一節 依前曲作新歌

　　《文心雕龍・樂府篇》說：「樂府者，聲依永，律和聲也。」嚴格的樂府府界定就是專指「能譜入音樂的詩」〔註1〕然而「詩」的流傳，在時間上往往受施用對象的轉變限制，在內涵上也受到原有的題意所拘牽。因此頌讚漢德的歌辭曹魏便不宜再施用；而擬用者所欲表現的情感或範圍，在超出原曲內容時，樂府歌辭即可能隨之更易了。這種更易歌辭的現象，就是《宋書樂志》所載曹植〈鞞舞歌〉序所謂的「故依前曲改作新歌」，或是「依舊曲，翻新調」。〔註2〕

　　要探討「依前曲作新歌」的現象前，必須先肯定「確有前曲可依」這個前提，否則一切的研究成果勢將架空。但在漢魏曲調早已亡佚的今天，我們如何就一首樂府歌辭來判斷它是否有前曲可依呢？研判的標準有兩個：第一，如果前曲仍有作品（也就是「古辭」）流傳，則此擬用可以成立。第二，前曲雖無作品流傳，但前代各種史料中確曾提及此曲，則亦可證明此曲確實存在過，只是因戰亂或其他因素而致失傳；那麼此種擬用亦可成立。

〔註1〕見梁啟超《中國之美文及其歷史》，頁161。
〔註2〕見蕭滌非《漢魏六朝樂府文學史》，頁23。

在檢定了所依前曲之後，我們進一步則要探討如何「作新歌」。就內容而言，是引申、發揮前曲的原有題意還是另出機杼？就形式而言，是直擬原曲的句式、篇幅還是略有增損？這些都是我們試圖釐清的問題，也是本節的重心所在。

兩漢文人樂府有「依前曲作新歌」現象的，只有西漢成帝時班婕妤的〈怨歌行〉，及東漢明帝時東平憲王劉蒼的〈後漢武德歌詩〉二首；而二首的原曲歌辭均未流傳下來。

班婕妤的〈怨歌行〉，《昭明文選》卷三樂府李善注引歌錄曰：「『怨歌行，古辭。』然言古者有此曲，而班婕妤擬之。」如果李善徵引的「歌錄」所載正確，則班婕妤這首五言十句的怨歌行，便文人樂府詩史上第一首擬古（而且可能擬民間歌謠）的作品了。因古辭不存，所以無法比對。

劉蒼的〈後漢舞德歌詩〉，一名〈世祖廟登歌〉。《宋書樂志》樂一云：

> 至明帝時，東平憲王蒼總定公卿之議，曰：「宋廟宜各奏樂，不應相襲，所以明功德也。承文始、五行、武德爲大武之舞。」又制舞歌一章，薦之光武之廟。〔註3〕

《東觀漢記》卷五〈祭祀志〉云：

> （明帝）永平三年八月丁卯，公卿奏議世祖廟登歌八佾舞名，東平王蒼議，以爲漢制舊典，宗廟各奏其樂，不皆相襲，以明功德。余爲無道，殘賊百姓，高皇帝受命誅暴，元元各得其所，萬國咸熙，作武德之舞。孝文皇帝躬行節儉，除誹謗、去肉刑，澤施四海，孝景皇帝制昭德之舞。孝武皇帝功德茂盛，威震海外，開地置郡，傳之無窮，孝宣皇帝制盛德之舞。光武皇帝受命中興，撥亂反正，武暢方外，震服百蠻，戎狄奉貢，宇內治平，登封告成，脩建三雍，肅穆典祀，功德巍巍，比隆前代，以兵平亂，武功盛大。歌所以詠德，舞所以象功，世祖廟樂名，宜曰大武

〔註3〕見宋書卷十九志第九樂一，頁534。

之舞。……一章成篇宜列德，故登歌清廟一章也。……一章十四句，依書文始、武行、武德、昭德、盛德修之，舞節損益前後之宜，六十四節爲武，曲副八佾之數。十月烝祭如御，用其文始、五行之舞如故，勿進武德舞。歌詩曰：『於穆世廟，肅雍顯清。俊乂翼翼，秉文之成。越序上帝，駿奔來寧。建立三雍，封禪泰山，章明圖讖，放唐之文。休矣惟德，周射協同。本支百世，永保厥功。』詔書曰：『驃騎將軍（劉蒼於明帝即位時即拜爲驃騎將軍）議，可。進武德之舞如數。』〔註4〕

《東觀漢記》所記載的這段史料非常值得我們重視，因爲它詳盡的說明了劉蒼改製《武德舞歌辭》的經過。就原文分析，其動機乃基於宗廟樂辭的製定，因君主的功業性質不同而有別；所以頌讚漢光武帝的勳功時，已不宜再施用漢高祖、文帝、武帝時的樂辭。因而劉蒼遂依前代〈文始〉、〈武行〉、〈武德〉、〈昭德〉及〈盛德〉這五曲舞辭而重加修定，不過就光武的「受命中興、武功盛大」「世祖廟樂名，宜曰大武之舞」來看，五曲舞辭中或以模擬漢高祖的《武德舞》爲主，《昭德》、《盛德》次之，先秦流傳下來的《文始》、《五行》更次之，所以劉蒼才會奏議：「用其文始、五行之舞如故，勿進武德舞。」明帝也才會對新近改製的《舞辭》下詔說：「進武德之舞如數。」

由於前五曲舞辭俱已亡佚，所以劉蒼這首四言十四句的作品無從比對，我們只能就原文所載「舞節損益前後之宜，六十四節爲武，曲副八佾之數。」稍爲窺知其增損的概況，不過四言的句式顯然繼承著漢郊祀歌以四言爲主的形式特徵。

降及曹魏，文人樂府「依前曲作新歌」的現象極盛，而所依之前曲，多爲漢代的民間歌謠。

1. 〈氣出倡〉

2. 〈精列〉

〔註4〕見後漢書第六冊附編一《姚輯東觀漢記》，頁41。

此二曲無漢辭，但東漢順帝時馬融作〈長笛賦〉已序云：「融既博覽典雅，精核數術，又性好音，能鼓琴吹笛，而爲督郵無留事。獨臥郿平陽鄔中，有雒客逆旅，吹笛爲氣出、精列相和。」李善注引《歌錄》曰：「『古相和歌十八曲，氣出一，精列二。』魏武帝集有氣出、精列二古典。」〔註5〕足見此二曲在東漢順帝時已有之。

《宋書樂志》載曹操所作的新歌「駕六龍」（擬氣出倡）一首，樂府詩集分爲「駕六龍」「華陰山」「遊君山」三首。全詩爲三、四、五、六、七言的雜言體，可能是配合原曲旋律的緣故；內容則屬遊仙範圍。曹操擬精列爲「厥初生」一首，除首句三言外，餘皆五言，也是遊仙之作。

3.〈薤露〉

漢辭爲：「薤上露，何易晞。露晞明乾更復落，人死一去何時歸？」

曹操擬爲：「惟漢廿二世，所任誠不良。沐猴而冠帶，知小而謀強。猶豫不敢斷，因狩執君王，白虹爲貫日，己亦先受殃。賊臣持國柄，殺主滅宇京。蕩覆帝基業，宗廟以燔喪。播越西遷移，號泣而且行。瞻彼洛城郭，微子爲哀傷。」

曹植擬爲：「天地無窮極，陰陽轉相因。人君一世間，忽若風吹塵。願得展功勤，輸力於明君。懷此王佐才，慷慨獨不群。鱗介尊神龍，走獸宗麒麟。蟲獸猶知德，何況於士人。孔氏刪詩書，王業粲已分。騁我徑寸翰，流藻垂華芬。」

〈薤露〉一曲，已見於宋玉的〈對楚王問〉一篇：〔註6〕「客有歌於郢中者……其爲陽阿、薤露，國中屬而和者數百人」崔豹《古今注》云：「薤露、蒿里，並喪歌也。……言人命奄忽，如薤上之露，易晞滅也，亦謂人死魂魄歸於蒿里。至漢武帝時，李延年分爲二曲，薤露送王公貴人，蒿里送士大夫庶人。使挽柩者歌之，亦謂之挽歌。」

〔註5〕見文友版昭明文選，頁92。
〔註6〕見文友版昭明文選，頁253。

〔註7〕今存者乃漢代挽歌歌辭，三七雜言共四句；而曹操、曹植父子則改爲五言十六句，內容亦由「人命奄忽」的哀輓改成述志，但曹植「人居一世間，忽若風吹塵」仍保持著傷逝的基調。曹植另有一首五言二十句的「惟漢行」，寫爲人君者應如堯舜禹湯一樣本乎天道，離〈薤露〉原意已遠，只是模擬曹操首句「惟漢廿二世」，並以此爲題而已。

4.〈蒿里〉

漢辭爲：「蒿里誰家地？聚歛魂魄無賢愚。鬼伯一何相催促，人命不得少踟躕。」

曹操擬爲：「關東有義士，興兵討群凶。初期會盟津，乃心在咸陽。軍合力不齊，躊躇而雁行。勢利使人爭，嗣還自相戕。淮南弟稱號，刻璽於北方。鎧甲生蟣蝨，萬姓以死亡。白骨露於野，千里無雞鳴。生民百遺一，念之斷人腸。」

由原曲五七雜言的喪歌，一變爲而五言十六句寫獻帝初平元年的時事作品，〔註8〕無論就形式或內容而言，均與原辭相去甚遠。

繆襲擬作有〈挽歌〉一首：「生時遊國都，死沒棄中野。朝發高堂上，暮宿黃泉下。白日入虞淵，懸車息駟馬，造化雖神明，安能復存亡。形容稍歇滅，齒髮行當墮。自古皆有然，誰能離此者？」

在內涵上，繆襲的擬作是較符喪歌本旨的。所以改題爲〈挽歌〉，正可以說明在擬作衍變上的另一個階段。曹植「天地無窮極」是引申傷逝的基調而自述懷抱，曹操則完全脫離題旨來述志（如「惟漢廿二世」）或描寫時事（如「關東有義士」）；在這種逐漸脫離原曲題旨的風尚下，繆襲既承續喪歌本旨，爲免相混，只有易名直稱「挽歌」了。

5.〈平陵東〉

漢辭爲：「平陵東，松柏桐，不知何人刼義公。刼義公，在高堂

〔註7〕見《樂府詩集》，頁 396 郭茂倩所引；以下凡引其說者，皆出於樂府詩集各曲解題，不另註。
〔註8〕見廖蔚卿〈建安樂府詩溯源〉，幼獅學誌七卷一期，頁 16。

下，交錢百萬兩走馬。兩走馬，亦誠離，顧見追吏心中惻。心中惻，血出漉，歸告我家賣黃犢。」

曹植擬爲：「閶闔開天衢，通被我羽衣乘飛龍。乘飛龍，與仙期，東上蓬萊採靈芝。靈芝採之可服食，年若王父無終極。」

崔豹《古今注》云：「平陵東，漢翟義門人所作也。」吳兢《樂府古題要解》云：「義，丞相方進之少子，字文中，爲東郡太守。以王莽篡漢，起兵誅之，不克而見害。門人作歌心怨之。」〔註9〕如崔、吳二氏所載可靠，則原曲當傳自王莽攝政二年以後。〔註10〕就漢辭來看，是一首三四七雜言略帶敘事成分的作品，並在「刧義公」及「兩走馬」處重複沓唱。曹植擬作，爲三五七八雜言，與漢辭略同，但內容則變爲遊仙服食，不過在「乘飛龍」處仍保留著沓唱的技巧。

6. 〈陌上桑〉

漢辭爲五言五十三句的敘事詩，又稱「艷歌羅敷行」「日出東南隅篇」。原辭稍長，我們在第一篇第三章已徵引過，故不再贅錄。

曹操擬爲：「駕虹霓，乘赤雲，登彼九疑歷玉門。濟天漢，至崑崙，見西王母謁東君，交赤松，及羨門，受要祕道愛精神。食芝英，飲醴泉，拄杖桂枝佩秋蘭。絕人事，遊渾元，若疾風遊欻飄翾。景未移，行數千，壽如南山不忘愆。」

曹丕擬爲：「棄故鄉，離室宅，遠從軍旅萬里客。披荆棘，求阡陌，側足獨窘步，路局笮。虎豹嗥動，雞驚，禽失群，鳴相索。登南山，奈何蹈盤石，樹木叢生鬱差錯。寢蒿草，蔭松柏，涕泣雨面霑枕席。伴旅單，稍稍日零落，惆悵竊自憐，相痛惜。」

曹操所擬爲遊仙之作，「三‧三‧七」句式重複六次；曹丕所擬則敘行役之苦，爲二三四五七雜言。二者無論在內容或形式上均迥異於漢辭，而與另一首「今有人」較似。「今有人」始見於《宋書樂志

〔註 9〕見臺靜農等編《百種詩話類編》後編頁 1576；以下凡引其說者，皆出於此篇 1575～1589，不另註。

〔註10〕同註8，頁 18。

樂三》，作者題作「楚詞鈔」，沈約置於曹丕、曹操擬作之間。「楚詞鈔」三字很令人費解，若爲書名，則四庫全書不見著錄；〔註11〕若爲無名氏改楚辭而成，〔註12〕則又無法考知其人確定年代，也不知沈約何以置於曹氏父子之間，但就「今有人」曲辭分析，約屬遊仙範疇，句式則爲「三・三・七」重複八次，與曹操的擬作相當接近。錄之如下：「今有人，山之阿，被服薜荔帶女蘿。既含睇，又宜笑，子戀慕予善窈窕。乘赤豹，從文貍，辛夷車駕結桂旗。被石蘭，帶杜衡，折芳拔荃遺所思。處幽室，終不見，天路險艱獨後來。表獨立，山之上，雲何容容而在下。杳冥冥，羌晝晦，東風飄颻神靈雨。風瑟瑟，木搜搜，思念公子徒以憂。」

7. 〈長歌行〉

漢辭有二首，一爲：「青青園中葵，朝露待日晞。陽春布德澤，萬物生光輝。常恐秋節至，焜黃華葉衰。百川東海到，何時復西歸？少壯不努力，老大徒傷悲。」

此首始見於《昭明文選》，目錄題爲〈古樂府〉，正文與〈青青河邊草〉〈昭昭素明月〉並列，而與曹操「對酒當歌」以下魏晉宋齊等諸作分開，當爲漢辭。另一首「仙人騎白鹿……泣下沾羅纓」晉荀勖伎錄，宋王僧虔《伎錄》，梁《昭明文選》，陳《玉臺新詠》、智匠《古今樂錄》、唐吳兢《樂府古題要解》等諸書皆未提及，似始見於宋郭茂倩的《樂府詩集》，不能令人無疑，故略。〔註13〕

曹叡擬爲：「靜夜不能寐，再聽眾禽鳴。大城育狐兔，高墉多鳥聲。壞宇何寥廓，宿屋邪草生。中心感時物，撫劍下前庭。翔伴於階際，景星一何明。仰首觀靈宿，北辰奮休榮。哀彼失群燕，喪偶獨縈縈

〔註11〕見《四庫全書簡明目錄》卷十五集部一楚詞類，頁 577～579 所載，只有章句、補註、集註、辨證、後語、草木疏、全圖、餘論、說韻等諸書，未見「楚詞鈔」。

〔註12〕同註 10。

〔註13〕長歌行古辭「仙人騎白鹿」，樂府詩集本作一首，但滄浪詩話、古樂府、詩紀、漢魏樂府風箋等書均自「岧岧山上亭」斷作二首。

縈。單心誰與侶，造屋孰與成？徒然喟有和，悲慘傷人情。余情偏易感，懷罔增憤盈。吐吟音不徹，泣涕沾羅縷。」

漢辭爲五言十句的感逝之作，曹叡所擬，篇幅增加一倍有餘（二十二句），內容亦轉爲夜思傷懷，但感傷的基調仍同，曹植另一首五言十六句的〈蝦䱇篇〉，《樂府解題》云：「曹植擬長歌行爲蝦䱇。」觀其內容則爲述志之作，與漢辭已經迥異，因此即事命篇，和繆襲〈挽歌〉命篇的性質，又有明顯的不同了。

8. 〈猛虎行〉

古辭爲：「飢不從猛虎食，暮不從野雀棲。野雀安無巢？遊子爲誰驕？」

此首始見於《樂府詩集》，《古今樂錄》等書均未提及，是否確屬漢辭不敢論斷，然晉人陸機擬作〈猛虎行〉，首四句爲：「渴不飲盜泉水，熱不息惡木陰。惡木豈無枝？志士多苦心」與古辭極似，或即爲模擬古辭而來，郭茂倩置於曹丕、陸機擬作之前，很可能是漢代的歌辭。

曹丕擬爲：「與君媾新歡，託配於二儀。充列于紫微，升降焉可知？梧桐攀鳳翼，雲雨散洪池。」

曹丕的擬作寫閨情，與古辭完全不同；但五言六句的形式却相差不多，「升降焉可知？」的疑問語句與「野雀安無巢？」略同。

9. 〈豫章行〉

漢辭爲：「白楊初生時，乃在豫章山。上葉摩青雲，下根通黃泉。涼秋八九月，山客持斧斤。我（下一字缺）何皎皎，稊落（下三字缺）。根株已斷絕，顛倒嚴石間。大匠持斧繩，鋸墨齊兩端。一驅四五里，枝葉相自捐。（下五字缺），會爲舟船蟠。身在洛陽宮，根在豫章山。多謝枝與葉，何時復相連？吾生百年（下一字缺），自（下三字缺）俱。何意萬人巧，使我離根株。」

曹植擬作兩首，一爲：「窮達難豫圖，禍福信亦然。虞舜不逢堯，

耕耘處中田，太公未遭文，漁釣終渭川。不見魯孔丘，窮困陳蔡間。周公下白屋，天下稱其賢。」一爲：「鴛鴦自用親，不若比翼連。他人雖同盟，骨肉天性然。周公穆康叔，管蔡則流言。子臧讓千乘，季札慕其賢」

漢辭似爲五言二十四句的托物傷己之作，並帶有敘事成份；曹植的兩首擬作，一爲五言十句，一爲五言八句，篇幅要簡短的多，並且完全捨棄敘事成份，而以說理方式來述志。二者同用譬喻，但漢辭單用白楊喻己，曹植則用虞舜、太公、孔丘、周公、季札五位歷史人物來自慰、自況，在技巧上也許複雜些，在學養上亦可略窺文人與民間無名氏的不同。

10. 〈秋胡行〉

無古辭。秋胡故事，據《西京雜記》及《列女傳》所載，大體言魯人秋胡，娶妻未久即遊宦於外多年，後返家途間見一美婦，戲之不遂。及抵家門，乃驚見其妻正途中所戲之人。妻投河而死。〔註14〕《樂府解題》云：「後人哀而賦之，爲秋胡行。」《樂府古題》要解亦云：「後人哀而賦焉。」如果吳兢等所載正確，我們可以推測本辭當是一首敘事作品。

曹魏擬作共計十二首，皆非敘事體。曹操有「晨上散關山」「願登太華山」二首，爲三四五六雜言，屬遊仙之詞；曹丕擬有三首，「堯任舜禹」爲四言十四句的述志之作，「朝與佳人期」爲四五雜言，「泛泛淥池」爲四言，二首或皆爲抒情體的遊仙之詞；嵇康擬有「富貴尊榮」等七首，內容則屬避禍處世的說理、遊仙之作。因無古辭可供比對，所以十首擬作就不贅錄了。

11. 〈善哉行〉

漢辭爲：「來日大難，口燥唇乾。今日相樂，皆當喜歡，經歷名山，芝草翻翻。仙人王喬，奉藥一丸。自惜袖短，內手知寒。慚無靈

〔註14〕見樂府詩集卷第三十六相和歌辭十一清調曲四，頁 526 所引。

輒，以報趙宣。月沒參橫，北斗闌干。親友在門，飢不及餐。歡日尚少，戚日苦多。以何忘憂？彈箏酒歌。淮南八公，要道不煩。參駕六龍，遊戲雲端。」

這是一首在現實環境壓迫下，藉著彈箏酒歌及遊仙之想，以求暫時忘憂作品，全篇四言，二十四句。曹操擬有二首，一為四言二十八句的「古公亶甫」，旨在讚述前賢的德業；一為五言二十四句的「自惜身薄祜」，為自述遭遇及懷抱的作品，題旨均與漢辭不同。曹丕擬有四首，「朝日樂相樂」五言二十句，描寫樂極而後生悲的感受；「上山采薇」四言二十四句，寫人生如寄而多憂，故欲策馬輕裘以忘憂；「朝遊高臺觀」五言十二句，亦為樂極而後生悲的感受，詩中「樂極哀情來，寥亮摧肝心」一句可為註腳；「有美一人」四言二十句，一二五六句與其〈秋胡行〉「泛泛淥池」一首末四句全同，或為樂工拼湊、分割樂辭所遺留，或為後人的附麗補增。此首藉一美人「感心動耳」的演奏，而引發作者「嗟爾昔人，何以忘憂？」的感傷。

綜觀曹操與曹丕的六首擬作，與漢辭比較，在篇幅上均相差不多；在句式上則以曹操的「古公亶甫」與曹丕的「上山采薇」「有美一人」仍保留著漢辭四言的形式；在內涵上則六首均無遊仙之想，但曹丕「朝日樂相樂」「朝遊高臺觀」「有美一人」三首却擴充了「彈箏酒歌」的鋪陳，並有意義上的不同；漢辭是藉此以忘憂，曹丕則因此而興憂，另外在「企圖忘憂」的基調上，則以「上山采薇」與漢辭較為相同。

曹叡亦擬作二首，一為四言三十句的「我徂我征」，一為三四七雜言的「赫赫大魏」。二首皆言王師出征，軍旅勇武之狀，與漢辭題旨迥異。曹植於本曲亦擬有「當來日大難」一首，三四雜言，寫離別前宴樂之情，或為直擬漢辭首句「來日大難」而來。

12. 〈步出夏門行〉

漢辭為：「邪徑過空廬，好人常獨居。卒得神仙道，上與天相扶。過謁王父母，乃在太山隅。離天四五里，道逢赤松俱。攬轡為

我御，將吾上天遊。天上何以有？歷歷種白榆。桂樹夾道生，青龍對伏趺。」

曹操擬有「觀滄海」「冬十月」「河朔寒」「神龜雖壽」四首。《樂府古題要解》云：「首章言東臨碣石，見滄海之廣，日月出入其中。二章言農功畢而商賈往來。三章言鄉土不同，人性各異。四章言『老驥伏櫪，志在千里，烈士暮年，壯心不已』也。」就句式而言，除「觀滄海」為四五六雜言外，其餘三首均為四言；每首亦均以「幸甚至哉，歌以詠志」作結。就內容而言，約如吳兢所云，「觀滄海」「冬十月」為寫景，「河朔寒」因隆寒而歎怨，「神龜雖壽」則為感逝述志之作。曹操所擬，與五言遊仙的漢辭迥異。

曹叡擬有「步出夏門，東登首陽山」一首，為四五雜言，以失群之禽而自況孤寂，與漢辭亦異。

13. 〈折楊柳行〉

漢辭為：「默默施行違，厥罰隨事來。末喜殺龍逢，桀放於鳴條。祖伊言不用，紂頭懸白旄。指鹿用為馬，胡亥以喪軀。夫差臨命絕。乃云負子胥。戒王納女樂，以亡其由余。璧馬禍及虢，二國俱為墟。三夫成市虎，慈母投杼趨。卞和之刖足，接輿歸草廬。」

漢辭為五言十八句的說理詩，藉著八個歷史典故來說明題旨的「默默施行違，厥罰隨事來」。曹丕擬為「西山一何高，高高殊無極。上有兩仙童，不飲亦不食。與我一藥丸，光耀有五色。服藥四五日，身體生羽翼。輕舉乘浮雲，倏忽行萬億。流覽觀四海，茫茫非所識。彭祖稱七百，悠悠安可原？老聃適西戎，于今竟不還。王喬假虛辭，赤松垂空言。達人識真偽，愚夫好妄傳。追念往古事，憒憒千萬端。百家多迂怪，聖道我所觀。」半為遊仙，半為尊儒，「彭祖」句以下為說理性質，略存漢辭的特色。

14. 〈飲馬長城窟行〉

漢辭為：「青青河畔草，綿綿思遠道，遠道不可思，宿昔夢見之。

夢見在我旁，忽覺在他鄉。他鄉各異縣，展轉不相見。枯桑知天風，海水知天寒。入門各自媚，誰肯相爲言？客從遠方來，遺我雙鯉魚。呼兒烹鯉魚，中有尺素書。長跪讀素書，書中竟如何？上言加餐飲，下言長相憶。」

曹丕擬爲：「浮舟橫大江，討彼犯荊虜。武將齊貫甲，征人伐金鼓。長戟十萬隊，幽冀百石弩。發機若雷電，一發連四五。」

陳琳擬爲：「飲馬長城窟，水寒傷馬骨。往謂長城吏，愼莫稽留太原卒。（以下文長不備錄）」

《樂府解題》云：「古詞，傷良人遊蕩不歸，或云蔡邕之辭。」關於作者的問題，《昭明文選》及《玉臺新詠》均題爲蔡邕詩，余冠英則以爲是樂工「併合兩篇聯以短章」，〔註15〕我們此處不考證作者的眞僞，因爲無論是古詞、蔡邕或是樂工併合，本首爲漢辭則無疑問。就內容來看，確爲「傷良人遊蕩不歸」，與曲名〈飲馬長城窟〉並無關係，恐怕另有一首更早的原辭，這首漢辭或也是擬作。曹丕所擬，直述戰況，可能較接近「原辭」。陳琳的五七雜言，直接襲用曲名，又爲敘事體的「苦長城之役」（樂府解題語），可能更接近「原辭」，此又與繆襲〈挽歌〉承原辭題旨而易曲名的模擬方式不同了。

15. 〈上留田行〉

漢辭爲：「里中有啼兒，似類親父子。回車問啼兒，慷慨不可止。」

曹丕擬爲：「居世一何不同？上留田。富人食稻與梁，上留田。貧子食糟與糠，上留田。貧賤亦何傷？上留田。祿命懸在蒼天，上留田。今爾歎息耐欲誰怨？上留田。」

崔豹《古今注》云：「上留田，地名也。人有父母死不字其孤弟者，鄰人爲其弟作悲歌以風其兄，故曰上留田。」由漢辭觀之，確爲第三人稱的感慨之詞，崔氏所論頗可信。曹丕所擬，仍保持著客觀角度的感歎，不過對象已由特定的「啼兒」擴大至廣泛的窮人；「上留

〔註15〕見余冠英《漢魏六朝論叢》，頁27。

田」原為曲名（或地名），曹丕則重複六次施用，除模擬外，或許還
有類似送和聲的效果。

16.　〈艷歌何嘗行〉

漢辭為：「飛來雙白鵠，乃從西北來。十十五五，羅列成行。妻
卒被病，行不能相隨。五里一反顧，六里一徘徊。吾欲銜汝去，口噤
不能開；吾欲負汝去，毛羽何摧頹。樂哉新相知，憂來生別離。躑躅
顧群侶，淚下不自知。念與君離別，氣結不能言。各各重自愛，遠道
歸還難。妾當守空房，閉門下重關，若生當相見，亡者會黃泉。今日
樂相樂，延年萬歲期。」

曹丕擬為：「何嘗快，獨無憂，但當飲醇酒，炙肥牛。長兄為二
千石，中兄被貂裘。小弟雖無官爵，鞍馬馺馺，往來王侯長者遊。但
當在王侯殿上，快獨摴蒲六博，對坐彈碁。男兒居世，各當努力，蹙
迫日暮，殊不久留。少小相觸抵，寒苦常相隨。忿恚安足諍？吾中道
與卿共別離。約身奉事君，禮節不可虧。上慚倉浪之天，下顧黃口小
兒。奈何復老心皇皇，獨悲誰能知？」

漢辭五言二十四句四言二句，托鳥傷離別之情。曹丕所擬則為三
四五六七雜言，前半首略帶敘事成份，後半首約屬感逝述志性質，「吾
中道與卿共別離」一句與漢辭傷別之旨稍同。《樂府解題》云：「又有
古辭云『何嘗快，獨無憂』，不復為後人所擬。」若其說屬實，則曹
丕此首乃據另一首漢辭「何嘗快」所擬，俟晉人入樂時可能略有增損，
所以沈約以為古辭。

17.　〈月重輪行〉

無漢辭。但崔豹《古今注》云：「日重光、月重輪，群臣為漢明
帝作也。明帝為太子，樂人作歌詩四章，以贊太子之德。一曰日重光，
二曰月重輪，三曰星重輝，四曰海重潤。漢末喪亂，後二章亡。」則
知《日重光》與《月重輪》二曲至曹魏時猶存。

曹丕擬為：「三辰垂光，照臨四海。煥哉何煌煌，悠悠與天地久

長。愚見目前，聖覲萬年。明闇相絕，何可勝言」

曹叡擬爲：「天地無窮，人命有終。立功揚名，行之在躬。聖賢度量，得爲道中。」

漢辭原爲頌詩，曹丕所擬仍爲本題，但曹叡「立功揚名，行之在躬」已爲述志之作，與漢辭異。

18. 〈俞兒舞歌〉

無漢辭。但《後漢書》〈南蠻西南夷列傳〉云：「閬中有渝水，其人多居水左右，天性勁勇，初爲漢前鋒，數陷陳。俗喜歌舞，高祖觀之，曰：此武王伐紂之歌也。乃命樂人習之，所謂巴渝舞也。」〔註16〕《晉書》〈樂志〉云：「（上幾同後漢書）舞曲有予渝本歌曲、安弩渝本歌曲、安臺本歌曲、行辭本歌曲，總四篇。……（王）粲問巴渝帥李管、種玉歌曲意，試使歌，聽之，以考校歌曲，而爲之改爲矛渝新福歌曲，弩渝新福歌曲，安臺新福歌曲，行辭新福歌曲，行辭以述魏德。」〔註17〕可見王粲是在漢辭「其辭既古，莫能曉其句度」的情形下，依前曲而改製新辭的。

〈巴渝舞〉的原辭今已亡佚，但我們就《後漢書》的記載推測，當屬頌讚體的〈武德舞〉性質，王粲所擬，亦不脫此一範疇。「矛渝新福」：三四五七雜言，頌漢初建國，安天下，樂子孫。「弩渝新福」：四言，頌漢材官選士，綏武爲仁，以來四方。「安臺新福」：三四五雜言，頌漢昭文宣武，禮樂備陳，堪稱盛世。「行辭新福」：三五七雜言，頌曹操神武仁恩，保漢世、安天下，功垂萬世。〔註18〕

就內容所頌讚的對象來看，上起漢初下迄曹操，必有異於漢辭；就句式來看，除「弩渝新福」全爲四言外，餘多爲三四五七雜言，恐怕較接近閬中方俗的原有形式，《晉書·樂志》所云：「三祖紛綸，咸工篇什，聲歌雖有損益，愛敔在乎雕章。是以王粲等各造新詩，抽其

〔註16〕見後漢書卷八十六南蠻西南夷列傳第七十六，頁 2846。
〔註17〕見晉書卷二十二志第十二樂上，頁 693～694。
〔註18〕同註8，頁 71。

藻思，吟詠神靈，贊揚來饗。」〔註19〕正可爲此現象作一註腳。

19.〈鼙舞歌〉

無漢辭。但《宋書·樂志》載曹植〈鼙舞歌〉序云：「漢靈帝西園故事，有李堅者，能鼙舞。遭亂，西隨段煨。先帝聞其舊有技，召之。堅既中廢，兼古曲多謬誤，異代之文，未必相襲，故依前曲改作新歌五篇。」《古今樂錄》云：「漢曲五篇：一曰關東有賢女，二曰章和二年中，三曰樂久長，四曰四方皇，五曰殿前生桂樹，並章帝造。」足證曹植所作的〈鼙舞歌〉確有前曲可依。

至於內容與形式的比對，因漢辭已亡，所存篇名亦不足據以推斷，故略。

20.〈鼓吹〉十四曲（含臨高台、釣竿二曲）

今存漢辭者有〈朱鷺〉、〈思悲翁〉……等十八曲。

魏繆襲擬爲〈楚之平〉、〈戰滎陽〉……等十二曲（缺君馬黃、雉子、聖人出、臨高臺、遠如期、石留六首）。吳韋昭擬爲〈炎精缺〉、〈漢之季〉……等十二曲，與繆襲同。

《晉書·樂志》云：「漢時有短簫鐃歌之樂，其曲有朱鷺、思悲翁……，列於鼓吹，多序戰陣之事。及魏受命，改其十二曲，使繆襲爲詞，述以功德代漢。……是時吳亦使韋昭制十二曲名，以述功德受命。……」〔註20〕三者的關係表列如下：（漢曲次第依宋書樂志排列；漢魏曲名據宋書樂志，吳曲名據晉書樂志）

漢鼓吹曲名	魏繆襲擬改	吳韋昭擬改
朱鷺	楚之平	炎精缺
思悲翁	戰滎陽	漢之季
艾如張	獲呂布	攄武師
上之回	克官渡	烏林

〔註19〕見晉書卷二十二志第十二樂上，頁 675。
〔註20〕見晉書二十三志第十三樂下，頁 701、702。

翁離	舊邦	秋風
戰城南	定武功	克皖城
巫山高	屠柳城	關背德
上陵	平南荊	通荊州
將進酒	平關中	章洪德
君馬黃		
芳樹	邕熙	承天命
有所思	應帝期	順曆數
雉子		
聖人出		
上邪	太和	玄化
臨高臺		
遠如期		
石留		

　　漢〈鼓吹曲辭〉內容包含極廣，有征戰、巡狩、福應、宗廟……等，而繆襲、韋昭擬作則一律出以功德的頌讚，描寫層面大爲縮小。另外值得特別注意的，是韋昭所改十二曲中，〈炎精缺〉〈漢之季〉〈攄武師〉〈通荊州〉四首篇幅、句式與魏曲全同。據蕭滌非考證，繆襲擬作早於韋昭，故知韋昭依漢曲所擬之作「名雖代漢，實本於魏」「設非韋昭以繆襲之魏鼓吹十二曲爲藍本，必無如是之巧合」〔註21〕這種字數多寡、句讀長短完全相同的現象，「此盖與後來之『按字塡詞』無異，在韋昭前，吾人尙未之見也」〔註22〕的確爲當時擬作方式的一種特例，後來晉人傳玄作晉鼓吹二十二曲中，這十二曲的字數及句讀亦多相近，顯然是受了這種「按字塡詞」方式的影響。

　　十八曲中，〈臨高臺〉的漢辭爲：「臨高臺以軒，下有清水清且寒。江有香草目以蘭，黃鵠高飛離哉翻。關弓射鵠，令我主壽萬年。收中吾。」

〔註21〕見蕭滌非《漢魏六朝樂府文學史》，頁 147～149。
〔註22〕見蕭滌非《漢魏六朝樂府文學史》，頁 147～149。

　　曹丕擬為：「臨臺高，高以軒。下有水，清且寒。中有黃鵠往且翻。行為臣，當盡忠。願令皇帝陛下三千歲，宜居此宮。我欲躬銜汝，口噤不能開；我欲負之，毛衣摧頹，五里一顧，六里徘徊。」

　　曹丕所擬，前半首在遣辭和題旨上，都與漢辭相當接近，但後半首卻與「艷歌何嘗行」的漢辭前半相差不多，恐是直擬兩首漢辭而併成一首，在模擬方式上也十分特殊。

　　十八曲中，〈釣竿〉無漢辭。但《古今樂錄》云：「漢鼓吹鐃歌十八曲，字多訛誤。一曰朱鷺，二曰思悲翁……十八曰石留。又有務成、玄雲、黃爵、釣竿，亦漢曲也。其辭亡。」足證〈釣竿〉本有前曲，崔豹《古今注》云：「釣竿者，伯常子避仇河濱為漁者，其妻思之而作也。每至河側輒歌之。」如果崔豹的解題正確，那麼漢辭當為觸物思人之作。

　　曹丕擬為：「東越河濟水，遙望大海涯。釣竿何珊珊，魚尾何簁簁。行路之好者，芳餌欲何為？」似實寫釣事，末二句兼有說理意味，除保留了〈釣竿〉的曲名外，與漢辭思人的基調已有不同。

　　另外，曹叡〈櫂歌行〉是否有前曲可依的問題，今無漢辭，雖然東漢人張衡所寫的〈西京賦〉云：「……於是命舟牧，為水嬉，浮鷁首，翳雲芝，齊榜女，縱櫂歌……」但李善注：「榜女，鼓榜之女。……櫂歌，引櫂而歌也。西鄉賦曰：櫂女歌漢武帝秋風辭曰發櫂歌。方言曰楫或謂之櫂。」〔註23〕我們細索上下文，李善的注解頗為合理，西京賦所謂「櫂歌」或只是張衡對「引櫂而歌」的一種泛稱，實際上未必真有專用的曲辭。所以曹叡的〈櫂歌行〉，我們不列入本節研討的範圍。

　　其餘有「併合二首漢曲名稱而成新題」的可能者，如曹操合〈東門行〉、〈西門行〉為〈却東西門行〉，曹植合〈泰山吟行〉〈梁甫吟行〉為〈泰山梁甫行〉，但因無更充份的資料可以印證這種推測，我們也只好置於研討的範圍外。

〔註23〕見文友版《昭明文選》，頁 11。

綜上所述，漢魏文人樂府所依的「前曲」較可信者，共計二十類三十三曲；而依此三十三曲的擬作，則西漢、東漢各一首，曹魏八十四首，共計八十六首，幾爲漢魏文人樂府總數的一半（總數約一百九十首，詳見第二篇的統計）。如果加上不十分肯定有無前曲可依的作品，如〈齊瑟行〉、〈怨詩行〉、〈十五〉、〈度關山〉……等，則數量當在百首以上，由此可知「依前曲作新歌」確爲漢魏，尤其是曹魏時期文人樂府最重要的創製特色。

「前曲」「新歌」在內涵與形式上的比對，本節已一一探述，至於其間模擬方式的衍變及歸納，我們將在第三章「文人樂府的模擬方式」中予以探討。

第二節　空無依傍的創製

所謂「空無依傍的創製」，主要是指漢魏文人樂府中，相對於「依前曲作新歌」的另一類創製方式。嚴格來說，此一性質應包含二種意義：第一，是無前曲可依傍的創製；第二，是無模擬現象的創製。綜合而言，即本節的研討範圍，乃限定於漢魏文人樂府中，屬於原創性質的作品。

至於漢武帝的〈瓠子歌〉、劉細君的〈烏孫公主歌〉、劉旦的〈燕王歌〉、梁鴻〈五噫歌〉、辛延年的〈羽林郎〉……等，我們雖然推測它們多少都受到當日楚聲或民歌形式的影響，但因無確定曲調可考，而其內容又無模擬古辭、古事的痕跡，所以仍列在討論範圍之內。

1.〈李延年歌〉（李延年）

《漢書・外戚傳》云：「孝武李夫人，本以倡進。初，夫人兄延年性知音，善歌舞，武帝愛之。每爲新聲變曲，聞者莫不感動。延年侍上起舞。歌曰：『北方有佳人，絕世而獨立，一顧傾人城，再顧傾人國。寧不知傾城與傾國，佳人難再得！』」。〔註24〕

〔註24〕見漢書卷九十七上外戚傳第六十七上，頁3951。

《漢書・佞幸傳》：「延年善歌，爲新變聲。」則知枸延年本以新聲見寵於漢武帝，那麼此歌既是爲其妹所撰寫的「廣告歌」，〔註25〕自必媚以新聲，原創性應無問題。

2.〈李夫人歌〉（劉徹）

《漢書・外戚傳》云：「及（李）夫人卒……上思念李夫人不已，方士齊人少翁言能致其神，乃夜張燈燭，設帷帳，陳酒肉，而令上居他帳，遙見好女如李夫人之貌，還幄坐而步。又不得就視，上愈益相思悲戚，爲作詩曰：『是邪，非邪？立而望之，偏何姍姍其來遲！』令樂府諸音家絃歌之。」。〔註26〕

此歌乃武帝感念之作，而令樂府人員被諸管絃，亦爲原創性質。

3.〈郊祀歌〉十九章（司馬相如等）

《漢書・禮樂志》云：「至武帝定郊祀之禮……以李延年爲協律都尉，多舉司馬相如等數十人造爲詩賦，略論律呂，以合八音之調，作十九章之歌。」

《漢書・佞幸傳》云：「延年善歌，爲新變聲。是時上方興天地諸祠，欲造樂，令司馬相如等作詩頌。延年輒承意弦歌所造詩，爲之新聲曲。」

4.〈瓠子歌〉二首（劉徹）

《史記・河渠書》云：「（武帝）乃使汲仁、郭昌發卒數萬人塞瓠子決。……天子既臨河決，悼功之不成，乃作歌曰：『瓠子決兮將奈何？晧晧旰旰兮閭殫爲河。殫爲河兮地不得寧，功無已時兮吾山平。吾山平兮鉅野溢，魚沸鬱兮柏冬日，延道弛兮離常流，蛟龍騁兮方遠遊。歸舊川兮神哉沛，不封禪兮安知外。爲我謂河伯兮何不仁，泛濫不止兮愁吾人。齧桑浮兮淮泗滿，久不反兮水維緩。』一曰：『河湯湯兮激潺湲，北渡迂兮浚流難。搴長茭兮沈美玉，河伯許兮薪不屬。薪不屬兮衛人罪，

〔註25〕見邱師燮友著《國學導讀叢編》下冊，頁868。
〔註26〕同註1，頁3952。

燒蕭條兮噫乎何以禦水？隤林竹兮楗石菑，宣房塞兮萬福來。』」〔註27〕

5. 〈烏孫公主歌〉（劉細君）

《漢書・西域傳》云：「漢（武帝）元封中，遣江都王建女細君
爲公主，以妻焉。……烏孫昆莫以爲右夫人。……昆莫年老，語言不
通，公主悲愁，自爲作歌曰：『吾家嫁我兮天一方，遠託異國兮烏孫
王。穹廬爲室兮旃爲牆，以肉爲食兮酪爲漿。居常土兮心內傷，願爲
黃鵠兮歸故鄉。』」〔註28〕

6. 〈李陵歌〉（李陵）

《漢書・蘇武傳》載蘇武與李陵之別云：「陵起舞，歌曰：『徑萬
里兮度沙幕，爲君將兮奮匈奴。路窮絕兮矢刃摧，士眾滅兮名已隤。
老母已死，雖欲報恩將安歸！』」〔註29〕

7. 〈廣川王歌〉（劉去）二首

《漢書・廣川王傳》云：「（昭信）使其大婢爲僕射，主永巷，盡
封閉諸舍，上篝於后，非大置酒召，不得見。（劉）去憐之，爲作歌
曰：『愁莫愁，居無聊。心重結，意不舒。內荈鬱，憂哀積。上不見
天，生何益！日崔隤，時不再。願棄軀，死無悔。』令昭信聲鼓爲節，
以教諸姬歌之。」〔註30〕

8. 〈燕王歌〉及〈華容夫人歌〉各一首（劉旦、華容夫人）

《漢書・燕刺王傳》云：「（燕刺）王憂懣，置酒萬載宮，會賓
客群臣妃妾坐飲。王自歌曰：『歸空城兮，狗不吠，雞不鳴，橫術
何廣廣兮，固知國中之無人！』華容夫人起舞曰：『髮紛紛兮寘渠，
骨籍籍兮亡君。母求死子兮，妻求死夫。裴回兩渠間兮，君子獨安
居！』」〔註31〕

〔註27〕見史記會注考證卷二十九河渠書第七，頁3508、509。
〔註28〕見漢書卷九十六下西域傳第六十六下，頁390。
〔註29〕見漢書卷五十四李廣蘇建傳第二十四，頁2466。
〔註30〕見漢書卷五十三景十三王傳第二十三，頁2431。
〔註31〕見漢書卷六十三武五子傳第三十三，頁2757。

9. 〈廣陵王歌〉（劉胥）

《漢書·廣陵厲王傳》云：「（劉）胥既見使者還，置酒顯陽殿，召太子霸及子女董訾、胡生等夜飲，使所幸八子郭昭君，家人子趙左君等鼓瑟歌舞。王自歌曰：『欲久生兮無終，長不樂兮安窮！奉天期兮不得須臾，千里馬兮駐待路。黃泉下兮幽深，人生要死，何爲苦心！何用爲樂心所喜，出入無悰爲樂亟。蒿里召兮郭門閱，死不得取代庸，身自逝。』」〔註32〕

10. 〈五噫歌〉（梁鴻）

後漢書梁鴻傳云：「（鴻）因東出關，過京師，作五噫之歌曰：『陟彼北芒兮，噫！顧覽帝京兮，噫！宮室崔嵬兮，噫！人之劬勞兮，噫！遼遼未央兮，噫！』肅宗（章帝）聞而非之，求鴻不得。」〔註33〕

11. 〈同聲歌〉（張衡，以下四首文長不備錄）。

12. 〈羽林郎〉（辛延年）

13. 〈董嬌饒〉（宋子侯）

14. 〈定情詩〉（繁欽）

15. 〈燕歌行〉二首（曹丕）

一爲：「秋風蕭瑟天氣涼，草木搖落露爲霜。群燕辭歸鵠南翔，念君客遊多思腸。慊慊思歸戀故鄉，君何淹留寄它方。賤妾煢煢守空房，憂來思君不敢忘。不覺淚下霑衣裳，援瑟鳴弦發清商。短歌微吟不能長，明月皎皎照我床，星漢西流夜未央，牽牛織女遙相望，爾獨何辜限河梁。」

一爲：「別日何易會日難，山川悠遠路漫漫。鬱陶思君未敢言。寄書浮雲往不還。涕零雨面毀形顏，誰能懷憂獨不歎。耿耿伏枕不能眠，披衣出戶步東西。展詩清歌聊自寬，樂往哀來摧心肝。悲風清厲

〔註32〕同註8：頁2762。
〔註33〕見後漢書卷八十三逸民列傳第七十三，頁2766、2767。

秋氣寒，羅帷徐勳經秦軒。仰戴星月觀雲間，飛鳥晨鳴聲可憐，留連顧懷不自存。」

　　吳兢《樂府古題要解》云：「晉樂奏魏文帝『秋風蕭瑟天氣涼』『別日何易會日難』二篇。言時序遷換，而行役不歸，佳人怨曠，無所訴也。」我們就內容觀之，這二首七言作品確實展現著思怨的情感；亦爲當時盛行的四、五言樂府中，作一的七言新體。《文選》李善注引歌錄云：「燕，地名；猶楚、宛之類。此不言古辭，起自此也。」〔註34〕梁人蕭子顯《南齊書・文學傳論》曰：「飛館玉池，魏文之麗篆，七言之作，非此誰先？」余冠英在〈七言詩起源新論〉一文中曾詳述七言詩的淵源，並云：「七言的樂府辭應以曹丕的『燕歌行』爲第一首。」〔註35〕足證古無定曲，燕歌行乃曹丕所創製。

　　16.〈從軍〉五首（王粲）

　　原詩頗長，我們舉第一首：「從軍有苦樂，但問所從誰。所從神且武，焉得久勞師。相公征關右，赫怒震天威。一舉滅獯虜，再舉服羌夷。西收邊地賊，忽若俯拾遺。陳賞越丘山，酒肉踰川坻。軍中多飫饒，人馬皆溢肥。徒行兼乘還，空出有餘資。拓地三千里，往返一如飛。歌舞入鄴城，所願獲無違。晝日獻大朝，日暮薄言歸。外參時明政，內不廢家私。禽獸憚爲犧，良苗實已揮。竊慕負鼎翁，願屬朽鈍姿。不能效沮溺，相隨把鋤犂。熟覽夫子詩，信知所言非。」

　　《樂府古題要解》云：「皆述軍旅苦辛之詞也。」《魏志・武帝紀》云：「（建安）二十年……三月，公西征張魯。」文選李善注云：「建安二十年三月，公西征張魯。魯及五子降。十二月至自南鄭。是行也，侍中王粲作五言詩以美其事。」〔註36〕我們就下列三點論據來推測：

　　　（1）本詩首見《昭明文選》，題作〈從軍詩〉，獨入卷三詩二
　　　　　「軍戎」類；且此類也只有這五首作品。可見蕭統編選

〔註34〕見文友版昭明文選，頁152。
〔註35〕見余冠英《漢魏六朝詩論叢》，頁141。
〔註36〕同註11，頁150。

此書時，軍戎一類似前無所承。

（2）李善注謂「是行也，侍中王粲作五言詩以美其事。」可見在創製上並無依傍，純爲緣事而發的記實之作。

（3）就內容而言，「皆述軍旅苦辛之詞」，可見內容與篇名相符，感篇名即從首句「從軍有苦樂」而來。

綜合這些論據，則〈從軍行〉宜爲王粲原創。

17.〈苦思行〉（曹植）

詩爲：「綠蘿緣玉樹，光曜粲相暉，下有兩眞人，舉翅翻高飛。我心何踴躍，思欲攀雲追。鬱鬱西岳顛，石室青蔥與天運。中有耆年一隱士，鬚髮皆皓然。策杖從吾遊，教我要忘言。」

這是一首五七雜言的遊仙之作。廖蔚卿云：「黃節以爲子建自擬題」〔註37〕《漢魏樂府風箋》引朱秬堂（乾）論曰：「子建多歷憂患，苦思所以藏身之固，計欲攀雲隨眞人而不可得，託言隱士教以忘言；蓋安身之道，守默爲要也。」〔註38〕今無漢曲、辭可考，朱乾所謂「苦思所以藏身之固」如果確爲命篇所在，那麼《苦思行》當屬原創性質的作品。

綜上所述，漢魏文人樂府中屬於「空無依傍的創製」者，依本節體例共計十八類（第八類燕王歌，華容夫人歌應別爲二類；但因出處相同，爲行文方便計，故合在一起）四十三首，約爲此期文人樂府總數的四分之一弱。至於其他作品，如左延年的〈秦女休行〉、曹植的〈飛龍篇〉、〈遠遊篇〉、〈仙人篇〉、〈種葛篇〉、〈妾薄命〉……等，雖然在性質上也可以算作「原創性」的作品，但因其內涵或多或少都有模擬古辭、古事的痕跡，所以我們併入下章討論。

第三節　文人樂府的模擬方式

我們在第一章「依前曲作新歌」中，已逐一探述「前曲」與「新

〔註37〕見廖蔚卿〈建安樂府詩溯源〉，幼獅學誌七卷一期，頁52。
〔註38〕見黃節《漢魏樂府風箋》，頁205所引。

歌」在內涵與形式上的比對，本節則據此研究成果，進一步來研討漢
魏文人樂府的模擬方式。在研討的範圍上，增加一、二章以外既無確
定前曲可依、又非純屬原創性質的作品；在分析上，則以圖表及歸納
方式來說明；在章節安排上，則分為「內涵」及「形式」（句式與篇
幅）兩部份來進行討論。

一、內涵的模擬變化

曲名	漢辭篇旨性質	曹魏擬作	
		作者	篇旨性質
薤露	喪歌	曹操	述志
		曹植	述志
		曹植	惟漢行：為人君者應如堯舜禹湯一樣本乎天道。
蒿里	喪歌	曹操	敘時事
		繆襲	挽歌：喪歌
平陵東	敘事	曹植	遊仙服食
陌上桑 （今有人）	敘事 （遊仙）	曹操	遊仙
		曹丕	行役之苦
長歌行	感逝	曹叡	夜思傷懷
		曹植	鰕䱅篇：述志
猛虎行	述志	曹丕	閨情
豫章行	托物傷己	曹植（2）	說理述志
善哉行	藉著彈箏酒歌及遊仙之想，以求暫時忘憂。	曹操	古公亶甫：讚述前賢的德業。
		曹操	自惜身薄祜：自述遭遇及懷抱。
		曹丕	朝日樂相樂、朝遊高臺觀、有美一人：三首皆寫樂極而後生悲的感受。
		曹丕	上山采薇：寫人生如寄而多憂，故欲策馬輕裘以忘憂。

		曹叡（2）	皆言王師出征，軍旅勇武之狀。
		曹植	當來日大難：寫離別前宴樂之情。
步出夏門行	遊仙	曹操	觀滄海、冬十月：寫景。
		曹操	河朔寒：因隆寒而歎怨。
		曹操	神龜雖壽：感逝述志
		曹叡	以失群之禽自況
秋胡行	敘事	曹操（2）	遊仙
		曹丕	堯任舜禹：述志
		曹丕	朝與佳人期、泛泛淥池：遊仙（抒情體）
		嵇康（7）	避禍處世的說理、遊仙。
折楊柳行	說理	曹丕	半遊仙、半尊儒。
飲馬長城窟行	閨怨（或另有原辭）	曹丕	直述戰況。
		陳琳	敘事。
上留田行	感歎（為特定的「啼兒」）	曹丕	感歎（為廣泛的窮人）
艷歌何嘗行	托鳥傷別	曹丕	前半略帶敘事成份，後半感逝述志。
月重輪行	頌讚	曹丕	頌讚
		曹叡	述志
俞兒舞	頌讚	王粲（4）	頌讚
鼓吹曲（12）	漢辭內容繁富	繆襲	頌讚
		韋昭	頌讚
臨高臺（鼓吹曲）	寫景、頌讚	曹丕	前半寫景、頌讚，後半托鳥傷別。
釣竿（鼓吹曲）	觸物思人	曹丕	實寫釣事，末二句說理。

經由上表的比對，我們對文人樂府在篇旨上的模擬衍化，或許可以有較清晰的輪廓。綜觀漢魏文人樂府在內涵上的模擬現象，約可歸納為下列四類：

（一）擬用前曲篇名及篇旨

如東漢明帝時，劉蒼擬漢高祖〈武德舞〉而作〈後漢武德舞歌〉。雖然《樂府詩集》云：「一名世祖廟登歌。」但我們就最早的東觀漢記所載漢明帝的詔書內容：「詔書曰：『驃騎將軍議，可。進武德之舞如數。』」來看，劉蒼所擬，在當時確被視爲「武德之舞」這個範圍，在篇旨上自然也承繼著頌讚的性質。

如曹丕的「月重輪行」。今雖無漢辭可供比對，但如崔豹《古今注》所載正確：「日重光、月重輪，群臣爲漢明帝作也。明帝爲太子，樂人作歌詩四章，以贊太子之德。……二曰月重輪……」則曹丕所擬的「三辰垂光」一首，無疑仍與漢辭同屬頌讚之作。

如曹丕的〈善哉行〉（上山采薇）。漢辭「以何忘憂？彈箏酒歌。……參駕六龍，遊戲雲端。」是一首現實環境壓迫下，藉著彈箏酒歌及遊仙之想，以求暫時忘憂的作品；曹丕所擬，乃以「策我良馬，被我輕裘。載馳載驅，聊以忘憂。」仍承續著「求忘憂」的篇旨。不過在方式上已有變化。

如曹操的〈陌上桑〉。倘若所擬並非「日出東南隅」而是楚詞鈔「今有人」的話，則二首不僅篇名相同（「今有人」宋書樂志及樂府詩集均題屬〈陌上桑〉曲），亦同爲遊仙的性質。另外值得注意的是，「今有人」表現技巧爲「三·三·七」句式重複八次，而曹操〈陌上桑〉（駕虹霓）則爲「三·三·七」句式重複六次。

如陳琳的〈飲馬長城窟行〉。雖然今存漢辭「青青河畔草」屬閨怨性質，但如果我們在第一章中的推測正確，恐怕另有一首與曲名相符而年代更早的「原辭」。那麼陳琳此詩不僅首句直擬〈飲馬長城窟〉，又爲敘事性質的「苦長城之役」，在篇名和篇旨的模擬上，或都與「原辭」相同。

（二）擬用前曲篇名而篇旨已異

如〈薤露〉本爲喪歌，而曹操「惟漢廿二世」、曹植「天地無窮

極」同以述志。〈蒿里〉亦為喪歌，而曹操「關東有義士」則以敘漢
獻帝初平元年（A.D.190）的時事。〈平陵東〉本敘翟義事，而曹植「閶
闔開天衢」但言服食遊仙。〈陌上桑〉本為敘事（或遊仙），而曹丕「棄
故鄉」則寫行役之苦。〈長歌行〉本為感逝，而曹叡「靜夜不能寐」
徒以夜思傷懷。〈猛虎行〉本為述志，而曹丕「與君媾新歡」出以閨
情。〈豫章行〉本為托物傷己，而曹植「窮達難豫圖」「鴛鴦自用親」
則改成說理方式述志。〈善哉行〉本求忘憂，而曹操「古公亶甫」用
以讚述前賢的德業，「自惜身薄祜」用以自述遭遇及懷抱；曹丕「朝
日樂相樂」「朝遊高臺觀」「有美一人」則寫樂極生悲的感受；曹叡「我
徂我征」「赫赫大魏」則言王師出征，軍旅勇武之狀。〈步出夏門行〉
本為遊仙，而曹操「觀滄海」「冬十月」徒以寫景，「河朔寒」則因隆
寒而歎怨，「神龜雖壽」用以感逝述志；曹叡〈步出夏門〉但以失群
之禽自況孤寂。〈秋胡行〉本為敘事，而曹操「晨上散關山」「願登太
華山」則寫遊仙；曹丕「堯任舜禹」用以述志，「朝與佳人期」「泛泛
淥池」則變為抒情體的遊仙之詞；嵇康「富貴尊榮」等七首則屬避禍
處世的說理、遊仙之作。〈折楊柳行〉本為說理，曹丕「西山一何高」
則半為遊仙半為尊儒。〈上留田行〉本代孤弟諷兄，曹丕「世居一何
不同」則改歎貴賤不公。〈艷歌何嘗行〉本托鳥傷別，曹丕「何嘗快」
則前半略加敘事，後半感逝述志。〈臨高臺〉本為寫景、頌讚，而曹
丕則前半幾同，後半另併〈艷歌何嘗行〉部份漢辭以成篇。〈釣竿〉
本為觸物思人，而曹丕「東越河濟水」卻寫釣事，末二句兼有說理意
味。〈月重輪行〉本為頌讚，而曹叡「天地無窮」則用以述志。

　　以上所述諸曲的擬作，雖然篇旨已異，但還有部份特色仍可看出
它們模擬、衍變的軌跡。

　1. 保留前曲篇旨的部份基調。

　　如曹植〈薤露〉「人居一世間，忽若風吹塵」仍保留著漢辭「露
晞明乾更復落，人死一去何時歸」的傷逝基調。

　　如曹叡〈長歌行〉「徒然喟有和，悲慘傷人情。……吐吟音不徹，

泣涕沾羅纓。」仍保留著漢辭「常恐秋節至，焜黃華葉衰。⋯⋯少壯不努力，老大徒傷悲」的感傷基調。

如曹丕〈上留田行〉「富人食稻與粱，上留田。貧子食糟與糠，上留田。貧賤亦何傷？⋯⋯今爾歎息將欲誰怨？」仍保留著漢辭「里中有啼兒，似類親父子。回車問啼兒，慷慨不可止。」這種第三人稱客觀感歎基調。

2. 保留前曲曲辭的部份技巧或特性。

如〈平陵東〉漢辭在「刼義公」與「兩走馬」處均重複沓唱；曹植擬作在「乘飛龍」處亦重複沓唱，另外「東上蓬萊採靈芝，靈芝採之可服食」亦可視爲此一技巧的衍變。

如〈猛虎行〉漢辭今存僅四句，而「野雀安無巢？遊子爲誰驕？」却有兩句是疑問語句；曹丕所擬亦僅六句，「升降焉可知？」也是疑問句。

如〈折楊柳行〉漢辭是說理詩，藉著八個歷史典故來說明篇旨的「默默施行違，厥罰隨事來」；曹丕擬作下半首「彭祖稱七百，悠悠安可原？老聃適西戎，于今竟不還。王喬假虛辭，赤松垂空言。達人識眞僞，愚夫好妄傳。追念往古事，憒憒千萬端。百家多迂怪，聖道我所觀。」爲說理性質，略存漢辭說理的特性。

3. 擴充前曲曲辭的部份技巧，而意義、性質不同。

如〈善哉行〉漢辭是在現實環境壓迫下，藉著彈箏酒歌及遊仙之想，以求暫時忘憂的作品：「以何忘憂？彈箏酒歌。淮南八公，要道不煩。參駕六龍，遊戲雲端。」曹丕擬作則完全捨棄遊仙部份，而擴充「彈箏酒歌」的鋪陳，「朝日樂相樂，酣飲不知醉。悲弦激新聲，長笛吹清氣。弦歌感人腸，四坐皆歡悅。」（朝日樂相樂）「朝遊高臺觀，夕宴華池陰。大酋奉甘醪，狩人獻家禽。齊倡發東舞，秦箏奏西音。⋯⋯五音紛繁會，拊者激微吟。」（朝遊高臺觀）「知音識曲，善爲樂方。哀弦微妙，清氣含芳。流鄭激楚，度宮中商。感心動耳，綺

麗難忘。」（有美一人）雖然這三首都擴充了漢辭「彈箏酒歌」的鋪陳，但在意義上却完全不同。漢亂是藉此以求忘憂，曹丕則因此而興憂：「君子多苦心，所愁不但一。……眾賓飽滿歸，主人苦不悉。」（朝日樂相樂）「樂極哀情來，寥亮摧肝心。」（朝遊高臺觀）「眷然顧之，使我心愁。」（有美一人）

如〈豫章行〉漢辭全篇藉「白楊」以自傷，亦即單用白楊喻己；曹植所擬「窮達難豫圖」「鴛鴦自用親」雖保留譬喻的技巧，但已由植物改成虞舜、姜太公、孔丘、周公、季札等五位歷史人物來自況、自慰，性質不同，象徵的意義也較白楊複雜。

4. **篇旨已異，為明模擬該曲，乃直接襲入該曲篇名。**

如曹丕模擬漢鼓吹曲〈釣竿〉。今〈釣竿〉漢辭已亡，但崔豹《古今注》的解題如果正確：「釣竿者，伯常子避仇河濱為漁者，其妻思之而作也。每至河側輒歌之。」當為觸物思人之作。但曹丕所擬「釣竿何珊珊，魚尾何筳筳」只是襲入「釣竿」的篇名而已。

如曹丕模擬〈上留田行〉。所謂「上留田」，據古今注所載，是「以地名曲」的漢代民歌；而曹丕擬為「居世一何不同：上留田。富人食稻與粱，上留田。貧子食糟與糠，上留田。貧賤亦何傷？上留田。祿命懸在蒼天，上留田。今爾歎息將欲誰怨？上留田。」篇旨已與漢辭「為孤弟諷兄」不同。此處重複施用「上留田」六次，頗有送和聲的效果，但究其主要動機，當在標明模擬該曲。

5. **併兩首漢辭以成篇。**

如曹丕〈臨高臺〉乃併漢鼓吹曲〈臨高臺〉及瑟調曲〈艷歌何嘗行〉前半首而成新篇。〈臨高臺〉漢辭為：「臨高臺以軒，下有清水清且寒。江有香草目以蘭，黃鵠高飛離哉翻，關弓射鵠，令我主壽萬年。收中吾。」〈艷歌何嘗行〉前半首為：「……妻卒被病，行不能相隨。五里一反顧，六里一徘徊。吾欲銜汝去，口噤不能開；吾欲負汝去，毛羽何摧頹。」曹丕擬作的〈臨高臺〉則為：「臨高臺，高以軒。下

有水，清且寒。中有黃鵠往且翻。行為臣，當盡忠。願令皇帝陛下三千歲，宜居此宮。我欲躬銜汝，口噤不能開；我欲負之，毛衣摧頹。五里一顧，六里徘徊。」併合的痕跡是相當明顯的；這種現象亦足以看出在篇旨已異的情況下，它與漢辭之間的模擬關係。

（三）另立篇名，而仍承續前曲的篇旨

如繆襲模擬〈蒿里〉而題為「挽歌」。〈蒿里〉的漢辭為：「蒿里誰家地？聚斂魂魄無賢愚。鬼伯一何相催促，人命不得少踟蹰。」本是「使挽柩者歌之」的喪歌。繆襲則擬為：「生時遊國都，死後棄中野。朝發高堂上，暮宿黃泉下。……自古皆有然，誰能離此者？」在內涵上與漢辭的篇旨相當接近，改題為「挽歌」而不仍作「蒿里」，我們推測則與當時「擬用前曲篇名而篇旨已異」的普徧風氣有關。據本節第二類的統計顯示，凡屬「擬用前曲篇名而篇旨已異」者，至少有〈薤露〉、〈蒿里〉、〈平陵東〉……等十六曲三十九首擬作，以漢魏文人樂府所有「依前曲作新歌」的數量（三十三曲八十六首擬作）來看，這是一個相當高的比例，也足以說明這種擬作方式的盛行。何況同擬〈蒿里〉一曲，曹操既以「關東有義士」來寫時事，那麼繆襲若承續了喪歌本旨，為避免和這種脫離前曲篇旨的風向相混，易名直題作〈挽歌〉，正是合理的因應現象。

如韋昭模擬繆襲〈楚之平〉而題為〈炎精缺〉等十二曲，（請參閱本篇第一章第二十曲所論）二者篇旨同為「述以功德代漢」的頌讚性質，且〈炎精缺〉〈漢之季〉〈攄武師〉〈通荊州〉四首與繆襲〈楚之平〉〈戰滎陽〉〈獲呂布〉〈平南荊〉在字數多寡、句讀長短上完全相同。這種現象，應是「另立篇名，而仍承續前曲的篇旨」類中，一種高度的模擬方式了。

（四）另立篇名而篇旨亦異

如曹植模擬感逝的〈長歌行〉（青青園中葵），而為述志的〈鰕䱇篇〉。曹植的擬作如下：「鰕䱇游潢潦，不知江海流。燕雀戲藩柴，安

識鴻鵠遊。世事此誠明，大德固無儔。駕言登五岳，然後小陵丘，俯觀上路人，勢利是謀讎，高念翼皇家，遠懷柔九州。撫劍而雷音，猛氣縱橫浮。泛泊徒嗷嗷，誰知壯士憂？」

如曹植模擬曹操〈薤露〉首句「惟漢廿二世」而爲〈惟漢行〉。曹操所作乃在述志；曹植則論爲人君者，應如唐、虞、禹、湯、周一樣本乎天道而行仁，屬說理性質。擬作如下：「太極定二儀，清濁始以形。三光炤八極，天道甚著明。爲人立君長，欲以遂其生。行仁章以瑞，變故誠驕盈。神高而聽卑，報若響應聲。明主敬細微，三季薵天經。二皇稱至化，盛哉唐虞庭。禹湯繼厥德，周亦致太平。在昔懷帝京，日昃不敢寧。濟濟在公朝，萬載馳其名。」

如曹植模擬〈善哉行〉首句「來日大難」而爲「當來日大難」。漢辭篇旨在求忘憂，曹植所擬則在寫離別前的宴樂之情。擬作如下：「日苦短，樂有餘。乃置玉樽，辦東廚。廣情故，心相於。闔門置酒，和樂欣欣。遊馬後來，轅車解輪。今日同堂，出門異鄉。別易會難，各盡杯觴。」

綜觀漢魏文人樂府在內涵上的模擬現象，約可歸納爲上述四類。其中以第二類「擬用前曲篇名而篇旨已異」在數量及模擬的變化上較爲豐富，此或可說明漢魏（尤其是魏）文人樂府的模擬方式，仍多承續著前曲的名稱；而在內涵上雖已自出機杼，但由擬作的部份特質還可以看出它們與前曲之間的模擬關係。

接著我們討論本篇第一、二章範圍以外，既無確定前曲可依、又非純屬原創性質的作品。這些作品雖然在性質上也可以算作「空無依傍的創製」，但因其內涵或多或少都帶有模擬古辭、古事的痕跡，所以此處分別就史籍來說明這種間接模擬的現象。所謂「古辭」，主要是指楚辭篇章中的遊仙之作。

如曹植的〈遠遊篇〉（遠遊出四海）。《楚辭·遠遊》首句云：「悲時俗之迫阨兮，願輕舉而遠遊。質菲薄而無因兮，焉託乘而上浮。」

〔註39〕郭茂倩《解題》云：「王逸云：『遠遊者，屈原之所作也。屈原履芳直之行，不容於世，困於讒佞，無所告訴，乃思與仙人俱遊戲，周歷天地，無所不至焉。』周王褒又有輕舉篇，亦出於此。」〔註40〕曹植此詩亦為遊仙之作，或即模擬《楚辭·遠遊》而來。

　　如曹植的〈五遊〉。黃節注曰：「開篇九洲不足步，願得凌雲翔。意謂四方不足遊，而上遊乎天耳。然逍遙八紘之外，則亦徧遊四方而後上遊，故曰五遊也。」並謂此詩辭意多仿屈原〈遠遊〉篇。〔註41〕

　　如曹植的〈飛龍篇〉。郭茂倩解題云：「楚辭離騷曰：『為余駕飛龍兮，雜瑤象以為車。』曹植飛龍篇亦言求仙者乘飛龍而昇天，與楚辭同意。」〔註42〕

　　如曹植的〈當牆欲高行〉、〈當欲遊南山行〉、〈當事君行〉、〈當車已駕行〉。此四首篇名都題作「當」，或許有共通的意義。曹植擬作，往往有直襲前曲首句而名篇的特色，如擬曹操〈薤露〉首句「惟漢廿二世」而為〈惟漢行〉，擬漢辭〈善哉行〉首句「來日大難」而為「當來日大難」；那麼此四首很可能是模擬首句有「牆欲高」「欲遊南山」「事君」「車已駕」的前曲。但因今存古辭極為有限，所以這個論點也只能止於推測。

　　如曹植的〈仙人篇〉。郭茂倩《解題》云：「樂府廣題曰：『秦始皇三十六年，使博士為仙真人詩，遊行天下，令樂人歌之。』曹植〈仙人篇〉曰：『仙人攬六著』言人生如寄，當養羽翼，徘徊九天，以從韓終、王喬於天衢也。」〔註43〕今仙真人詩已亡。若郭茂倩所引樂府廣題的《解題》正確，則曹植此詩或即模擬仙真人詩而來。

　　至於對古事之模擬，如左延年的敘事樂府〈秦女休行〉。郭茂倩《解

〔註39〕見蔣驥《山帶閣注楚辭》，卷五，頁1。
〔註40〕見里仁版樂府詩集，頁922。
〔註41〕黃節所注不見於《漢魏樂府風箋》五遊：此處據廖蔚卿〈建安樂府詩溯源〉，頁51所引。
〔註42〕同註2，頁926。
〔註43〕同註2。

題》云：「左延年辭，大略言女休爲燕王婦，爲宗報讎，殺人都市，雖被囚繫，終以赦宥，得寬刑戮也。」〔註44〕又如曹植的《妾薄命》。黃節注引《樂府正義》云：「妾薄命其事出漢書。許皇后傳曰：『奈何妾薄命，端遇竟寧前。』」引沈欽韓論云：「曹植有妾薄命詩二篇，本此。」〔註45〕曹植這二首〈妾薄命〉若確如朱乾、沈欽韓二氏所論出自《漢書‧孝成許皇后傳》，則或可歸之於對古事（或古辭）的模擬一類。

二、句式與篇幅的模擬變化

曲　名	句　式		魏	篇幅（以字數計）	
	漢	魏	作者	魏	漢
薤露	3、7 雜言	5 言	曹操	80	20
		5 言	曹植	80	
	（惟漢行）	5 言		100	
蒿里	5、7 雜言	5 言	曹操	80	26
	（挽歌）	5 言	繆襲	60	
平陵東	3、7 雜言	3、5、7、8、雜言	曹植	40	53
陌上桑	5 言	3、7、雜言	曹操	78	165
（今有人）	（3、7 雜言）	2、3、4、5、7、雜言	曹丕	83	（104）
長歌行	5 言	5 言	曹叡	110	50
	（蝦䱇篇）	5 言	曹植	80	
猛虎行	5、6 雜言	5 言	曹丕	30	22
豫章行	5 言	5 言	曹植	50	120
		5 言		40	
善哉行	4 言	4 言	曹操	112	96
		5 言		120	

〔註44〕同註2，頁886。此時所敘女休報仇雖難斷定是時事還是故事，不過至少是左延年創作前發生的「舊事」，所以此處乃以「古事」稱之。

〔註45〕見黃節《漢魏樂府風箋》，頁197所引。朱乾所引的原文與漢書卷九十七下外戚傳第六十七下，頁3977所載相同，不過鼎文版斷作：「奈何？妾薄命，端遇竟寧前。」

		（朝日）	5言	曹丕	100	
		（上山）	4言		96	
		（朝遊）	5言		100	
		（有美）	4言		80	
		（我徂）	4言	曹叡	128	
		（赫赫）	3、4、7、雜言		79	
		（日苦）	3、4、雜言	曹植	51	
步出夏門行	5言		4言	曹操	56	70
			4言		56	
			4言		56	
		（觀滄海）	4、5、6、雜言		94	
			4、5、雜言	曹叡	196	
折楊柳行	5言		5言	曹丕	120	90
飲馬長城窟行	5言		5言	曹丕	40	100
			5、7、雜言	陳琳	158	
上留田行	5言		3、5、6、8、雜言	曹丕	55	20
艷歌何嘗行	4、5雜言		3、4、5、6、7、雜言	曹丕	131	128
朱鷺	2、3、5雜言		3言	繆襲	90	22
			3言	韋昭	90	
思悲翁	2、3、7雜言		3、4、雜言	繆襲	62	40
			3、4、雜言	韋昭	62	
艾如張	3、4、7雜言		3、4、雜言	繆襲	21	32
			3、4、雜言	韋昭	21	
上之回	3、4、5、7雜言		3、4、5、雜言	繆襲	75	46
			3、4、雜言	韋昭	64	
翁離	4、7雜言		3、4、雜言	繆襲	42	18
			3、4、5、雜言	韋昭	77	
戰城南	2、3、4、5、7雜言		3、4、5、6、雜言	繆襲	86	89
			3、4、雜言	韋昭	42	

巫山高	3、4、5、6、7雜言	3、4、5、6、雜言	繆襲	42	48
		3、4、5、6、雜言	韋昭	91	
上陵	3、4、5、6、7雜言	3、4、5、雜言	繆襲	109	103
		3、4、5、雜言	韋昭	109	
將進酒	3、7雜言	3言	繆襲	30	31
		3、4、雜言	韋昭	32	
芳樹	2、3、4、5、7、9雜言	2、3、4、5、6、雜言	繆襲	59	64
		3、4、5、雜言	韋昭	119	
有所思	3、4、5、7雜言	3、4、5、6、雜言	繆襲	127	77
		3、4、5、6、雜言	韋昭	126	
上邪	2、3、4、5、6、7雜言	3、4、5、7、雜言	繆襲	64	34
		3、4、5、7、雜言	韋昭	64	
臨高臺	4、5、6、7雜言	3、4、5、7、9、雜言	曹丕	72	36

（本表爲求取樣標準一致，皆據里仁版樂府詩集統計。篇幅部份，凡表聲字如〈朱鷺〉的「路訾邪」、〈巫山高〉、〈戰城南〉的「梁」、〈有所思〉的「妃呼豨」均不計算）

　　漢魏文人樂府中凡有前曲曲辭可供比對的，共計有二十六曲五十七首擬作，均見上表。就表中所顯示的現象，我們歸納其變化如下：

一、句式的變化

1. 本爲雜言，擬爲齊言者：（共計九首）

（1）〈薤露〉本爲三七雜言，曹操「惟漢廿二世」、曹植「天地無窮極」「太極定二儀」均擬爲五言。

（2）〈蒿里〉本爲五七雜言，曹操「關東有義士」、繆襲「生時遊國都」均擬爲五言。

（3）〈猛虎〉行本爲五六雜言，曹丕「與君媾新歡」擬爲五言。

（4）〈朱鷺〉本爲二三五雜言，繆襲〈楚之平〉、韋昭〈炎精缺〉均擬爲三言。

（5）〈將進酒〉一爲三七雜言，繆襲〈平關中〉擬爲三言。

2. **本為齊言，擬為雜言者：**（共計八首）

（1）〈陌上桑〉（日出東南隅）本爲五言，曹操、曹丕若擬此，則「駕虹霓」爲三七雜言，「棄故鄉」爲二三四五七雜言。

（2）〈善哉行〉本爲四言，曹叡「赫赫大魏」擬爲三四七雜言，曹植「日若短」擬爲三四雜言。

（3）〈步出夏門行〉本爲五言，曹操「觀滄海」（雲行雨步）擬爲四五六雜言，曹叡「步出夏門」擬爲四五雜言。

（4）〈飲馬長城窟行〉（青青河畔草）本爲五言，陳琳〈飲馬長城窟〉若擬此，則爲五七雜言。

（5）〈上留田行〉本爲五言，曹丕「君世一何不同」擬爲三五六八雜言。

3. **本為雜言，擬作亦為雜言者：**（共計二十六首）

（1）〈平陵東〉本爲三七雜言，曹植「閶闔開天衢」擬爲三七八雜言。

（2）〈陌上桑〉（今有人）本爲三七雜言，曹操、曹丕若擬此，則「駕虹霓」爲三七雜言，「棄故鄉」爲二三四五七雜言。

（3）〈艷歌何嘗行〉本爲四五雜言，曹丕「何嘗快」擬爲三四五六七雜言。

（4）〈思悲翁〉本爲二三七雜言，繆襲〈戰滎陽〉、韋昭〈漢之季〉均擬爲三四雜言。

（5）〈艾如張〉本爲三四七雜言，繆襲〈獲呂布〉、韋昭〈據武師〉均擬爲三四雜言。

（6）〈上之回〉本爲三四五七雜言，繆襲〈克官渡〉擬爲三四

五雜言，韋昭〈烏林〉擬爲三四雜言。

（7）〈翁離〉本爲四七雜言，繆襲〈舊邦〉擬爲三四雜言，韋昭〈秋風〉擬爲三四五雜言。

（8）〈戰城南〉本爲二三四五七雜言，繆襲〈定武功〉擬爲三四五六雜言，韋昭〈克皖城〉擬爲三四雜言。

（9）〈巫山高〉本爲三四五六七雜言，繆襲〈屠柳城〉擬爲三四五六雜言，韋昭〈關背德〉亦擬爲三四五六雜言。

（10）〈上陵〉本爲三四五六七雜言，繆襲〈平南荊〉、韋昭〈通荊州〉均擬爲三四五雜言。

（11）〈將進酒〉本爲三七雜言，韋昭〈章洪德〉擬爲三四雜言。

（12）〈芳樹〉本爲二三四五七九雜言，繆襲〈邕熙〉擬爲二三四五六雜言，韋昭〈承天命〉擬爲三四五雜言。

（13）〈有所思〉本爲三四五七雜言，繆襲〈應帝期〉、韋昭〈順曆數〉均擬爲三四五六雜言。

（14）〈上邪〉本爲二三四五六七雜言，繆襲〈太和〉、韋昭〈玄化〉均擬爲三四五七雜言。

（15）〈臨高臺〉本爲四五六七雜言，曹丕擬爲三四五七九雜言。

4. **本為齊言，擬作亦為齊言者：**（共計十六首）

（1）〈長歌行〉本爲五言，曹叡「靜夜不能寐」、曹植「鰕䱇遊潢潦」亦擬爲五言。

（2）〈豫章行〉本爲五言，曹植「窮達難豫圖」「鴛鴦自用親」亦擬爲五言。

（3）〈善哉行〉本爲四言，曹操「古公亶甫」、曹丕「上山采薇」「有美一人」、曹叡「我徂我征」亦擬爲四言；曹操「自惜身薄祜」、曹丕「朝日樂相樂」「朝遊高臺觀」均擬爲五言。

（4）〈步出夏門行〉本爲五言，曹操「孟冬十月」「鄉土不同」「神龜雖壽」均擬爲四言。

（5）〈折楊柳行〉本爲五言，曹丕「西山一何高」亦擬爲五言。

（6）〈飲馬長城窟行〉（青青河畔草）本爲五言，曹丕「浮舟橫大江」若擬此，亦爲五言。

二、篇幅的變化

1. 擬作較前曲簡短者：（共計十九首）

（1）〈平陵東〉原爲五十三字，曹植「閶闔開天衢」減爲四十字。

（2）〈陌上桑〉（日出東南隅）原爲一百六十五字、「今有人」原爲一百零四字，曹操「駕虹霓」減爲七十八字，曹丕「棄故鄉」減爲八十三字。

（3）〈豫章行〉原爲一百二十字，曹植「窮達難豫圖」減爲五十字、「鴛鴦自用親」減爲四十字。

（4）〈善哉行〉原爲九十六字，曹丕「有美一人」減爲八十字，曹叡「赫赫大魏」減爲七十九字，曹植「日苦短」減爲五十一字。

（5）〈步出夏門行〉原爲七十字，曹操「孟冬十月」「鄉土不同」「神龜雖壽」均減爲五十六字。

（6）〈飲馬長城窟行〉（青青河畔草）原爲一百字，曹丕「浮舟橫大江」若擬此，則減爲四十字。

（7）〈艾如張〉原爲三十二字，繆襲〈獲呂布〉、韋昭〈攄武師〉均減爲二十一字。

（8）〈戰城南〉原爲八十九字，繆襲〈定武功〉減爲八十六字，韋昭「克皖城」減爲四十二字。

（9）〈巫山高〉原爲四十八字，繆襲〈屠柳城〉減爲四十二字。

（10）〈將進酒〉原爲三十一字，繆襲〈平關中〉減爲三十字。

（11）〈芳樹〉原爲六十四字，繆襲〈邑熙〉減爲五十九字。

2. 擬作較前曲增長者：（共計三十七首）

（1）〈薤露〉原為二十字，曹操「惟漢廿二世」、曹植「天地無窮極」均增為八十字，曹植「太極定二儀」增為一百字。

（2）〈蒿里〉原為二十六字，曹操「關東有義士」增為八十字，繆襲「生活時遊國都」增為六十字。

（3）〈長歌行〉原為五十字，曹叡「靜夜不能寐」增為一百一十字，曹植「鰕䱇遊潢潦」增為八十字。

（4）〈猛虎行〉原為二十字，曹丕「與君媾新歡」增為三十字。

（5）〈善哉行〉原為九十六字，曹操「古公亶甫」增為一百一十二字、「自惜身薄祜」增為一百二十字；曹丕「朝日樂相樂」「朝遊高臺觀」增為一百字；曹叡「我徂我征」增為一百二十八字。

（6）〈步出夏門行〉原為七十字，曹操「雲行雨步」增為九十四字，曹叡「步出夏門」增為一百九十六字。

（7）〈折楊柳行〉原為九十字，曹丕「西山一何高」增為一百二十字。

（8）〈飲馬長城窟行〉（青青河畔草）原為一百字，陳琳「飲馬長城窟」，若擬此，則增為一百五十八字。

（9）〈上留田行〉原為二十字，曹丕「居世一何不同」增為五十五字。

（10）〈艷歌何嘗行〉原為一百二十八字，曹丕「何嘗快」增為一百三十一字。

（11）〈朱鷺〉原為二十二字，繆襲〈楚之平〉、韋昭〈炎精缺〉均增為九十字。

（12）〈思悲翁〉原為四十字，繆襲〈戰滎陽〉、韋昭〈漢之季〉均增為六十二字。

（13）〈上之回〉原為四十六字，繆襲〈克官渡〉增為七十五字，韋昭「烏林」增為六十四字。

（14）〈翁離〉原爲十八字，繆襲〈舊邦〉增爲四十二字，韋昭
〈秋風〉增爲七十七字。

（15）〈巫山高〉原爲四十八字，韋昭「關背德」增爲九十一字。

（16）〈上陵原〉爲一百零三字，繆襲〈平南荆〉、韋昭〈通荆
州〉均增爲一百零九字。

（17）〈將進酒〉原爲三十一字，韋昭〈章洪德〉增爲三十二字。

（18）〈芳樹〉原爲五十九字，韋昭「承天命」增爲一百一十九
字。

（19）〈有所思〉本爲七十七字，繆襲〈應帝期〉增爲一百二十
七字，韋昭〈順曆數〉增爲一百二十六字。

（20）〈上邪〉原爲三十四字，繆襲〈太和〉、韋昭〈玄化〉均
增爲六十四字。

（21）〈臨高臺〉原爲三十六字，曹丕增爲七十二字。

3. 擬作與前曲相同者：（計一首）

〈善哉行〉原爲四言九十六字，曹丕「上山采薇」亦爲四言九
十六字。

經由上述分析，我們可以知道曹魏文人樂府在句式與篇幅上的
模擬變化，除曹丕〈善哉行〉外，其餘擬作都略有損益。綜觀這些
變化，就句式而言，大抵仍以保持前曲規格者較多；本爲雜言者，
仍擬以雜言（共二十六首，含「今有人」擬作）；本爲齊言者，仍
擬以齊言（共十六首）。

另外值得注意的是，「本爲雜言，擬作亦爲雜言」一類，其擬作
句式均較前曲有著更多的變化（請參看上文的表格及分析）。我們推
測這種現象，一方面因爲模擬方式上的引申所致，一方面也可能是曲
律上的允許。如果我們同意節奏複雜多變的曲律，較可能叶以句式錯
綜的曲辭的話，那麼曹魏擬作的這種現象，很可能是依據前曲曲律而
更加恣變的。至於繆襲、韋昭的〈鼓吹〉十二曲反較漢辭整齊，這是

因為漢辭本出自民間，而繆、韋所擬乃「述以功德代漢」，施用性質
不同，句式的變化自然有所拘限。

就篇幅的變化而言，擬作較前曲簡短者有十九首，增長者有三十
七首，可見擴充原曲篇幅是當時模擬上的一般趨勢，這種現象或許是
受到漢賦鋪陳的影響，或許也可以說明在文人模擬下，原本「都是隨
一時情感所至，盡量發洩，發洩完便戛然而止。」〔註46〕的民間歌謠，
至此已帶有濃厚的文人色彩了。

《文心雕龍・樂府篇》云：「至於魏之三祖，氣爽才麗，宰割
辭調，音靡節平。」〔註47〕《宋書・樂志》云：「二代三京襲而不
變，雖詩章詞異，興廢隨時，至其韻逗曲折，皆繫於舊，有由然也。」
〔註48〕《晉書・樂志》云：「三祖紛綸，咸工篇什，聲歌雖有損益，
爰戢在乎雕章。」〔註49〕這三段記載正可以印證我們的結論。

附表一　曹魏文人樂府入樂表（據樂府詩集所載，並附里仁版頁數）

曲　類	曲　名	作　者	首　句	頁　數	入樂時代
相和曲	氣出倡	曹操	駕六龍	383	魏晉樂所奏
			華陰山		
			遊君山		
	精列	曹操	厥初生	384	魏晉樂所奏
	度關山	曹操	天地間	391	魏樂所奏
	十五	曹丕	登山而遠望	395	魏晉樂所奏
	薤露	曹操	惟漢廿二世	396	魏樂所奏
	蒿里	曹操	關東有義士	398	魏樂所奏
	對酒	曹操	對酒歌	403	魏樂所奏

〔註46〕見梁啓超《中國之美文及其歷史》，頁1。
〔註47〕見宋書卷十九志第九樂一，頁539所載張華表文。
〔註48〕見劉勰《文心雕龍》卷二樂府第七，頁102。
〔註49〕見晉書卷二十二志第十二樂上，頁676。

	平陵東	漢辭	平陵東	409	魏晉樂所奏
	陌上桑	漢辭	日出東南隅	410	魏晉樂所奏
		楚辭鈔	今有人	411	晉樂所奏
		曹操	駕虹霓	412	
		曹丕	棄故鄉		
平調曲	短歌行	曹操	對酒當歌	447	晉樂所奏
			周西伯昌	448	
		曹丕	仰瞻帷幕	448	魏樂所奏
	燕歌行	曹丕	秋風蕭瑟天氣涼	469	晉樂所奏
			別日何易會日難		
清調曲	苦寒行	曹操	北上太行山	496	晉樂所奏
		曹叡	悠悠發洛都	497	
	豫章行	漢辭	白楊初生時	501	晉樂所奏
	塘上行	曹操	蒲生我池中	521	晉樂所奏
	秋胡行	曹操	晨上散關山	527	魏晉樂所奏
			願登太華山		
瑟調曲	善哉行	漢辭	來日大難	535	魏晉樂所奏
		曹操	古公亶甫	536	
			自惜身薄祜		
		曹丕	朝日樂相樂	537	
			上山采薇		
			朝遊高臺觀		
		曹叡	我徂我征	538	
			赫赫大魏		
	步出夏門行	曹操	雲行雨步等	545	
		曹叡	步出夏門	546	
	析楊柳行	漢辭	默默施行違	547	
		曹丕	西山一何高		

却東西門行	曹操	鴻雁出塞北	552	晉樂所奏
野田黃雀行	曹植	置酒高殿上	570	
艷歌何嘗行	漢辭	飛來雙白鵠	576	
	曹丕	何嘗快	577	
煌煌京洛行	曹丕	夭夭園桃	582	
櫂歌行	曹叡	王者布大化	592	
楚調曲	怨詩行	曹植	明月照高樓	610
	怨歌行	曹植	爲君既不易	616

附表二　相和諸曲樂器表（據《樂府詩集》所引《古今樂錄》的記載）

相和曲	笙、笛、節（歌）、琴、瑟、琵琶、箏七種。
平調曲	笙、笛、筑、瑟、琴、箏、琵琶七種。
清調曲	笙、笛（下聲弄、高弄、遊弄）、篪、節、琴、瑟、箏、琵琶八種。
瑟調曲	笙、笛、節、琴、瑟、箏、琵琶七種。
楚調曲	笙、笛（弄）、節、琴、箏、琵琶、瑟七種。
備　註	清、瑟詞曲在晉宋齊時只剩四種樂器，那四種則不詳。

附表三　相和諸曲演奏程序表（據張永《元嘉技錄》，見《樂府詩集》所引《古今樂錄》的記載）

曲類	演　奏　程　序		
	1. 前奏（笙、笛）	2. 部弦（四弦曲）	3. 歌弦（以歌爲主）
平調曲	弄：高、下、遊	八部：琴、瑟、箏、琵琶四器並奏	六部：每一部畢，作送歌弦
清調曲	弄	五部	四部
瑟調曲	弄	七部	六部
楚調曲	弄	一部	部與送歌弦不詳
相和曲	引：可分用宮、商、角、徵、羽五調。	2. 擊節作歌，雜以吟歎。	3. 四弦（即瑟、琴、箏、琵琶四器並奏）

第五章　漢魏文人樂府的內涵

　　本篇所謂「內涵」，旨在繼漢魏文人樂府「創製因緣」「創製性質」的研討後，進一步探述此期作品中所突顯出來的主題類型，〔註1〕並試由此分析過程，企圖掌握在「時運交移，質文代變」「文變染乎世情，興廢繫乎時序」〔註2〕這個大前提影響下，文人樂府作品中所普遍展現的情感特徵。

　　《漢書‧藝文志》形容漢武帝時所采集的民歌特色為「感於哀樂，緣事而發」，我們以之形容兩漢郊廟以外的文人樂府亦頗適切。在第四篇第二章「空無依傍的創製」中，我們曾列舉正史原文來說明這類原創性質的作品，其中除曹丕〈燕歌行〉、王粲〈從軍行〉等幾首外，其餘皆為兩漢的作品。這些作品又以貴族、王侯等一己的哀樂感思為主，作品內涵亦多為個人境遇所拘牽，如漢武帝的「李

〔註1〕所謂類型（Genre），相當於傳統評中的體類觀念，指文學的類別（Literary kinds）而言；更精確的說，類型乃是基於文學作品內、外形式的歸類。本篇則更專義的以基於內在形式（如遊仙、田園、山水……）為別。請參閱羅根澤《魏晉六朝文學批評史》第三章文體類，頁 24；韋勒克、華倫合著《文學論》第十七章文學的類型，頁 387；李正治《六朝詠懷組詩研究》第三章第一節〈類型名義及分類問題〉，頁 58。

〔註2〕見明倫版《文心雕龍注》時序第四十五，頁 671、675。

夫人歌」、劉細君的「烏孫公主歌」及〈李陵歌〉、〈廣川王歌〉、〈燕王歌〉、〈華容夫人歌〉……，雖然「感於哀樂」，但就「緣事而發」的觀點來看，則所緣之事極富個人色彩，共通的普徧特徵幾無，我們便不強為歸類。

曹魏時代，由於社會與政治的全面崩潰，戰亂相尋三十餘年，「鄉邑望烟而奔，城郭覩塵而潰，百姓死亡，暴骨如莽」，〔註3〕在整個時代環境的籠罩下，文人的際遇、感受與寄托都有著共同的範疇，因此表現在作品內涵的主題類型亦隨之突顯。《文心雕龍‧明詩篇》云：「建安之初……慷慨以任氣，磊落以使才」〈時序篇〉云：「自獻帝播遷，文學蓬轉，建安之末，區宇方輯……觀其時文，雅好慷慨，良由世積亂離，風衰俗怨，並志深而筆長，故梗概而多氣也」慷慨任氣的內在襟袍面對世局動盪的外在衝擊，欲經世濟用、英雄畢力的心態，發諸作品便形成一種殷切的壯志嚮往，以及登車攬轡澄清天下的磊落豪情。然而這種豪情壯志却常因際遇的乖舛而受到挫敗，於是在現實界無法得逐的心願與憂懣，便極易轉托成遊仙的玄想與感逝的嗟歎。我們由另一個角度來看，「遊仙」與「感逝」也並非全基於這種壯志挫敗的轉托，在整個時代的動亂中目覩「百姓死亡，暴骨如莽」，生命的存亡固無任何保障，這種對現實摧迫的感慨與逃世心態，亦足以產生遊仙與感逝類型的作品。

我們由曹魏文人樂府內涵的實際歸類中，發現「慷慨任氣的襟袍」、「磊落使才的壯志嚮往與嗟歎」及「人生如寄的感逝與遊仙」等確為較重要的主題類型。它們之間的關係，除上述的文字說明外，我們或可由下表得到一個較為精要的概念：

〔註3〕《說文解字》無「慷」字，作「忼」；「慨」字亦訓為「忼慨」。段玉裁注云：「依全書通例正，忼、慨雙聲也。」見段注說文解字頁507。另外，文心雕龍明詩篇既云「慷慨以任氣」時序篇又云「梗概而多氣」，范文瀾注曰：「梗概慷慨，聲同通用，袁宏詠史詩『周昌梗概臣』亦慷慨之意。」見明倫版文心雕龍注，頁682。下不另註。河洛版朱自清集頁714也有相同的看法。

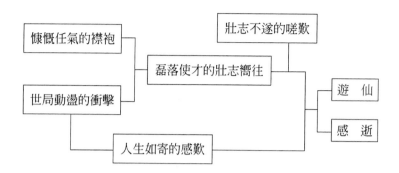

第一節　慷慨任氣的襟抱

　　嚴格說來,「慷慨任氣的襟抱」雖只是曹魏文人樂府（甚至徒詩）中一種普徧充塞的內涵特質與情感基因,然而正由於這種內涵特質,方能使文人志兼天下的期許與覩世傷懷的悲憫得到高度的結合與展現,並奠立感逝及遊仙類型的構成遠因。而且,如果廣義的詮釋「慷慨」涵義,許慎說文解字云:「忼慨,壯士不得志於心也。」那麼兩漢的文人樂府,如〈李陵歌〉、〈燕王歌〉、〈烏孫公主歌〉、〈五噫歌〉……等,亦均可視為「壯士不得志於心」的慷慨範圍。因而「慷慨任氣的襟抱」是一個相當重要、也是我們首先要探討的文人樂府內涵。

　　《文心雕龍‧明詩篇》云:「建安之初……慷慨以任氣」時序篇於歷敘曹氏父子及建安諸子後,也總括說:「觀其時文,雅好慷慨」黃侃《詩品講疏》云:「魏武諸作,慷慨蒼涼,所以收束漢音,振發魏響。」〔註4〕吳闓生《古今詩範》論曹操〈步出夏門行〉云:「慷慨悲歌」〔註5〕徐楨卿《談藝錄》云:「仲宣流客,慷慨有餘。」王闓運論曹植「驚風飄白日」云:「驚心動魄,慷慨激昂。」〔註6〕曹植〈前錄序〉亦自謂:「余少而好賦,其所尚也,雅好慷慨。」〔註7〕劉師培論漢魏之際文學變遷,謂魏文與漢不同者有四,其四為:「詩

〔註4〕見黃侃《文心雕龍札記》明詩第六,頁35所引。
〔註5〕見中華版吳闓生《古今詩範》,頁19。
〔註6〕徐、王二氏之論,皆見汪中《詩品注》頁85、78所引。
〔註7〕見嚴可均校輯《全上古三代秦漢三國六朝文》第二冊,頁1143。

賦之文，益事華靡，多慷慨之音。」〔註8〕可見「慷慨」是後人對此期作品一種共通的批評標準，而「雅好慷慨」則是曹魏文人的共同趨向。然而所謂「慷慨」，除了「壯士不得志於心」外，是否還有其他涵義呢？我們對這個問題的探究，為避免詞彙上可能引起的曲解，固宜直溯本源，直接從當時文人的作品中來印證；並且為求正確、周密起見，也儘量將有關的上下文一起引出：

> 對酒當歌，人生幾何？譬如朝露，去日苦多。慨當以慷，憂思難忘。何以解憂？唯有杜康。（曹操短歌行）

> 置酒高殿上，親友從我遊。……秦箏何慷慨，齊瑟和且柔，陽阿奏奇舞，京洛出名謳。（曹植野田黃雀行）

> 人居一世間，忽若風吹塵。願得展功勤，輸力於明君，懷此王佐才，慷慨獨不群。（曹植薤露行）

> 邊垂飛羽檄，寇賊侵界疆。跨馬披介胄，慷慨懷悲傷。辭親向長路，安知存與亡？窮達固有分，志士思立功。（韋昭鼓吹曲秋風）

樂府作品中有「慷慨」一詞的，似唯此四首。我們細索這四者的內涵，實已超越了「壯士不得志於心」的範疇。就其所顯二的意義來說，第一，「慷慨」的鬱積，並不限於壯志不遂的嗟歎；它可以因「人生幾何？譬如朝露，去日苦多」的感逝，而與「憂思」一併抒發。同時，「安知存與亡？」「人居一世間，忽若風吹塵」的生命無常，亦可以激勵「願得展功業，輸力於明君。」及「跨馬披介胄」「志士思立功」的壯志嚮往。第二，由曹植「秦箏何慷慨，齊瑟和且柔」我們或可推斷，秦箏的「慷慨」，當在音調節奏上與「和且柔」的齊瑟迥異。那麼以情感來譬喻，則慷慨自非柔和恬淡的情緒，曹操〈短歌行〉、曹植〈薤露行〉及韋昭〈鼓吹曲〉所展現的情感都可以支持這種推斷。

　　另外在當時文人的徒詩中，我們亦可對慷慨的內涵得到更充份的印證：

〔註8〕見劉師培《中國中古文學史》，頁32。

　　烈士多悲心，小人媮自閒，國讎亮不塞，甘心思喪元。拊
劍西南望，思欲赴太山。絃急悲聲發，聆我慷慨言。(曹植
雜詩六首之六)

　　壯士何慷慨，志欲威八荒。驅車遠行役，受命念自忘。(阮
籍詠懷八十二首之三十九)

　　慷慨有悲心，興文自成篇。(曹植贈徐幹)

　　眇眇客行士，遙役不得歸。……遊子歎黍離，處者歌式微。
慷慨對嘉賓，悽愴內傷悲。(曹植情詩)

　　攀帷更攝帶，撫節彈素箏。慷慨有餘音，要妙悲且清。收
淚長歎息，何以負神靈？(曹植棄婦詩)

　　絃歌奏新曲，遊響拂丹梁，餘音赴迅節，慷慨時激揚。獻
酬紛交錯，雅舞何鏘鏘。(曹丕於譙作)

　　隨沒無所益，身死名不書，慷慨自俛仰，庶幾烈丈夫。(吳
質思慕詩)

　　昔有神仙士，乃處射山阿。……可聞不可見，慷慨歎咨嗟。
自傷非儔類，愁苦來相加。(阮籍詠懷八十二首之七十八)

　　存亡有長短，慷慨將焉知？(同上之八十)

綜觀這些作品中所展現的慷慨內涵，或述壯志，或寫行役，悲棄婦，
或歎感逝，它們所共有的情感特質，與我們就文人樂府所作的分析幾乎
毫無區別。我們可以說「慷慨懷悲傷」或「慷慨有悲心」，正是在整個
時代環境籠罩下，個人襟抱與現實際遇的高度糾葛與融合。而「絃急悲
聲發」「悽愴內傷悲」「收淚長歎息」或「愁苦來相加」的刻劃，甚至連
阮德如答嵇康詩的「新詩何篤穆？申詠增慨慷」也都與「和且柔」的情
感迥異。余冠英云：「慷慨一方面是社會不平所引起的悲憤，另一方面
是立事立功的壯懷。……恐懼生命短促，恐懼沒世無聞，追求不朽，亟
亟於乘時立業的思想，建安詩人大都有之。這正是新興階層文人積極向
上的精神，正是他們不同於過去寄生階級倡優式文人的地方。」〔註9〕

────────────

〔註 9〕見余冠英《漢魏六朝詩論叢》，頁 96～98。

這種積極向上的精神，投射在抒發悲憤或壯懷的詩篇時，所形成的慷慨襟抱不僅與「和且柔」的情感迥異，進而更在作品中呈顯出一種特殊的「氣」。

我們在本篇序論中曾援引《文心雕龍》對建安文學的總批評：「慷慨以任氣，磊落以使才」（明詩篇）「自獻帝播遷，文學蓬轉，建安之末，區宇方輯……觀其時文，雅好慷慨，良田世積亂離，風衰俗怨，並志深而筆長，故梗概而多氣也」（時序篇）劉勰將「慷慨」與「氣」並舉，可見二者的關係相當密切。我們進一步說，「氣」和「慷慨」一樣，都是後人對曹魏作品一種共通的批評標準，而「氣」可以視為慷慨情感的延伸或激素。所謂「氣」，精簡的說就是鍾嶸《詩品》的「骨氣」、《宋書・謝靈運傳》的「氣質」、陳子昂及嚴羽的「風骨」、嚴羽及黃子雲的「氣象」、或是皎然《詩式》的「氣格」；〔註10〕明確一點的說，所謂「氣」，就是作者將壯懷或憂憤的慷慨情感徹底展現在作品中，從而使作品呈顯出率直、真誠的這種精神。所以慷慨任氣在文人樂府的具體表現。可以是悲憫的傷時敘事、磊落的壯志嚮往，也可以是豪情的幻滅、生命感逝，甚至可以是由現實界轉托逃世的遊仙玄想。

《文心雕龍・樂府篇》云：「魏之三祖，氣爽才麗，宰割辭調，音靡節平。觀其北上眾引，秋風列篇，或述酣宴，或傷羇戌，志不出

〔註10〕鍾嶸《詩品》論曹植詩云：「其骨氣奇高」胡應麟《詩藪》云：「陳王才藻宏富，骨氣雄高」。沈約〈謝靈運傳〉則云：「子建仲宣，以氣質為體，並標能擅美，獨映當時」。陳子昂與東方左史虬〈修竹篇序〉則云：「文章道弊五百年矣，漢魏風骨傳」嚴羽《滄浪詩話》云：「黃初之後，惟阮籍詠懷之作極為高古，有建安風骨」。滄浪詩話又云：「建安之作，全在氣象」黃子雲《野鴻詩的》云：「子建詩駸駸乎有三代之隆焉，此以氣象言」。皎然《詩式》云：「劉楨辭氣偏正得其中，……不由作意，氣格自高。安磐《頤山詩話》云：「若以風骨氣格言之，是誠在曹劉二張左阮之下。」以上諸說均見於郭紹虞《滄浪詩話校釋》，汪中《詩品注》，張芳鈴《建安文學彙評》及何文煥所篇《歷代詩話》、丁福保所編《續歷代詩話》《清詩話》。而各種與「氣」相關的傳統批評術語，迄今似仍未嚴予界定。

於淫蕩，辭不離於哀思。」六朝以降，論詩之作或就源流、內容，或就等第、技巧，涉及曹魏文人樂府的篇帙已難計數，兼以此期樂府性質本較繁富，因此許多論點不免失之於主觀及附會。倘若我們能了解「悲涼清越的慷慨情緒，實在是建安文人的生活特徵，因而也就成了建安詩文的時代特徵了」〔註11〕進而經由「慷慨任氣的襟抱」這個觀點來省察，或可對作品內涵得到更直接而充份的領悟。

第二節　磊落使才的壯志嚮往與嗟歎

《文心雕龍・明詩篇》云：「暨建安之初，五言騰踊，文帝陳思，縱轡以騁節；王徐應劉，望路而爭驅；並……慷慨以任氣，磊落以使才……此其所同也。」在劉勰的眼光中，建安文學的表現特色是「志深而筆長」（時序篇語），「此其所同」的特徵之一則是「慷慨以任氣」和「磊落以使才」。我們在第一章中已探述過，慷慨任氣是此期文人一種內在的胸襟懷抱；而這種襟抱形之於外，或發諸詩篇，便成為英雄畢力、志兼天下的壯志嚮往。

所謂磊落，這裏有二涵義：第一，指的是胸懷坦蕩；此可與「慷慨以任氣」銜接。曹魏文人既將壯懷與憂懣的情感徹底展現在作品中，並使作品呈顯出率直、真誠的精神，我們可以說這種精神即是「胸懷坦蕩」的寫照。第二，磊落指的是普遍性。《後漢書・蔡邕列傳》云：「連衡者六印磊落，合縱者駢組流離。」〔註 12〕潘岳《閒居賦》云：「石榴蒲陶之珍，磊落蔓衍乎其側。」〔註 13〕前者是況六國的印璽眾多，後者則在形容果實眾多，所以磊落使才指的是一種眾多、普遍性的「志深而筆長」現象。這二層涵義都足可說明曹魏文人在作品

〔註11〕見王瑤《中古文學風貌》，頁 13。
〔註12〕見後漢書卷六十下蔡邕列傳第五十下，頁 1982。
〔註13〕見文友版昭明文選頁 81。李善注云：「磊落，實貌。」《說文解字》云：「磊，眾石貌。從三石。」（段注本頁 457）無論就文字形構或閒居賦原文來看，磊落在此處都宜解作「果實眾多貌」，李善的注解稍誤。

中，對建業立功的殷切嚮往以及壯志不遂的嗟歎。

至於積極用世的殷切嚮往與壯志不遂的嗟歎，二者雖在性質上有別，但也不是完全涇渭可判的，因爲失意的嗟歎往往可能繼之以更執著的希企，二者互相糾葛的現象我們可以曹植的〈求通親親表〉爲例：

> 至於臣者，人道絕緒，禁錮明時，臣竊自傷也。……臣伏
> 自思惟，豈無錐刀之用？及觀陛下之所拔授，若臣爲異姓；
> 竊自料度，不後於朝士矣。若得辭遠遊，戴武弁，解朱組，
> 佩青綬；駙馬奉車，趣得一號，安宅京室，執鞭珥筆；出
> 從華蓋，入侍輦轂，承答聖問，拾遺左右；乃臣丹情之至
> 願，不離於夢想者也。〔註14〕

能了解這種糾葛、得失之情感癥結，或可對本節命題的內涵獲致更深入的觀照與省察。

一、理想的人君與治世

在王室蕩覆、英雄棋峙的時代衝擊下，文人經世濟用的壯志受到激勵，他們心目中理想的人君與治世是這樣的：

> 立君牧民，爲之軌則。車轍馬迹，經緯四極。黜陟幽明，
> 黎庶繁息。(曹操度關山)

> 爲人立君長，欲以遂其生。行仁章以瑞，變故誠驕盈。(曹
> 植惟漢行)

> 太平時，吏不呼門，王者賢且明，宰相股肱皆忠良，咸禮
> 讓，民無所爭訟，三年耕有九年儲，倉穀滿盈。……路無
> 拾遺之私，囹圄空虛，冬節不斷人，耄耋皆得以壽終。恩
> 德廣及草木昆蟲。(曹操對酒)

> 歸仁服德，雌雄頡頏。執志精專，潔行馴良。……不規自
> 圓，無矩而方。(曹叡短歌行)

> 堯任舜禹，當復何爲。百獸率舞，鳳皇來儀，得人則安，
> 失人則危。唯賢知賢，人不易知。(曹丕秋胡行)

〔註14〕見《(中華文彙) 兩漢三國文彙》，頁 1622。

餘如曹操的〈善哉行〉（古公亶甫）、曹植的〈丹霞蔽日行〉（紂爲昏亂）等，都是藉對前賢德業的讚頌而寄托自己的抱負。此類樂府的作者多爲曹氏父子，顯然與其政治地位有著密切關係；而由作品中描繪的「理想治世與人君」藍圖，我們可以發現「行仁章以瑞」「歸仁服德」或「周西伯昌」「堯任舜禹」儒家典型的聖王治道極受重視，而謙冲虛靜的黃老之道則與此無關。

二、慷慨求用的壯懷

他們積極用世、渴望立功建業的壯懷不僅普遍，而且表現的相當激昂，曹植〈請招降江東表〉云：「臣聞士之羨永生者，非徒以甘食麗服宰割萬物而已。將有以補益群生，尊主惠民；使功存於竹帛，名光於後嗣。」〔註15〕這是當時文人在亂世中不甘衣食自養，而企望用世以求不朽的共向心聲；〈求自試表〉則更彰顯了慷慨求用的殷切執著：

> 若使陛下出不世之詔，效臣錐刀之用……必乘危蹈險，騁舟奮驪，突刃觸鋒，爲士卒先。雖未能擒權馘亮，庶將虜其雄率，殲其醜類；必效須臾之捷，以減終身之愧。使名掛史筆，事列朝策；雖身分蜀境，首懸吳闕，猶生之年也。
> 〔註16〕

這種慷慨求用，不惜「身分蜀境，首懸吳闕」的壯懷，展現在樂府作品中亦同樣激昂動人：

> 人居一世間，忽若風吹塵。願得展功勤，輸力於明君。懷此王佐才。慷慨獨不群。麟介尊神龍，走獸宗麒麟。蟲獸猶知德，何況於士人。（曹植薤露）
>
> 棄余親睦恩，輸力竭忠貞。懼無一夫用，報我素餐誠。（王粲從軍行五首之二）
>
> 我有素餐責，誠愧伐檀人。雖無鉛刀用，庶幾奮薄身。（同上五首之四）

〔註15〕同3，頁1613。
〔註16〕同3：頁1616。

雖有吳蜀寇，春秋足耀兵。……賦詩以寫懷，伏軾淚霑纓。
（曹叡苦寒行）

老驥伏櫪，志在千里。烈士暮年，壯心不已。（曹操步出夏門行）

將抗旌與鉞，曜威於彼方。伐罪以弔民，清我東南疆。（曹
叡權歌行）

右驅蹈匈奴，左顧陵鮮卑。……名編壯士籍，不得中顧私。
捐驅赴國難，視死忽如歸。（曹植白馬篇）

邊垂飛羽檄，寇賊侵界疆。跨馬披介胄，慷慨懷悲傷。辭
親向長路，安知存與亡？窮達固有分，志士思立功。（韋昭
鼓吹曲秋風）

在「志士思立功」的激勵下，慷慨的壯志可以超越年紀、超越親情，
進而可以「捐驅赴國難，視死忽如歸」超越自己的生命！

三、戎馬經歷的實際描寫

在長期戰亂中，文人既「不能效沮溺，相隨把鋤犂」（王粲從軍行），
又難以安定食貨規擘典章，他們的事功主要仍建立在軍事這個大範圍
內，因此對戎馬經歷的實際描寫，自然也成爲此期樂府的特殊內涵：

棄故鄉，離室宅，遠從軍旅萬里客。披荊棘，求阡陌，側
足獨窘步……寢萬里，陰松柏，涕泣雨面霑枕席。伴旅單，
稍稍日零落，惆悵竊自憐，相痛惜。（曹丕陌上桑）

一舉滅獯虜，再舉服羌夷。西收邊地賊，忽若俯拾遺。……
拓地三千里，往返一如飛。歌舞入鄴城，所願獲無違。（三
粲從軍行五首之一）

我軍順時發，桓桓東南征。泛舟蓋長川，陳卒被隰坰。（同
上之二）

從軍征遐路，討彼東南夷。方舟順廣川，薄暮未安坻。……
下船登高防，草露霑我衣。迴身赴床寢，此愁當告誰？身
服干戈事，豈得念所私。（同上之三）

逍遙河堤上，左右望我軍。軍連舫踰萬艘，帶甲千萬人。

率彼東南路，將定一舉動。(同上之四)

悠悠涉荒路，靡靡我心愁。四望無烟火，但見林與丘。城郭生榛棘，蹊徑無所由。(同上之五)

行行日已遠，人鳥同時飢。擔囊行取薪，斧水持作糜。(曹操苦寒行)

浮舟橫大江，討彼犯荊虜。武將齊貫甲，征人伐金鼓。長戟十萬隊，幽冀百石弩。發機若雷電，一發連四五。(曹丕飲馬長城窟行)

我徂我征，伐彼蠻虜。練師簡卒，爰止其旅。輕舟竟川，初鴻依浦。桓桓猛毅，如羆如虎。發砲如雷，吐氣成雨。旌旄指麾，進退應矩。(曹叡善哉行)

奈何此征夫，安得去四方？戎馬不解鞍，鎧甲不離傍。(曹操却東西門行)

餘如繆襲、韋昭〈鼓吹〉各十二曲中的部份作品，性質亦與此相當接近。

四、悲憫傷世的時代證言

由於長時期的戎馬經歷，文人大都「生於亂，長於軍」，磊落使才的情志加上時代因素，對當日社會全面崩潰下所呈現的悲慘景象——暴骨如莽 (註17) 自然不能不覩物興懷，發諸於樂府，不僅承繼了漢樂府「感於哀樂，緣事而發」的緣情寫實特色，更成爲悲憫傷世的時代證言。有些作品表面上雖藉古題詠古事，本質上却應以時事來看待；如陳琳的〈飲馬長城窟行〉，表面上是代秦人苦長城之役，但二者相去四百餘年，而且就內容來說，與其視爲詠古，不如看作當日戰亂下的慘痛寫照。

邊城多健少，內舍多寡婦。作書與內舍：便嫁莫留住！善事新姑嫜，時時念我故夫子。報書往邊地：君今出語一何鄙！身在禍難中，何爲稽留他家子。生男愼莫舉，生女哺

〔註17〕見曹丕〈典論自敘〉，魏志卷二文帝紀第二，頁89注引。

用脯。……結髮行君事，慊慊心意關。明知邊地苦，賤妾何能久自全？

鎧甲生蟣蝨，萬姓以死亡。白骨露於野，千里無雞鳴。生民百遺一，念念斷人腸。（曹操蒿里）

城郭生榛棘，蹊徑無所由。……客子多悲傷，淚下不可收。（王粲從軍行五首之五）

冉冉老將至，何時返故鄉？神龍藏深泉，猛獸步高崗，狐死歸首丘，故鄉安可忘？（曹操却東西門行）

門有萬里客，問君何鄉人？……本是朔方人，今爲吳越民。行行將復行，去去適西秦。（曹植門有萬里客行）

苦哉邊地人，一歲三從軍。三子到敦煌、二子詣隴西。五子遠鬥去，五婦皆懷身。（左延年從軍行）

八方各異氣，千里殊風雨。劇哉邊海民，寄身於草野。妻子象禽獸，行止依林阻。吳門何蕭條，狐兔翔我宇。（曹植泰山梁甫行）

民生受天命，漂若河中塵。雖稱百齡壽，孰能應此身？猶獲嬰凶禍，流落恒苦辛。（阮瑀怨詩）

顧聞丘林中，噭噭有悲啼。借問啼者出：何爲乃如斯？親母舍我歿，後母憎孤兒。飢寒無衣食，舉動鞭捶施。骨消肌肉盡，體若枯樹皮。藏我空屋中，父還不能知。上塚察故處，存亡永別離。親母何可見？淚下聲正嘶。棄我於此間，窮厄豈有貲。（阮瑀駕出北郭門行）

《後漢書・獻帝紀》云：「建安元年……是時，宮室燒盡，百官披荊棘，依牆壁間。州郡各擁強兵，而委輸不至，群僚飢乏，尚書郎以下自出採稆，或飢死牆壁間，或爲兵士所殺。」〔註18〕〈董卓列傳〉云：「時（興平元年）長安中盜賊不禁，白日虜掠……是時穀一斛五十萬，豆麥二十萬，人相食啖，白骨委積，臭穢滿路。」〔註19〕《魏

〔註18〕見後漢書卷九孝獻帝紀第九，頁379。
〔註19〕見後漢書卷七十二董卓列傳第六十二，頁2336。

志‧杜恕傳》云：「今（太和中）大魏奄有十州之地，而承喪亂之弊，計其戶口不如昔一州之民。」〔註20〕這些時代的傷痕，載諸史籍，斑斑可考；五言徒詩如蔡琰〈悲憤詩〉（漢季失權柄）、曹植〈送應氏詩〉（步登北邙阪）、王粲〈七哀詩〉（西京亂無象及邊城使心悲）等，也都爲我們提供了類似的證言。但以篇幅、作者之眾，取材、描寫之廣，文人樂府仍爲長期動亂的時代寫下一頁不容磨滅的詩史。——我們究其內在成因，則又不能不歸功於壯志驅策下的人生歷練。陳祚明云：「王仲宣詩如天寶樂工，身經播遷之後，作雨淋鈴曲，發聲微吟，覺山川奔逆，風聲雲氣，與歌音並至；祇緣述親歷之狀，故無不沉切。」〔註21〕可以作爲我們這個論點的註腳。

五、壯志不遂的嗟歎

本節最後要討論的是「壯志不遂的嗟歎」。對此一課題我們應先有二點認識：第一，「嗟歎」既源生於「壯志不遂」，那麼爲深入研討這種鬱積的抒發，自須先肯定「壯志不遂」的前提，否則便易與他種性質的嗟歎相混。然而就樂府本身而言，這個前提却頗難查考；因爲明確交待因果的作品不多（就作者而言，亦無此必要），較可信者僅曹植一人。曹植的身世境遇正史記載頗詳，而且〈求自試表〉〈求通親親表〉及〈責躬、應詔詩〉等都是可以佐證的第一手資料。第二，我們在前面說過，壯志不遂的嗟歎往往可能繼之以更執著的希企，二者相互糾葛，甚至表現的更爲強烈。〈求自試表〉所謂：「若使陛下出不世之詔，效臣錐刀之用……雖身分蜀境，首懸吳闕，猶生之年也。」即是最好的證據。

綜觀曹植一生的際遇，就「壯志不遂」的觀點來看，約可分爲二個階段，文帝黃初年間，他對生命的恐懼要超過壯志的企望，黃初四年（A.D.223）的上疏、獻詩，主要還在責躬罪己：「臣自抱釁歸藩，刻肌刻骨，追思罪戾，晝分而食，夜分而寢。……以罪棄生，則違古

〔註20〕見魏志卷十六任蘇杜鄭倉傳第十六，頁499。
〔註21〕見汪中《詩品注》卷上，頁85所引。

賢夕改之勸；忍活苟全，則犯詩人胡顏之譏。」〈責躬詩〉則云：「昊天罔極，性命不圖，常懼顛沛，抱罪黃壚。」而對壯志的嚮往不過是「庶立豪氂，微功自贖。危軀授命，知足免戾」而已。明帝即位後，他的境遇稍好，雖名為君臣，但就骨肉血緣來說，却是叔姪關係。太和二年（A.D.228）「植常自憤怨，抱利器而無施」所以上疏〈求自試〉，殺身靖亂，以功報主的企望已相當強烈。五年，上疏〈求存問親戚〉；又上疏〈陳審舉之義〉：

> 竊揆之於心，常願得一奉朝覲，排金門，蹈玉陛，列有職之臣，賜須臾之間，使臣得一散所懷，攄舒蘊積，死不恨矣。

「求自試」的壯志仍很殷切，然而明帝只是「輒優文答報」。第二年（太和六年，A.D.232）曹植即含恨而歿。太和年間曹植的這幾次上疏，寄望愈大而失望愈大，魏志本傳云：

> 植每欲求別見獨談，論及時政，幸冀求試用，終不能得……悵然絕望。時法制，待藩國既自峻迫，寮屬皆賈豎下才，兵人給其殘老，大數不過二百人。又植以前過過，事事復減半，十一年中而三徙都，常汲汲無歡，遂發疾薨，時年四十一。〔註22〕

這種「悵然絕望」與「常汲汲無歡」的心態，表現在作品中，就是本節所謂「壯志不遂的嗟歎」的實質內涵。了解曹植在壯志嚮往中的一再受挫後，我們再來看他的樂府作品，或可有更深的體會。

> 高念翼皇家，遠懷柔九州。撫劍而雷音，猛氣縱橫浮。泛泊徒嗷嗷，誰知壯士憂？（蝦䱾篇）

> 浮萍寄清水，隨風東西流。……在昔蒙恩惠，和樂如瑟琴。何意今摧頹，曠若商與參。茱萸自有芳，不若桂與蘭。新人雖可愛，無若故所歡。行雲有返期，君恩儻中還。慊慊仰天歎，愁心將何愬？日月不恒處，人生忽若寓。悲風來

〔註22〕見魏志卷十九任城陳蕭王傳第十九，頁 557～576。亦可參閱王瑤《中古文學風貌》頁 1～26；余冠英《漢魏六朝詩論叢》頁 91～106；蕭滌非《漢魏六朝樂府文學史》頁 132～141。

入懷，淚下如垂露。（蒲生行浮萍篇）

龍欲升天須浮雲，人之仕進待中人。眾口可以鑠金，讒言三至，慈母不親。憒憒俗間，不辨偽真。願欲披心自說陳，君門以九重，道遠河無津。（當牆欲高行）

好惡隨所愛憎，追舉逐虛名。百心可事一君，巧詐寧拙誠。（當事君行）

與君初婚時，結髮恩義深。歡愛在枕席，宿昔同衣衾。……行年將晚暮，佳人懷異心。恩紀曠不接，我情遂抑沉。出門當何顧？徘徊步北林。……昔爲同池魚，今爲商與參。往古皆歡遇，我獨困於今。棄置委天命，悠悠安何任？（種葛篇）

長去本根逝，夙夜無休閒。東西經七陌，南北越九阡。……當南而更北，謂東而反西。宕宕當何依？忽亡而復存。……流轉無恒處，誰知吾苦艱？願爲中林草，秋隨野火燔。糜滅豈不痛？願與根荄連。（吁嗟篇）

窮達難豫圖，禍福信亦然。……周公下白屋，天下稱其賢。（豫章行）

鴛鴦自用親，不若比翼連。他人誰同盟，骨肉天性然。周公穆康叔，管蔡則流言。（豫章行之二）

佳人慕高義，求賢良獨難。眾人徒嗷嗷，安知彼所觀？盛年處房室，中夜起長歎。（美女篇）

綜觀這些壯志不遂的嗟歎作品，約有下列四點可述：

1. 雖然陸侃如曾云：「他（曹植）的徒詩與樂府存者近一百首。徒詩年代多可考。……他的樂府的年代不大可考。」〔註23〕但我們細索這些詩中鬱積的情感，似皆與曹植在黃初後的際遇、心態相脗合，至如〈豫章行〉等以周公自況的作品，〈吁嗟篇〉末段的激烈情緒，都可繫之於太和年間；自然，精確的繫年工作因史料所限仍無法遂行。

2. 壯志不遂的嗟歎雖然可能繼之以更執著的希企，如〈求自試

〔註23〕見陸侃如《中國詩史》卷二，頁263。

表〉〈陳審舉表〉及本傳所謂「常自憤怨」，但就樂府作品而言，除吁嗟篇「願爲中林草，秋隨野火燔。糜滅豈不痛？願與根荄連」較顯激憤外，其餘各首大致仍相當委婉含蓄，像「誰知壯士憂」「愁心將何想」「百心可事一君」「中夜起長歎」等情感，與「身分蜀境，首懸吳闕」「死不恨矣」相去頗遠。我們推測或者與奏疏之文，宜「質直而無華」〔註24〕有關；質直無華才能張勢盡意，而詩作無論其內涵如何，在情感、文意的裁度上總較含蓄。

　　3. 大量援用「托物自喻」的技巧。托於人的，有棄婦、周公、佳人；托於草木的，有桂蘭、浮萍、轉蓬、中林草；托於鳥獸之屬的，有鰕䱇、龍、池魚、鴛鴦；其他如瑟琴、參商等。托物自喻的技巧在漢樂府中已有，如〈豫章行〉即藉白楊自況；曹魏樂府如曹叡〈短歌行〉以春燕自況，曹操〈却東西門行〉以鴻雁及狐自況，但他們均不及曹植這樣大量而廣泛的施用。這除了說明曹植鬱積的情感須大量藉外物來轉移外，也許還意謂著樂府的範圍已逐漸從各層面拓展，緣情體物的文人色彩也逐漸加深了。

　　4. 就緣情的觀點來看，壯志不遂的嗟歎固由於經濟自期的一再受挫，但在這種心境下，對時光消逝而壯懷空負的感傷，亦足以構成「感逝」的基調；「慊慊仰天歎」，愁心將何想？日月不恒處，人生忽若寓（蒲生行浮萍篇）「人居一世間，忽若風吹塵。願得展功勤，輸力於明君」（薤露）即明顯說明了二者間的關係與變化。因此對感逝類型的文人樂府，我們若能掌握此一觀點，當能予以作品更周嚴的涵蓋。

第三節　人生如寄的感逝與遊仙

　　在動亂的環境與士人不遇的因素影響下，「感逝」與「遊仙」極易成爲共通的類型內涵。詩人在世局蕩覆的摧抑下。一方面目覩生命無常而產生憂生意識，一方面也因際遇乖舛壯懷空負，而成爲時序變

〔註24〕見劉師培《中國中古文學史》論漢魏之際文學變遷附錄，頁32。

遷的敏感者。因此「壯志不遂的嗟歎」、「感逝」與「遊仙」，三者在基調與表現方式上或容有差異，但就某一層次而言，卻互爲有機性質的組合。我們試以漢樂府爲例：「浩浩陰陽移，年命如朝露。人生忽如寄，壽無金石固。……不如飲美酒，被服紈與素。」（驅車上東門行）「來日大難，口燥唇乾……以何忘憂？彈箏酒歌。淮南八公，要道不煩。參駕六龍，遊戲雲端。」（善哉行）「天德悠且長，人命一何促。百年未幾時，奄若風吹燭。……人間樂未央，忽然歸東嶽。當須盡中情，遊心恣所欲。」（怨詩行）來日大難、人生如寄的感歎，一方面藉著具體的被服紈素及彈箏酒歌來忘憂，一方面企圖「遊心恣所欲」的「參駕六龍，遊戲雲端」，以求得抽象的逃避與平衡，感逝與遊仙在性質上只是一體二面的轉換而已，幾無明顯差別。我們再舉一首將二者關係闡釋的更清晰的〈西門行〉爲例：

> 出西門，步念之。今日不作樂，當待何時？夫爲樂，爲樂當及時。何能坐愁怫鬱，當復待來茲。飲醇酒，炙肥牛，請呼心所歡，可用解愁憂。人生不滿百，常懷千歲憂。晝短而夜長，何不秉燭遊？自非仙人王子喬，計會壽命難與期。自非仙人王子喬，計會壽命難與期。人壽非金石，年命安可期？貪財愛惜費，但爲後世嗤。

曹魏文人樂府既大量模擬兩漢民歌，故大抵亦不離此一性質。值得我們注意的，是曹植〈蒲生行浮萍篇〉及〈薤露〉將壯志不遂的嗟歎與感逝銜接，曹操〈精列〉則將感逝與遊仙銜接，而使三者成爲有機性質的組合，並賦予時代的意義。

> 在昔蒙恩惠，和樂如琴瑟。何意今摧頹，曠若商與參。……慊慊仰天歎，愁心將何愬？日月不恒處，人生忽若寓。（蒲生行浮萍篇）
>
> 人居一世間，忽若風吹塵。願得展功勤，輸力於明君。（薤露）
>
> 厥初生，造化之陶物，莫不有終期。莫不有終期，聖賢不能免，何爲懷此憂？願螭龍之駕，思想崑崙居。思想崑崙居，見期於迂怪，志意在蓬萊。（曹操精列）

一、感逝類型的作品探述

在分析曹魏作品之前，我們先來看兩漢文人樂府中僅有的二首感逝之作。雖然本篇序論中曾表明因兩漢作品多為個人的境遇所拘牽，所緣之事亦極富個人色彩，幾無共通的普徧特徵，所以不強為之歸類；但感逝的內涵固源生於個人，本富個人色彩，且此一類型既已構成曹魏文人樂府的內涵特徵，為使本論題的涵蓋面更形周密起見，故將這兩首作品納入研討範圍。

> 欲久生兮無終，長不樂兮安窮。奉天期兮不得須臾，千里馬兮駐待路。黃泉下兮幽深，人生要死，何為苦心？何用為樂心所喜，出入無悰為樂亟。萬里召兮郭門閣，死不得取代庸，身自逝。（劉胥廣陵王歌）

> 高秋八九月，白露變為霜。終年會飄墮，安得久馨香。……何時盛年去，歡愛永相忘。（宋子侯董嬌饒）

《漢書·武五子傳》云：「始，昭帝時，胥見上年少無子，有覬欲心。而楚地巫鬼，胥迎女巫李女須，使下神祝詛。……居數月，祝詛事發覺，有司按驗，胥惶恐……胥既見使者還，置酒顯陽殿，召太子霸及子女董訾、胡生等夜飲，使所幸八子郭昭君，家人子趙左君等鼓瑟歌舞。王自歌曰……即以綬自絞死。」〔註25〕廣陵王歌的本事《漢書》記載極詳。劉胥在祝詛事發惶恐綬死前發為此歌，故詩中不僅有「欲久生兮無終，長不樂兮安窮」的感傷，且含極強烈的憂生意識；「人生要死，何為苦心？」的心態，可以視為形體殞滅前對生命的最後回顧與檢討。宋子侯〈董嬌饒〉一詩，作者與本事已無法詳考。詩中藉著一位採桑女子和桃李之間的對話，來詮釋戀情與時間消逝的微妙變化，寓言的形式很值得注意，並且「高秋八九月，白露變為霜」二句，作者以時序變遷的敏感觀察而導入詩旨核心，與曹魏樂府以時序變化起興，在技巧上是相當接近。

曹魏文人樂府中，感逝類型的作品很多，描寫的範圍也頗廣：

〔註25〕見漢書卷六十三武五子傳第三十三，頁 2762。

生時遊國都，死沒棄中野。……造化雖神明，安能復存我？形容稍歇滅，齒髮行當墮。自古雖有然，誰能離此者？（繆襲挽歌）

白日晼晼忽西傾，霜露慘悽塗階庭。秋草捲葉摧枝莖。翩翩飛蓬常獨征，有似遊子不安寧。（曹叡燕歌行）

夙夜自怦性，思逝若抽縈。將秉先登羽，豈敢聽金聲？（王粲從軍行五首之二）

慊慊仰天歎，愁心將何愬？日月不恒處，人生忽若寓。悲風來入懷，淚下如垂露。（曹植蒲生行浮萍篇）

爲樂常苦遲，歲月逝，忽若飛，何爲自苦，使我心悲。（曹丕大牆上蒿行。）

盛時不再來，百年忽我遒。驚風飄白日，光景馳西流。生存華屋處，零落歸山丘。先民誰不死，知命復何憂！（曹植野田黃雀行）

人生如寄，多憂何爲？今我不樂，歲月其馳。（曹丕善哉行）

林鍾受謝，節改時遷。日月不居，誰得久存？（曹叡步出夏門行）

在感逝的心態上，我們可以指出作品內涵的焦點是「人生如寄」「誰能久存」的憂懼；而藉著「白日」「日月」「歲月」「驚風」「悲風」等外界的觸動，在情緒上呈現出「淚下如垂露」「使我心悲」「今我不樂」「有似遊子不安寧」的共同感傷。這種感傷，可以由物欲上的「奏桓瑟，舞趙倡」「酌桂酒，鱠鯉魴」（曹丕大牆上蒿行）自耽；也可以由理念上的「自古雖有然，誰能離此者？」「先民誰不死，知命復何憂！」來求得解脫；甚至可以積極轉化成自我鞭策的動力：

神龜雖壽，猶有竟時。騰蛇乘霧，終爲土灰。老驥伏櫪，志在千里。烈士暮年，壯心不已。（曹操步出夏門行）

對酒當歌，人生幾何？譬如朝露，去日苦多。……周公吐哺，天下歸心。（曹操短歌行）

男兒居世，各當努力。蹙迫日暮，殊不久留。（曹丕艷歌何嘗行）

　　天地無窮，人命有終。立功揚名，行之在躬。(曹叡月重輪行)

這種積極性的轉化，或由於作者政治地位使然，一方面我們推測它可能受到漢民間樂府〈長歌行〉的影響：

　　青青園中葵，朝露待日晞。陽春布德澤，萬物生光輝。常
　　恐秋節至，焜黃華葉衰。百川東到海，何時復西歸？少壯
　　不努力，老大徒傷悲。

長歌行中「常恐秋節至，焜黃華葉衰」等在節改時遷的表現方式上並無不同，但末二句「少壯不努力，老大徒傷悲」則將感逝的心境轉爲自期自勉，這種跌宕的變化相當特殊，很可能影響到曹魏同樣類型的樂府作品。

　　在「生命無常的憂懼」與「時序變遷的觸動」投射下，除了成就上述各種感逝內涵，亦可引發對親人及故鄉的思念：

　　仰瞻帷幕，俯察几筵。其物如故，其人不存。……嗟我白
　　髮，生一何早！長吟永歎，懷我聖考。(曹丕短歌行)

　　舟舟老將至，何時反故鄉？神龍藏深泉，猛獸步高岡。狐
　　死歸首丘，故鄉安可忘？(曹操却東西門行)

　　最後，我們綜合本節序論中將壯志不遂的嗟歎與感逝銜接(如曹植蒲生行浮萍篇及薤露)，將感逝與遊仙銜接(如曹操精列)的論點，針對「感逝」類型的各種內涵表現，試調製一個關係表如下，以爲本節作結。

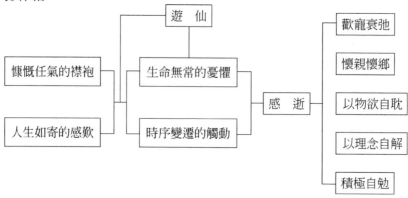

二、遊仙類型的作品探述

　　本節所謂「遊仙」，指凡以樂府的體裁，表現作者幻遊仙界，與仙人交往及描寫仙景、服食等內涵的作品。就語言學的觀點而言，「遊」字與論語述而篇的「遊於藝」、莊子齊物篇的「游乎塵垢之外」相當接近，含有「遊戲適情」的意味；〔註26〕就其內容而言，「遊」的對象既與「仙」有關，則主要範圍乃指描寫「滓穢塵網，錙銖纓紱，滄霞倒景，餌玉玄都」一類境界者，亦即老莊所歌頌之虛無出世境界的具體發揚。〔註27〕凡是具有這種「詩雜仙心」〔註28〕的樂府作品，即是本節所要探述的類型對象。〔註29〕

　　我們曾在本篇中一再申說，遊仙類型的形成主要是基於時代（或社會）及個人二種因素。在整個時代的長期動亂中，生命的存亡固無任何保障，詩人目睹「百姓死亡，暴骨如莽」的慘酷景象而無能為力，悲憫傷世的情感遂藉著遊仙玄想以求轉托；另外，詩人經濟自期、英雄畢力的壯志因際遇乖舛而挫敗時，感逝傷志的憂懣亦有賴遊仙的玄想以求解脫。因此遊仙作品所呈顯的主要內涵，正反映著詩人這種悲憫與憂懣心態的轉移，並企望在超自然的幻想中求得彌補與慰藉。

（一）企求生命的絕對延長

　　景未移，行數千，壽如南山不忘愆。（曹操陌上桑）

　　露芝採之可服食，年若王父無終極。（曹植平陵東）

　　思得神藥，萬歲為期。（曹操秋胡行）

〔註26〕見洪順隆〈試論六朝的遊仙詩〉，《六朝詩論》頁95。

〔註27〕見林文月〈從遊仙詩到山水詩〉，《山水與古典》頁3。括號內所引，是李善注郭璞遊仙詩的部份文字。

〔註28〕見文心雕龍明詩篇：「正始明道，詩雜仙心」但遊仙詩至遲已產生於漢代，劉勰所論應是在標舉正始明道的詩風特色。

〔註29〕西漢郊祀歌十九章等，因其內容只是迎神祭祀祈福，與遊仙的界說不符，故不在研討範圍內。

受道王母，遂生紫庭，逍遙天衢，千載長生。（嵇康秋胡行）

長樂甫始宜孫子，常願主人增年，與天相守。（曹操氣出唱三首之三）

王子奉仙藥，羨門進奇方。服食享遐紀，延壽保無疆。（曹植五遊）

金石固易弊，日月同光華。齊年與天地，萬乘安足多？（曹植遠遊篇）

厥初生，造化之陶物，莫不有終期。莫不有終期，聖賢不能免，何為懷此憂？願螭龍之駕，思想崑崙居。……君子以弗憂。年之暮奈何？時過時來微。（曹操精列）

授我仙藥，神皇所造。教我服食，還精補腦。壽同金石，永世難老。（曹植飛龍篇）

餐霞漱沆瀣，毛羽被身形。發舉蹈虛廓，徑廷升窈冥。同壽東父年，曠代永長生。（曹植驅車篇）

我國有韻文學中對長生的企求淵源極早，可上溯自《詩經》。《小雅・南有嘉魚之什》〈南山有臺〉云：「樂只君子，萬壽無期……樂只君子，萬壽無疆……樂只君子，遐不眉壽……樂只君子，遐不黃耇」谷風之什〈楚茨〉云：「孝孫有慶，報以介福，萬壽無疆」大雅生民之什〈行葦〉云：「酌以大斗，以祈黃耇」魯頌〈閟宮〉云：「萬有千歲，眉壽無有害」等，均可視為長生意識的濫觴，但並未帶有神仙的色彩。經過戰國以降的方士渲染，長生的企望遂與求仙結合；〔註30〕這種觀念，反映在三首斷作漢樂府古辭中的，如：

王子喬，參駕白鹿雲中遨。……嗟行聖人遊八極，鳴吐銜福翔殿側。聖主享萬年。悲吟皇帝延壽命。（王子喬）

〔註30〕《史記》〈封禪書〉云：「自威宣、燕昭使人入海求蓬萊、方丈、瀛州此三神山者，其傳在勃海中，去人不遠，患且至，則船風引而去。蓋嘗有至者，諸仙人及不死之藥皆在焉。」顧炎武勞山志序云：「田齊之末，有神仙論。」可見神仙及長生意識在戰國時已頗盛行。王瑤「小說與方術」一文，可以提供有關方士的更廣泛看法，「中古文學思想」頁 153～194。

仙人騎白鹿，髮短耳何長。導我上太華，攬芝獲赤幢。來
到主人門，奉藥一玉箱。主人服此藥，身體日康強。髮白
復更黑，延年壽命長。（長歌行）

服爾神藥，莫不歡喜。陛下長生老壽，四面肅肅稽首。天
神擁護左右，階下長與天相保守。（董逃行）

這些樂府古辭已明顯的將「仙人」、「神藥」與長生相並列。就「企求
生命的絕對延長」論點而言，曹魏文人樂府中的長生意識正與此一脈
相承，而浮泛的仙人稱謂，已易爲「王父」、「王母」、「王子（喬）」、
「羨門」、「神皇」、「東父」；服食的神藥亦由「攬芝獲赤幢」「奉藥一
玉箱」增爲「靈芝」「神藥」、「仙藥」、「奇方」及「餐霞漱沆瀣」等。
這種轉變，一方面是想像與運用能力的擴大，一方面則可能是文人受
了屈原〈離騷〉及楚辭〈遠遊〉的影響。〔註31〕

（二）對現實摧抑的解脫

晨上散關山，此道當何難。牛頓不起，車墮谷間。坐盤石
之上……意迷心煩……有何三老公，卒來在我傍。負掮被
裘，似非恒人，謂卿云何困苦以自怨？徨徨所欲，來到此
間。……我居崑崙山，所謂者眞人。道深有何得，名山歷
觀。遨遊八極，枕石嗽流飲泉。（曹操秋胡行）

東北望吳野，西眺觀日精，魂神所繫屬，逝者感斯征。（曹
植驅車篇）

鬱鬱西岳顚，石室青蔥與天連。中有耆年一隱士，鬚髮皆
皓然。策杖從吾遊，教我要忘言。（曹植苦思行）

得道之眞人咸來會講仙，教爾服食日精，要道甚省不煩，
澹泊無爲自然。乘蹻萬里之外，去留隨意所欲存。（曹植桂
之樹行）

〔註31〕詳見唐亦璋〈神仙思想與遊仙詩研究〉，第三章「開遊仙詩先河的離騷、
遠遊」，淡江學報 14 期，頁 121～178。唐氏以爲離騷開創了浪漫神秘
而富超現實色彩的文學新境界；遠遊則一在闡明成仙的理論，二在因
襲離騷漫遊的體制；共同影響代漢魏至南北朝的遊仙詩風貌。

藉著遊仙玄想以解脫現實的各種摧抑之作，在文字上明顯傾訴憂懣的，如曹操〈秋胡行〉「何困苦以自怨」者並不多，我們應由「逝者感斯征」「教我要忘言」及「澹泊無為自然」的詩句背面，來反索作者的心靈傷痕。遊仙之作在表象上雖為馭風遨遊、服藥長生的幻樂描寫，然其本質則多屬壯志不遂、感逝傷懷或生命憂懼的抒解轉托；陳胤倩論曹植「五遊」云：「此有托而言神仙者。觀『九州不足步』五字，其不得志於今之天下也審矣。」朱乾兼論「遠遊篇」云：「所謂『九州不足步』『中州非吾家』，皆其憂患之辭也。至云『服食享遐紀，延壽保無疆』，則其憂生之心為已蹙矣。」〔註32〕陳、朱二氏的看法，都為我們提供了相同的論點。

另外如嵇康的七首〈秋胡行〉，前四首依次為「富貴尊榮，憂患諒獨多」、「貧賤易居，貴盛難為工」、「勞謙寡悔，忠信可久安」、「神者弊，極欲疾枯」皆論處亂避禍之道，第五首進而要求「絕智棄學，遊心於玄默」，末二首則「思與王喬，乘雲遊八極」、「徘徊鍾山，息駕於層城」已變為純粹遊仙的轉托。我們由這七首有機的組詩形式，可以充份證明「乘雲遊八極」的遊仙動機，乃基於前五首「憂患諒獨多」的鬱積；同時也確切說明遊仙作品的內涵，足以反映此期作者對現實摧抑的解脫。

（三）對仙界的幻想與享樂方式的移植

遊仙之作，既為馭風遨遊、服藥長生的幻想，那麼作品重心自必集中在仙界的描寫上，而這種描寫一方面出於絕對的虛構，一方面亦移植於作者對現實享樂的高度嚮往與誇飾。我們援引幾首刻劃較詳盡者為例：

> 駕六龍乘風而行。行四海外，路下之八邦。歷登高山臨溪谷，乘雲而行。行四海外，東到泰山。仙人玉女，下來翔遊。驂駕六龍，飲玉漿，河水盡，不東流。解愁腹，飲玉

〔註32〕見黃節《漢魏樂府風箋》，頁 207、209 所引。

漿。奉持行，東到蓬萊山。上至天之門，玉闕下，引見得
入。赤松相對，四面顧望，視正焜煌。開王心正興，其氣
百道至，傳告無窮。閉其口，但當愛氣壽萬年。東到海，
與天連。神仙之道，出窈入冥，常當專之。心恬澹，無所
愒欲。閉門坐自守，天與齊氣。願得神之人，乘駕雲車，
驂駕白鹿，上到天之門，來賜神之藥。跪受之，敬神齊，
當如此，道自來。(曹操氣出唱三首之一)

仙人攬六著，對博太山隅。湘娥拊琴瑟，秦女吹笙竽。玉
樽盈桂酒，河伯獻神魚。四海一何局，九州安所如。韓終
與王喬，要我於天衢。萬里不足步，輕舉凌太虛。飛騰踰
景雲，高風吹我軀。迴駕觀紫微，與帝合靈符。閶闔正嵯
峨，雙闕萬丈餘。玉樹扶道生，白虎夾門樞。驅風遊四海，
東過王母廬。俯觀五岳間，人生如寄居。潛光養羽翼，進
趣且徐徐。不見昔軒轅，升龍出鼎湖。徘徊九天下，與爾
長相須。(曹植仙人篇)

仙人欲來，出隨風，列之雨。吹我洞簫鼓琴瑟，何闒闒。
酒與歌戲，今日相樂誠為樂。玉女起，起舞移數時。鼓吹
一何嘈嘈。……樂共飲食到黃昏。(曹操氣出唱三首之二)

乃到王母臺，金階玉為堂，芝草生殿旁。東西廂，客滿堂。
主人當行觴。……常願主人增年，與天相守。(同上三首之三)

綜合上述數例，約有三點值得探述：

　　1.「驅風遊四海」的幻想鋪陳。遊仙之作既在表現作者幻遊仙
界、與仙人交往的諸般情境，則遨遊四海週流八極的幻想鋪陳，自為
首要命題。關於這點，屈原〈離騷〉及楚辭〈遠遊〉、莊子〈天地〉
與〈逍遙遊〉等篇都有直接間接的影響。

……為余駕飛龍兮，雜瑤象以為車，何離心之可同兮，吾
將遠逝以自疏。遭吾道夫崑崙兮，路修遠以周流。揚雲霓
之晻藹兮，鳴玉鸞之啾啾。朝發軔於天津兮，夕余至乎西
極。鳳皇翼其承旂兮，高翱翔之翼翼。……(離騷)

悲時俗之迫阨兮，願輕舉而遠遊。質菲薄而無因兮，焉託

乘而上浮。……叛陸離具上下兮，游驚霧之流波。時曖曃
其矄莽兮，召玄武而奔屬。後文昌使掌行兮，選署眾神以
並轂。路曼曼其修遠兮，徐弭節而高厲。左雨師使徑侍兮，
右雷公以為衛。……（遠遊）

夫聖人鶉居而鷇食，鳥行而無彰。……千歲厭世，去而上
僊。乘彼白雲，至於帝鄉。（莊子天地）

藐姑射山，有神人居焉。……不食五穀，吸風飲露。乘雲
氣，御飛龍，而遊乎四海之外。（同上逍遙遊）

清陳本禮論〈遠遊〉云：「此截離騷遠遊以下諸章衍為此詞，為後世
遊仙之祖。」〔註33〕今人唐亦璋論〈離騷〉云：「那種上窮碧落下黃
泉、四方八極，海濶天空的周游流覽，也替我國文學開啓了浪漫神秘
而富超現實色彩的新境界，並奠定後來遊仙詩歌的新形式。」〔註34〕
我們了解遨遊四海的遊仙前，再來省察曹魏文人樂府中的各種鋪陳，
當能獲致更清晰的輪廓。

　　就遊踪而言，可以超乎四海、歷登高山溪谷，「東到蓬萊山」。上
至天之門，玉關下」「東到海」「東到泰山」「東過王母廬」「徘徊九天
下」「俯觀五岳間」；就仙界的描寫而言，則壯麗如「閶闔正嵯峨，雙
闕萬丈餘。玉樹扶道生，白虎夾門樞。」「金階玉為堂，芝草生殿旁」
「靈液飛素波，蘭桂上參天。玄豹遊其下，翔鷗戲其顛」（升天行）
「閶闔啓丹扉，雙闕曜朱光」（五遊）「隆高貫雲霓，嵯峨出太清。周
流二六候，間置十二亭。上有湧醴泉，玉石揚華英」（驅車篇）

　　2. 仙人、神藥的長生媒介。仙人與神藥仙物的服食，是凡人企
求長生的唯一憑藉，所以「韓終與王喬，要我於天衢」，「受道王母，
遂生紫庭」（稽康秋胡行七首之七）「赤松相寺，四面顧望，視正焜煌」、

〔註33〕見陳本禮《屈辭精義》卷，頁1。
〔註34〕同詳7，頁136。另外康萍〈論魏晉遊仙詩的興衰與類別〉一文也有
　　　　類似而較簡短的說法：「屈原的作品對魏晉詩人大作其遊仙詩具有啓
　　　　發作用，是無可置疑的。」見中外文學月刊第3卷第5期（總29期），
　　　　頁155。

「乘風忽登舉，彷彿見眾仙」（曹植升天行）；而服食的對象，則有「解愁腹，飲玉漿」「來賜神之藥，跪受之」、「餐霞漱沆瀣」（驅車篇）「靈芝採之可服食」（平陵東）及「食芝英，飲醴泉」（曹操陌上桑）等。

　　3. 現實享樂方式的移植。仙界的情景原是子虛烏有的虛構，但在虛構之中，却往往帶有作者對現實生活的嚮往與投影；我們歸納這種移植，主要集中在視覺、味覺與聽覺三者。所以仙人可以攬六著而「對博太山隅」，可以欣賞「玉女起，起舞移數時」，可以耳聞「湘娥拊琴瑟，秦女吹笙竽」「吹我洞簫鼓瑟琴」「鼓吹一何嘈嘈」，可以品嘗「玉樽盈桂酒，河伯獻神魚」，甚至「樂共飲食到黃昏」，這種描寫我們與其視為仙界的逸樂，不如看作現實享樂方式的移植。至如曹操氣出唱對仙人宴會的描述：「東西廂，客滿堂。主人當行觴……常願主人增年，與天相守。」幾與建安中的鄴下酬酢之風無異；末二句賓客對主人的頌讚，在身份上亦可與王粲、阮瑀、應瑒等人的〈公讌詩〉同樣看待。

（四）遊仙企望的幻滅

　　詩人對遊仙的企望，通常表現在服食長生及形體的飛昇周覽二端。然而這種抽離現實的企望既無法由實例中得到印證，又通不過澄澈的理性省察，因此部份作品便呈顯出此一衝突，及對遊仙企望的幻滅。

　　兩漢以來，這種遊仙不可依恃的觀念已數見於古詩及樂府作品中：

> 浩浩陰陽移，年命如朝露。人生忽如寄，壽無金石固。萬歲更相送，賢聖莫能度。服食求神仙，多為藥所誤。不如飲美酒，被服紈與素。（古詩十九首之八，樂府詩集作「驅車上東門行」）
>
> 生年不滿百，常懷千歲憂。晝短夜苦長，何不秉燭遊？為樂當及時，何能待來茲？愚者愛惜費，但為後世嗤。仙人王子喬，難可與等期。（古詩十九首之十）
>
> 辛苦何慮思，天命信可疑。虛無求列仙，松子久吾欺。（曹植贈白馬王彪七首之七）
>
> 榮名非己寶，聲色焉足娛？採藥無旋返，神仙志不符。逼此良可惑，令我久躊躇。（阮籍詠懷八十二首之四十一）

這些作品都對遊仙的企望抱著懷疑態度，但詩中並沒有展現二者的衝突性；對企望幻滅後的抉擇「不如飲美酒，被服紈與素」「逼此良可惑，令我久躊躇」，也顯得相當消極。而文人樂府中唯一的一首——曹丕〈折楊柳行〉——則與此有異：

> 西山一何高，高高殊無極。上有兩仙童，不飲亦不食。與
> 我一丸藥，光耀有五色。服藥四五日，身體生羽翼。輕舉
> 乘浮雲，倏忽行萬億。流覽觀四海，茫茫非所識。彭祖稱
> 七百，悠悠安可原。老聃適西戎，于今竟不還。王喬假虛
> 辭，赤松空垂言。達人識眞僞，愚夫好妄傳。追念往古事，
> 憒憒千萬端。百家多迂怪，聖道我所觀。

這首樂府明顯的可由「彭祖稱七百」以下分成前後兩幅。前半段集中描寫仙童、仙藥及飛昇、流覽，是相當典型的遊仙內涵；後半段卻藉著彭祖、老聃的長生不可信，而進一步指陳「王喬假虛辭，赤松空垂言」列仙之說亦不足恃，展現相當程度的衝突性。作者的批判基點是以理性的「達人」自居，透過「追念往古事」的歷史觀點而駁斥執迷妄傳的「愚夫」。基於這種認識，遊仙的企望幻滅後，自非消極的「不如飲美酒」或「令我久躊躇」，而是肯定的抉擇「聖道」。（所謂聖道，由「百家多迂怪」來推測，應指積極用世的儒家學說。）

就「遊仙企望的幻滅」論點而言，曹丕這首〈折楊柳行〉爲我們提供了相當特殊的參考價值。

唐君毅曾由仙人「無任務、無責任、大解脫」的特性，來闡釋遊仙藝術的精神極致，對本節所探述的遊仙內涵有極精闢的詮證價值，我們即援引這段原文作結：

> 西方有上帝，有天使；印度有梵天，有佛菩薩，皆不尊仙。
> 上帝天使皆有使命；印度梵天常住不動；佛菩薩，悲天憫
> 人，精造無少懈。中國的神，亦有任務，有責任；仙，則
> 無任務，無責任，亦可謂之大解脫，其唯乘雲氣，遊日月，
> 乃游心萬化之藝術精神之極致。（「中國文化之精神價值」第十
> 一章「中國文學精神」）

第六章　漢魏文人樂府的表現藝術

第一節　句式與篇幅的變化

　　句式，就一般性的共識而言，乃指語文中每個單句的組成形式，本節則專就文人樂府來研討。影響作者對一首樂府句式的選用，我們推測至少有下列四點因素：（1）曲律的限制（叶樂）。（2）情感指數的強弱。（3）類型內涵的配合。（4）作者喜憎的慣性。句式的選擇，在作品藝術價值的傳達上常會造成相當的影響力，鍾嶸《詩品》序曾論四言及五言在效果表現上的差別：「夫四言，文約意廣，取效風騷，便可多得。每苦文繁而意少，故世所罕習焉。五言居文詞之要，是眾多之有滋味者也。故云會於流俗，豈不以指事造形，窮情寫物，最為詳切者邪？」〔註1〕雖然作者的才情與人生體驗才是決定一首作品優劣的主要因素，但詩品序的意見，若專就句式的表現效用來看，仍是相當正確的。

〔註 1〕見汪中《詩品注》，頁 15。前人對此持相近論點的，如葉水心云：「五言而上，世人往往極其才之所至，而四言雖文辭巨伯，輒不能工。」王闓運云：「李太白云，五言不如四言，七言又其靡也。此言非是。太白貴四言，何以反獨工七言？四言詩韋孟不如嵇康，嵇詩復不可學，蓋四言詩者興之偶寄，初無多法，不足用功。」

　　至於篇幅的長短多寡，也往往能顯示作者對文字、體裁及文意的駕馭與詮釋能力。蕭師繼宗在《實用詞譜》一書中，對詞的選調（詞牌）有著極相近的論點：

> 常人執筆為文，動輒萬言，初不覺乏；至於為詩，縱有百韻，便即拘牽補衲，義窘於辭。若更為詞，常用者止百餘字，鶯啼序亦不過二百四十，非有大氣力者，縱橫馳驟，往往辭未終，而意已罄，率不能盡其器。可知詞之體型，極於精約。但在作者善於運用，酌其蓄意之豐嗇，以決選調之短長而已。或有為調所窘者，非調之窘人，特選調之未善耳，不可不察！〔註2〕

因此本節擬就句式及篇幅上的變化，以研討漢魏文人樂府所呈顯的形式特性與作者的表現慣性。（表格部份皆據里仁版樂府詩集；丁福保全漢三國晉南北朝詩所增者，則據丁書）

附表一　兩漢文人樂府

曲　　名		作　　者	句　　式	篇幅（以字數計）
李延年歌		李延年	5、8言	33
李夫人歌		漢武帝	4、7言	15
郊祀歌：	練時日	司馬相如等數十人	3言	144
	帝臨		4言	48
	青陽		4言	48
	朱明		4言	48
	西顥		4言	48
	玄冥		4言	48
	惟泰元		4言	96
	天地		3、4、7言	145
	日出入		4、5、6、7言	63

〔註2〕見蕭師繼宗《實用詞譜》前言，頁47。

	天馬		（太一況）3 言	36
			（天馬徠）3 言	72
	天門		3、4、5、6、7 言	156
	景星		4、7 言	132
	齊房		4 言	32
	后皇		4 言	32
	華爗爗		3 言	114
	五神		3 言	60
	朝隴首		3 言	60
	象載瑜		3 言	36
	赤蛟		3 言	84
瓠子歌：	瓠子決	漢武帝	7、8、9 言	105
	河湯湯		7、10 言	59
烏孫公主歌		劉細君	8 言	48
李陵歌		李陵	4、7 言	39
廣川王歌	背尊章	劉去	3 言	24
	愁莫愁		3、4 言	37
燕王歌		劉旦	3、6、7 言	23
華容夫人歌		華容夫人	4、5、6 言	32
廣陵王歌		劉胥	3、4、6、7、8 言	71
怨歌行		班婕妤	5 言	50
武溪深行		馬援	4、7、8 言	23
後漢武德舞歌詩		劉蒼	4 言	56
五噫歌		梁鴻	1、5 言	30
同聲歌		張衡	5 言	120
羽林郎		辛延年	5 言	160
董嬌饒		宋子侯	5 言	120
定情詩		繁欽	5 言	320

附表二　曹魏文人樂府

作　者	曲　　名		句　式	篇　幅（以字數計）
曹操	氣出唱	駕六龍	3、4、5、7言	187
		華陰山	3、4、5、6、7言	127
		遊君山		64
	精列		3、5言	93
	度關山		3、4言	126
	薤露		5言	80
	蒿里		5言	80
	對酒		3、4、5、6、7、8言	122
	陌上桑		3、7言	78
	短歌行	對酒當歌	4言	96（本辭120）
		周西伯昌	4、5、6、8言	179
	秋胡行	晨上散關	4、5、6、9言	221
		願登泰華	3、4、5言	267
	苦寒行		3、5言（本辭5言）	167（本辭120）
	塘上行		4、5、7言（本辭5言）	178（本辭120）
	善哉行	古公亶甫	4言	112
		自惜身薄	5、8言	123
	步出夏門行	觀滄海	4、5、6言	94
		冬十月	4言	56
		河朔寒		
		龜雖壽		
	却東西門行		5言	100
	董逃歌詞		5、8、9言	27
曹丕	十五		5言	50
	陌上桑		2、3、4、5、7言	83
	燕歌行	秋風蕭瑟	7言	105
		別日何易		105（本辭91）
	短歌行		4言	96

	善哉行	朝日樂相	5言	100
		上山採薇	4言	96
		朝遊高臺	5言	100
		有美一人	4言	80
	折楊柳行		5言	120
	煌煌京洛行		4言	128
	猛虎行		5言	30
	秋胡行	堯任舜禹	4言	56
		朝與佳人	4、5言	74
		泛泛淥池	4言	64
	丹霞蔽日行		4言	40
	飲馬長城窟行		5言	40
	上留田行		3、5、6、8言	55
	艷歌何嘗行		4、5言	131
	大牆上蒿行		3、4、5、6、7、8言	364
	月重輪行		4、5、7言	36
	臨高臺		3、4、5、7、9言	72
	釣竿		5言	30
曹叡	苦寒行		3、5言	144
	善哉行	我徂我征	4言	128
		赫赫大魏	3、4、7言	79
	步出夏門行		4、5言	196
	櫂歌行		5言	120
	長歌行		5言	110
	短歌行		4言	56
	燕歌行		7言	35
	月重輪行		4言	24
	樂府（種瓜東井上）		5言	70
	樂府（昭昭素明月）		5言	80
	猛虎行		5言	50

曹植	野田黃雀行	置酒	5言	120（本辭同）
		高樹	5言	60
	怨詩行		5言	140（本辭80）
	鼙舞歌	聖皇篇	5言	250
		靈芝篇	2、5言	242
		大魏篇	5、6、7言	258
		精微篇	5言	320
		孟冬篇	2、4、5言	258
	薤露		5言	80
	惟漢行			100
	平陵東		3、5、7、8言	40
	蝦䱱篇		5言	80
	吁嗟篇		5言	120
	豫章行	窮達	5言	50
		鴛鴦		40
	蒲生行浮萍篇		5言	120
	當來日大難		3、4言	49
	丹霞蔽日行		4言	48
	門有萬里客行		5言	50
	泰山梁甫行		5言	40
	怨歌行		5言	110
	桂之樹行		3、4、5、6、7言	89
	當牆欲高行		4、5、6、7言	53
	當欲遊南山行		5言	80
	當事君行		5、6言	44
	當事已駕行		3、4、5言	35
	妾薄命	携玉手	3、6言	48
		日月既	6言	174
	苦思行		5、7言	64

	五遊		5 言	120
	遠遊篇			100
	仙人篇			150
	齊瑟行	名都篇	5 言	140
		姜女篇		150
		白馬篇		140
	升天行	乘蹻追	5 言	40
		夫桑之		40
	飛龍篇		4 言	64
	鬥雞篇		5 言	80
	盤石篇		5 言	160
	驅車篇		5 言	140
	種葛篇		5 言	130
	遊僊		5 言	60
	善哉行		4 言	96
	君子行		5 言	60
繆襲	挽歌		5 言	60
	鼓吹曲	楚之平	3 言	90
		戰滎陽	3、4 言	62
		獲呂布	3、4 言	21
		克官渡	3、4、5 言	75
		舊邦	3、4 言	42
		定武功	3、4、5、6 言	86
		屠柳城	3、4、5、6 言	42
		平南荊	3、4、5 言	109
		平關中	3 言	30
		邕熙	2、3、4、5、6 言	59
		應帝期	3、4、5、6 言	127
		太和	3、4、5、7 言	64

韋昭	鼓吹曲	炎精缺	3 言	90
		漢之季	3、4 言	62
		攄武師	3、4 言	21
		烏林	3、4 言	64
		秋風	3、4、5 言	77
		克皖城	3、4 言	42
		關背德	3、4、5、6 言	91
		通荊州	3、4、5 言	109
		章洪德	3、4 言	32
		承天命	3、4、5 言	119
		順曆數	3、4、5、6 言	126
		玄化	3、4、5、7 言	64
王粲	魏俞兒舞歌	矛俞	3、4、5、7 言	54
		弩俞	4 言	32
		安臺	3、4、5 言	41
		行辭	4、5、7 言	42
	太廟頌		3、4 言	100
	從軍行	從軍有	5 言	160
		涼風		130
		從軍征		90
		朝發		100
		悠悠		120
陳琳	飲馬長城窟行		5、7 言	158
阮瑀	怨詩		5 言	30
	駕出北郭門行		5 言	120
	琴歌		5 言	40
嵇康	秋胡行	富貴尊榮	4、5 言	51
		貧賤易居		
		勞謙寡悔		
		役神者弊		49
		絕智棄學		51
		思與王喬		50
		徘徊鍾山		51

| 左延年 | 秦女休行 | 5、6、7、8言 | 230 |
| | （另有從軍行闕文二首，不計） | | |

　　經由上表的排比統計後，我們再來分析此期文人樂府表現在句式及篇幅上的大致趨勢。

　　兩漢部份，較爲可信的作品約有三十九首，[註3] 其中雜言者有十五首，齊言者有二十四首，數量大致相等。齊言作品中，以集中於〈郊祀歌〉的三、四言最多，各有九首；五言五首；八言一首。就句式的變化而言，雜言體已含有一、三、四、五、六、七、八、九、十等九種，句式的運用上相當繁富；東漢章帝（A.D76～88）以後，除梁鴻〈五噫歌〉外，已有集中於五言的趨向，〈同聲歌〉、〈羽林郎〉、〈董嬌饒〉等都是全篇五言，而五噫歌除「噫」字，餘亦皆爲五言。

　　在篇幅上，兩漢文人樂府多半僅數十字，少者如武帝〈李夫人歌〉僅十五字；超過百字以上的作品，只有郊祀歌的〈練時日〉（一百四十四字）〈天地〉（一百四十五字）〈天門〉（一百五十六字）〈景星〉（一百三十二字）〈華爗爗〉（一百一十四字）、武帝的瓠子歌第一首（一百零五字）、張衡〈同聲歌〉（一百二十字）、辛延年〈羽林郎〉（一百六十字）、宋子侯〈董嬌饒〉（一百二十字）及繁欽〈定情詩〉（三百二十字）等十首。值得注意的是東漢中葉張衡（A.D77～139，章帝建初二年到順帝永和四年）的〈同聲歌〉以後，作品篇幅皆在一百二十字以上，至漢魏之交的繁欽〈定情詩〉則已增至三百二十字；這種變化顯示自東漢中葉以後，作者普遍已能對樂府形式作進一步的駕馭了。

　　曹魏樂府除殘闕者外，今存作品約有一百四十八首，[註4] 其中

〔註3〕本論文第二篇「漢魏文人樂府的研討範圍」中，兩漢部份原列有四十五首，但五首琴曲歌辭（昭君怨、胡笳十八拍及司馬相如、霍去病的琴歌三首）與二首雜歌謠辭（漢武帝秋風辭、漢昭帝黃鵠歌）多半出自後人的增附偽托，可信度極低，故較可信者僅得三十八首，而郊祀歌天馬一章爲求詳密計，此處別爲「太一」及「天馬」二首，故總計爲三十九首。

〔註4〕據第二篇第二章的統計，曹魏樂府數量宋書樂志載有七十一首，樂府詩

雜言者六十八首，齊言者八十首，齊言數量仍略多於雜言。齊言作品中以五言五十四首最多，其次為四言十九首，其次為三、七言各三首，其次為六言一首。句式的變化大抵不出兩漢範圍，但曹丕〈陌上桑〉、曹植〈靈芝篇〉、〈孟冬篇〉及繆襲〈邕熙〉增加了二言句，（註5）這種變化，我們可視為此期作者在句式運用上的拓展與進步。

　　兩漢的三十九首文人樂府中，全篇五言者僅有班婕妤〈怨歌行〉等五首，曹魏時期則大量增至五十四首，遠超過其他各言體作品數量的總和（共二十六首），並為樂府總數的三分之一強，此或可顯示五言詩至此已具有相當程度的普遍性與成熟性，我們若再匯合五言徒詩來論斷，則亦可為五言詩史的流變提供一個堅實的論據。

　　雜言體六十八首中，《樂府詩集》記載入魏晉樂演奏者共十八首（請參照第四篇附表一「曹魏文人樂府入樂表」），我們再加上郊廟奏用的繆襲、韋昭〈鼓吹〉各十二首及王粲〈魏俞兒舞〉四首、〈太廟頌〉一首，則達四十七首，約佔雜言體總數的十分之七弱，這應可充份證明雜言句式與曲律二者的關係是極為密切的。

　　就篇幅的變化而言，曹魏作者亦較兩漢有著更深厚的駕馭能力，超過百字的作品有：

　　　　曹操的氣出唱〈駕六龍〉（一百八十七字）、〈華陰山〉（一百二十七字）；〈度關山〉（一百二十六字）；〈對酒〉（一百二十二字）；〈苦寒行〉（一百六十七字）、〈塘上行〉（一百七十八

集及全漢三國詩各載有一百四十四首，三家的增損頗有出入，這主要是由於三家的收錄標準不同；郭茂倩及丁福保二家的收錄數量，更涉及時代、版本、作者等各種問題，今日實已無法詳考。本節既在研討其句式及篇幅的變化，故著眼於全面性的觀察，兼採三家著錄的作品，故總數多出四首，共計一百四十八首。另，「梁甫吟」（步出齊城門）雖然樂府詩集及全漢三國詩都題為諸葛亮所作，但蜀志本傳僅云：「亮躬耕隴畝，好為梁父吟」古今樂錄據此云：「然則不起於亮矣」故不論。

〔註5〕曹丕〈陌上桑〉云：「虎豹嗥動，雞驚，禽失群，鳴相索。」曹植靈芝篇及孟冬篇皆有「亂曰」二字；繆襲鼓吹曲邕熙起句則云「邕熙」，亦二言句。

字）；〈善哉行〉〈古公亶甫〉（一百一十二字）、〈自惜身薄祜〉
（一百二十三字）等八首。

曹丕的〈燕歌行〉二首（皆為一百零五字）；〈折楊柳行〉（一
百二十字）；〈煌煌京洛行〉（一百二十八字）；〈艷歌何嘗行〉
（一百三十一字）等五首。

曹叡的〈苦寒行〉（一百四十四字）；〈善哉行〉「我徂我征」
（一百二十八字）；步〈出夏門行〉（一百九十六字）；〈櫂歌
行〉（一百二十字）；〈長歌行〉（一百一十字）等五首。

曹植的〈野田黃雀行〉「置酒高殿上」（一百二十字）；〈吁嗟
篇〉（一百二十字）；〈蒲生行浮萍〉篇（一百二十字）；〈怨歌
行〉（一百一十字）；〈妾薄命〉「日月既逝矣西藏」（一百七十
四字）；〈五遊〉（一百二十字）；〈仙人篇〉（一百五十字）；〈齊
瑟行〉〈名都篇〉〈白馬篇〉（皆為一百四十字）、〈美女篇〉（一
百五十字）；〈磐石篇〉（一百六十字）；〈驅葛篇〉（一百四十
字）；種葛篇（一百三十字）等十三首。

繆襲的〈平南荊〉（一百零九字）及〈應帝期〉（一百二十七字）
二首。

韋昭的〈通荊州〉（一百零九字）；〈承天命〉（一百一十九字）
及〈順曆數〉（一百二十六字）三首。

王粲的〈從軍行〉「從軍有苦樂」（一百六十字）、「涼風厲秋
節」（一百三十字）、「悠悠涉荒路」（一百二十字）等三首。

陳琳的〈飲馬長城窟行〉（一百五十八字）一首。

阮瑀的〈駕出北郭門行〉（一百二十字）一首。

計有四十一首。超過二百字的作品有：

曹操的〈秋胡行〉「晨上散關山」（二百二十一字）、「願登泰
華山」（二百六十七字）二首。

曹植的〈鼙舞歌〉「聖皇篇」（二百五十字）、「靈芝篇」（二百四十二字）、「大魏篇」（二百五十八字）、「孟冬篇」（二百五十八字）等四首。

左延年的〈秦女休行〉（二百三十字）一首。

計有七首。超過三百字的作品有：

曹丕的〈大牆上蒿行〉（三百六十四字）一首。

曹植的〈鼙舞歌〉「精微篇」（三百二十字）一首。

計有二首。

羅根澤曾以「篇幅稍長」為此期樂府的五種變化之一，〔註6〕我們就上述的分析結果來看，篇幅的增長確為文人樂府在形式上的表現趨向。這種變化，我們推測約有二個原因：第一，是對樂府形式的逐漸熟悉，故作者得以盡情展現文思。胡適曾云：「當時文人初作樂府歌辭，工具未曾用熟，祇能用詩體表達一種簡單的情感與簡單的思想。稍稍複雜的意境，這種新體裁還不夠應用。……這有點像後世文人學作教坊舞女的歌詞，五代宋初的詞祇能說兒女纏綿的話，直到蘇軾以後，方才能用詞體來談禪說理，論史論人，無所不可。這其間的時間先後，確是個工具生熟的問題。」〔註7〕我們援證於漢魏文人樂府，亦可得到精確的脗合。第二，是漢賦鋪陳技巧的影響。《文心雕龍》〈詮賦篇〉云：「賦者，鋪也，鋪采摛文，體物寫志也。」〈詩品序〉云：「直書其事，寓言寫物，賦也。」可知「鋪采摛文」「直書其事」是賦的重要特質，也因為這種特質，所以兩漢揚馬張蔡等諸家的長賦頗多，曹魏文人讀其賦沐其波，如曹操「登高必賦」、〔註8〕曹丕「少為之賦」、〔註9〕曹植「年十餘歲，誦讀詩、論及辭賦數十萬言」、

〔註6〕見羅根澤《樂府文學史》頁82。其他四種變化為：恢復四言體、創作七言體、完成仿效的樂府，內容含極頹喪之人生觀。

〔註7〕見胡適《白話文學史》上卷，頁57。

〔註8〕見三國志卷一武帝紀第一頁54，裴松之注引魏書所載。

〔註9〕見三國志卷二文帝紀第二頁90，裴松之注引曹丕典論自敘所載。

〔註 10〕王粲「著詩、賦、論、議垂六十篇」、應瑒劉楨「咸著文賦數十篇」〔註 11〕等，都可說明他們普遍受到漢賦的薰陶，那麼在樂府的創製上，篇幅增長正是合理的現象。

　　就作者對句式選用的慣性而言，凡只有一首作品傳世者皆不在研討之列。兩漢有慣性可論的計二人五首：一為漢武帝的三首雜言樂府（李夫人歌及瓠子歌二首），其中七言句為三首所共有；一為劉去的二首廣川王歌，「背尊章」全篇三言，「愁莫愁」三、四雜言，顯示三言乃劉去慣用的句式。曹魏作品因性質較繁，為求明晰與詳盡起見，我們仍以表格來顯示：

作　者	句　式		篇　數	總　計
曹操	雜言		15	23
	齊言	四言	5	23
		五言	3	
曹丕	雜言		6	22
	齊言	四言	7	
		五言	7	
		七言	2	
曹叡	雜言		3	12
	齊言	四言	3	
		五言	5	
		七言	1	
曹植	雜言		11	45
	齊言	四言	3	
		五言	30	
		六言	1	
繆襲	雜言		10	13
	齊言	三言	2	

〔註 10〕見三國志卷十九任城陳蕭王傳第十九，頁 557。
〔註 11〕見三國志卷二十一王衛二劉傳第二十一，頁 599、601。

		五言	1	
韋昭	雜言		11	12
	齊言	三言	1	
王粲	雜言		3	9
	齊言	四言	1	
		五言	5	
阮瑀	齊言	五言	3	3
嵇康	雜言		7	7

　　曹魏作者中，雜言作品超過齊言者，有曹操、繆襲及韋昭三人。我們推究其因主要是受到曲律的影響。曹操傳世的二十三首樂府中，據《宋書》〈樂志〉及《樂府詩集》所載，除董逃歌詞外，餘均可入樂；繆襲、韋昭的〈鼓吹曲〉各十二首，既屬「述以功德代漢」「以述功德受命」的朝廷樂章，亦當入樂。故三人的雜言樂府均超過齊言數量，此又證明雜言句式受曲律影響之鉅。至於作者對齊言句式的嘗試，則以曹丕、曹叡（四、五、七言）及曹植（四、五、六言）的三種最多；其次為曹操、王粲（四、五言）及繆襲（三、五言）的二種。我們雖不能以此判定各人詩作的藝術評價，但就齊言式的表現技巧而言則確如上述。另外值得我們注意的是：

1. 上述曹丕等六家對全篇五言的嘗試是一致的。

2. 曹植的樂府總數共四十五首，而五言即高達三十首，佔三分之二，並為此期五言樂府總數（五十四首）的一半以上。此不僅說明他確是第一個全力創製五言樂府（甚至五言徒詩）的重要作者，亦足以說明他在五言詩史上的關鍵地位。

3. 四言樂府經曹操（五首）、曹丕（七首）、曹叡（三首）、曹植（三首）及王粲（一首）等人的努力，形成詩經後四言再興的盛況。〔註12〕

<hr>

〔註12〕如鄭振鐸云：「又四言詩也顯著復盛之況」見《插圖本中國文學史》，頁131。如劉大杰云：「四言詩自三百篇以後，有式微之歎，但到了

4. 曹丕的創製七言。梁蕭子顯《南齊書》〈文學傳〉論云：「魏
   文之麗篆，七言之作，非此誰先？」蕭滌非則以爲「（曹）
   丕對於文學之最大貢獻，乃不在此批評方面，而在其能繼郊
   祀歌之後，而完成純粹之七言詩體。」又云：「傳世七言，
   不用兮字，且出於一人手筆者，實以曹丕燕歌行二首爲矯
   矢！」〔註13〕余冠英亦云：「七言的樂府辭應以曹丕的『燕
   歌行』爲第一首」〔註14〕曹丕外，曹叡亦有〈燕歌行〉一
   首（白日晼晼忽西傾）；至晉則有〈白紵舞歌〉三首（輕軀
   徐起何洋洋，雙袂齊舉鸞鳳翔，陽春白日風花香），明王世
   貞《藝苑卮言》論云：「白紵舞歌已開齊梁妙境，有子桓燕
   歌行之風。」可證實受曹丕七言的影響；至劉宋鮑照〈擬行
   路難〉十九首出，則已下開隋唐七言歌行之先路。故知曹丕
   的二首燕歌行在七言詩史上，實有極重要的啓迪價值。

　　綜上所述，漢魏文人樂府在句式及篇幅的變化上，都具有不容忽
視的重要性；而曹魏作者對句式的選用與篇幅的擴充，也進一步爲我
們在文學史的流變上，提供了相當豐富的證據。能經由這些作品的比
對印證，我們才能更充份的掌握漢魏文人樂府的表現藝術。

第二節　辭藻的典雅濬麗

　　中國文學發展至曹魏時期，上承先秦、兩漢的實用傳統，下啓六
朝浪漫、唯美的緣情機運，可謂兼有轉捩性的過渡期與開創期地位。
在承先啓後的轉變中，文人樂府表現在藝術形式上的重要特色之一，
即是辭藻的典雅濬麗。——也唯其如此，方能下開六朝那種「競一韻
之奇，爭一字之巧。連篇累牘，不出月露之形；積案盈箱，唯是風雲

仲長統，曹操很有幾篇好的四言作品，頗有復興之象」見《中國文
學發達史》，頁 225。
〔註13〕見蕭滌非《漢魏六朝樂府文學史》，頁 122～123。
〔註14〕見余冠英《漢魏六朝詩論叢》，頁 141。

之狀。……損本逐末，流徧華壞；遞相師祖，久而愈扇。」〔註15〕的唯美風尙。曹丕〈典論論文〉已謂：「詩賦欲麗」，足見「麗」正是當時文人對詩賦一般的要求標準；而歷來學者亦多以「盛藻」「麗藻」「華藻」等爲評斷曹魏作品的重要標準：

> 至於建安，曹氏基命，二祖陳王，咸蓄盛藻，甫乃以情緯文，以文被質。(宋書卷六十七謝靈運傳論)

> 自揚馬張蔡，崇盛麗辭……至魏晉群才，析句彌密，聯字合趣，剖毫析釐。(文心雕龍麗辭第三十五)

> 子建思捷而才儁，詩麗而表逸。(同上才略第四十七)

> 魏之三祖，更尚文詞，忽人君之大道，好雕蟲之小藝，下之從上，有同影響，競騁文華，遂成風俗。(隋書卷六十六李諤傳引)

> 逮乎當塗基命，文宗蔚起，三祖叶其高韻，七子分其麗則，翰林總其菁華，典論詳其藻絢，彬蔚之美，競爽當年。獨彼陳王，思風遒舉，備乎典奧，懸諸日月。(晉書卷九十二文苑傳敍)

> 其時（開元）作者，凡十數輩，頗能以雅參麗，以古雜今，彬彬然，燦燦然，近建安之遺範矣。(全唐文卷四五九引杜確岑嘉卅集序)

> 東西二京，神奇渾璞；建安諸子雄贍高華；六朝俳偶，靡曼精工。(胡應麟詩藪內編卷一)

> 子桓兄弟……麗語錯出。(同上卷三)

> 自曹氏父子以文章自命，賓僚綴屬，雲集建安。然薦紳之體，既異民間；擬議之詞，又乖天造；華藻既盛，眞朴漸漓。(同上卷六)

> 王元美云：「曹公莽莽，古直悲涼。子桓小藻，自是樂府本色。子建天才流麗，雖譽冠千古，而實遜父兄。何以故？

〔註15〕見隋書卷六十六列傳第三十一，頁 1544、1545 所載李諤奏文。

才太高，詞才華。」……胡元瑞謂論樂府也。(許學夷詩源辨
體卷四)

諸家皆一致以「麗藻」來凸顯曹魏時期的作品。然而辭藻的「典麗」
「高華」應是與「古拙」或「俚俗」相對的標準，倘使缺乏比較，則
當無絕對的麗俗可言。曹魏文人樂府與稍前的五言古詩或兩漢民間樂
府比較，固可稱爲麗藻；但若與六朝靡曼精工之作相較，則或不免失
之於俚俗了。所以鍾嶸《詩品》序曾論及梁朝的士俗見解云：「次有
輕薄之徒，笑曹、劉爲古拙」同樣的作者與作品而有如此殊評，可見
「典麗」與「古拙」，確是基於相對比較下的差異。明人許學夷及清
人葉燮亦有相同的看法：

建安之詩，體雖敷敘，語雖構結，然終不雅正。至齊梁以
後，方可謂綺麗也。(許學夷詩學辨體卷四)

建安、黃初之詩，大約敦厚而渾樸，中正爲達情；一變而
爲晉，如陸機之纏綿鋪麗，左思之卓犖磅礡，各不同也。(葉
燮原詩內篇上)

　　經由這個觀點的釐清，我們或可進一步來研討漢魏文人樂府的麗
藻性質。胡應麟《詩藪》曾云：「自曹氏父子以文章自命，賓僚綴屬，
雲集建安。然薦紳之體，既異民間；擬議之詞，又乖天造；華藻既盛，
眞仆漸漓。」這段意見精確說明了麗藻的成因，主要在於作者群的「薦
紳之體」，因而遣辭用字當與兩漢民歌那種自然古拙的「天造」性質
不同。胡氏此處雖專論曹魏作品，實則兩漢的文人樂府又何嘗不然？
其內編卷二又云：「兩漢諸詩，惟郊廟頗尚辭」，這種「頗尚辭」的郊
祀歌，正是司馬相如等數十人的作品。另外，張衡本爲漢賦大家，「所
著詩、賦……凡三十二篇」﹝註 16﹞漢魏之交的繁欽亦「善爲詩賦」，
可見文人樂府在辭藻上所表現的精鍊典麗，本是作者學養與文學技巧
展現的必然現象。

─────────────────

﹝註16﹞見後漢書卷五十九張衡列傳第四十九，頁 1940。繁欽之「善爲詩賦」，
　　　則見三國志卷二十一王衛二劉傳傳第二十一，頁 603 裴松之注引典略。

　　「麗藻」的一般論斷、相對標準與成因既明，以下我們則就作品本身來探述其表現方式。爲避免割裂原文，徒舉奇字奇句的流弊，也爲了避免將描寫對象不同的作品強加比對，我們全面取樣的原則有兩個：（一）以同一題材爲限。（二）以完整的樂府作品爲限。今舉漢代民歌及漢魏晉南朝文人樂府中以「客子懷鄉」爲題材者，排比如下：

1. 〈悲歌〉（無名氏）〔註17〕

　　悲歌可以當泣，遠望可以當歸。思念故鄉，鬱鬱纍纍。欲歸家無人，欲渡河無船。心思不能言，腸中車輪轉。

2. 〈古歌〉（無名氏）

　　秋風蕭蕭愁殺人。出亦愁，入亦愁。座中何人誰不懷憂？令我白頭。胡地多飇風，樹木何修修。離家日趨遠，衣帶日趨緩。心思不能言，腸中車輪轉。

3. 〈烏孫公主歌〉（西漢・劉細君）

　　吾家嫁我兮天一方，遠托異國兮烏孫王。穹廬爲室兮氈爲牆，以肉爲食兮酪爲漿。居常土思兮心内傷，願爲黃鵠兮歸故鄉。

4. 〈却東西門行〉（魏・曹操）

　　鴻雁出塞北，乃在無人鄉。舉翅萬里餘，行止自成行。冬節食南稻，春日復北翔。田中有轉蓬，隨風遠飄揚。長與故根絕，萬歲不相當。奈何此征夫，安得去四方。戎馬不解鞍，鎧甲不離傍。冉冉老將至，何時返故鄉？神龍藏深泉，猛獸步高岡。狐死歸首丘，故鄉安可忘？

5. 〈燕歌行〉（魏・曹叡）

　　白日晼晼忽西傾，霜露慘悽塗階庭。秋草捲葉摧枝莖，翩翩飛蓬常獨征，有似遊子不安寧。

〔註17〕悲歌，《樂府詩集》題爲「古辭」，沈德潛《古詩源》與黃節《漢魏樂府風箋》則題爲「漢詩」「漢風」，蕭滌非《漢魏六朝樂府文學史》則以爲是東漢的民間樂府。古歌，沈德潛亦題爲「漢詩」，蕭滌非則亦以爲是東漢民間樂府。綜觀諸家之說，我們推測是兩漢無名氏的作品，大致上應是可信的。

6. 〈盤石篇〉(魏·曹植)

盤盤山巔石，飄颻澗底蓬。我本太山人，何爲客海東？藋
葭彌斥土，林林無分重。岸巖若崩缺，湖水何洶洶。蚌蛤
被濱涯，光彩如錦虹。高波凌雲霄，浮氣象螭龍。鯨脊若
丘陵，鬚若山上松。呼吸吞船欐，澎濞戲中鴻。方舟尋高
價，珍寶麗以通。一舉必千里，乘颺舉帆幢。經危履險阻，
未知命所鍾。常恐沈黃爐，下與黿鼈同。南極蒼梧野，遊
眄窮九江。中夜指參辰，欲師當定從。仰天長太息，思想
懷故邦。乘桴何所志，于嗟我孔公。

7. 〈長安有狹斜行〉(晉·陸機)

伊洛有歧路，歧路交朱輪。輕蓋承華景，騰步躡飛塵。鳴
玉豈樸儒？憑軾皆俊民。烈心屬勁秋，麗服鮮芳春。余本
倦游客，豪彥多舊親。傾蓋承芳訊，欲鳴當及晨。守一不
足矜，歧路良可遵。規行無曠迹，矩步豈逮人？投足緒已
爾，四時不必循。將逐殊途軌，要子同歸津。

8. 〈東門行〉(宋·鮑照)

傷禽惡弦驚，倦客惡離聲。離聲斷客情，賓御皆涕零。涕
零心斷絕，將去復還訣。一息不相知，何況異鄉別？遙遙
征駕遠，杳杳白日晚。居人掩閨臥，行子夜中飯。野風吹
草木，行子心腸斷。食梅常苦酸，衣葛常苦寒。絲竹徒滿
座，憂人不解顏。長歌欲自慰，彌起長恨端。

9. 〈秋胡行〉(齊·王融)

杼軸鬱不諧，契闊迷新故。朔風欄上發，寒鳥林間度。客
遠乏衣裳，歲晏饒霜露。參差興別緒，依遲起離慕。

10. 〈明君詞〉(梁·沈約)

朝發披香殿，夕濟汾陰河。於茲懷九折，自此斂雙蛾。沾
妝疑湛露，繞臆狀流波。日見奔沙起，稍覺轉蓬多。胡風
犯肌骨，非直傷綺羅。銜涕試南望，關山鬱嵯峨。始作陽
春曲，終成苦寒歌。唯有三五夜，明月暫經過。

11. 〈關山月〉(陳·陸瓊)

邊城與明月，俱在關山頭。焚烽望別壘，擊斗宿危樓。圓
圓婕好扇，纖纖秦女鈎。鄉園誰共此？愁人屢益愁。

以上十一首，皆是以「客子懷鄉」爲題材的樂府作品。詩中作者
的離鄉因素容或有異，但懷鄉情感的基調則大致相同。就辭藻的錘鍊
而言，漢代三首民歌雖然「情意曲盡」(陳胤倩語)「詞極悽楚，而無
可怨恨」(朱秬堂語)，但在遺辭用字上，如「悲歌可以當泣，遠望可
以當歸」「欲歸家無人，欲渡河無船」「令我白頭」「離家日趨遠，衣
帶日趨緩」等，對鄉愁均表現的相當直接、相當口語化，幾無人工修
飾的痕跡。而末二句的同用「心思不能言，腸中車輪轉」，正是漢民
間樂府很普遍的「套語」(formulaic theory)〔註18〕現象。套語的使
用，一方面與樂工合樂時的慣性有關(如古歌的「今日樂相樂，延年
壽千霜」；雙白鵠的「今日樂相樂，延年萬歲期」；晉樂所奏皚如山上
雪的「今日相對樂，延年萬歲期」)，一方面亦可顯示民間作者對用字
的不刻意鍛鍊，或無能力鍛鍊；所以描寫悲傷之情時，輒套以「心思
不能言，腸中車輪轉」來形容。漢代這二首民歌可視爲第一期的作品，
劉細君的〈烏孫公主歌〉亦可併入此期。

曹魏作品屬於第二期。曹氏父子的三首樂府，與兩漢直言「思
念故鄉」「腸中車輪轉」「居常土思兮心內傷」比較，已顯得含蓄而
委婉。曹操〈却東西門行〉連用「鴻雁」「轉蓬」「神龍」「猛獸」「狐」
等托物譬喻的技巧，以間接描寫懷鄉的傷感；曹叡〈燕歌行〉則由
白日西傾、霜露滿庭起興，也用了「秋草」「飛蓬」來比喻，直到
末句方揭出「有似遊子不安寧」的篇旨。值得注意的是，曹操的用

〔註18〕西洋的套語原理，是由哈佛大學古典文學教授巴里(Milman Parry)
在本世紀三十年代初期所提出；其過世後，由弟子勞爾德(Albert B.
Lord)繼續研究修訂。他們認爲早期詩歌的特色爲「口述」，而口述
詩之特色，即是以成句的套語在描述一些場面，例如希臘史詩「奧
德賽」，其中重複以「智多星」來形容奧德賽。巴氏的套語定義是「運
用同樣的韻律節奏，以表達一定概念的一組文字。」所以民歌中具
有套語的現象。詳見亓婷婷《兩漢樂府研究》，頁353註2。

字大體仍相當口語化，像「田中有轉蓬，隨風遠飄揚」「冉冉老將至，何時返故鄉」等，與漢代民歌並無明顯不同，沈德潛云：「孟德詩猶是漢音，子桓以下，純乎魏響。」（古詩源卷五）我們以〈却東西門行〉的辭藻觀察，仍可得到相同的印證；但「多節食南稻，春日復北翔」已隱約有對仗的傾向。另外，曹叡「霜露慘悽塗階庭」的「塗」字，與「翩翩飛蓬常獨征」的「獨」字，亦漸離平常口脗而稍有人工鍛鍊的痕跡了。

　　至於曹植的〈盤石篇〉，不僅對句的型式大量出現（如「盤盤山巔石，飄颻澗底蓬」、「高波凌雲霄，浮氣象螭龍」、「鯨脊若丘陵，鬐若山上松」、「呼吸吞船欐，澎濞戲中鴻」等），且用典的跡象亦極為明顯，我們試舉黃節《漢魏樂府風箋》的箋註為例，〈盤石篇〉箋引的範圍包括《尚書》、《說文解字》、《管子》、《淮南子》、《樂府正義》、《集韻》、《上林賦注》、《爾雅》、《離騷》、《法言》及《論語》等十一種（重複者尚不在內），頗可見其隸典修飾之一斑；《晉書‧文苑傳》敘云：「獨彼陳王，思風遒舉，備乎典奧」可為此說輔證。另外，如〈五遊〉的：「披我丹霞衣，襲我素霓裳」「閶闔啓丹扉，雙闕曜朱光。徘徊文昌殿，登陟太微堂。上帝休西櫺，群后集東廂。帶我瓊瑤佩，漱我沆瀣漿。跚蹦玩靈芝，徙倚弄華芳。王子奉仙藥，羨門進奇方」幾乎句句成對；此皆不僅與兩漢樂府有別，亦與曹丕、曹叡不同，《文心雕龍‧麗辭篇》云：「至魏晉群才，析句彌密，聯字合趣，剖毫析釐」我們可以更精細指出，樂府辭藻的變化，至曹植方臻此嶄新的境地。

　　曹魏以下的樂府，我們概括為第三期作品。胡應麟所謂「六朝俳偶，靡曼精工」（詩藪內編二）李諤所謂「競一韻之奇，爭一字之巧」（隋書卷六十六）即為此期重要特色。我們就前舉之例分成三點來陳述：

　　1. 用字（動詞）的錘鍊。如「輕蓋『承』華景，騰步『躡』飛塵」「烈心『厲』勁秋」（陸機長安有狹斜行），「傷禽『惡』

弦驚」（鮑照東門行），「朔風欄上『發』，寒鳥林間『度』「歲晏『饒』霜露」（王融秋胡行），「自此『斂』雙峨。沾妝『疑』湛露，繞臆『狀』流波」（沈約明君詞）。

2. 虛字、數詞及方位詞的對仗。虛字對仗如「鳴玉『豈』樸儒？憑軾『皆』俊民」「規行『無』曠迹，矩步『豈』逮人？」（陸機長安有狹斜行）；數詞對仗如「於茲懷『九』折，自此斂『雙』蛾」；方位詞的對仗如「朔風欄『上』發，寒鳥林『間』度」（王融秋胡行）。

3. 俳偶的密集。除上述諸句外，另有「食梅常苦酸，衣葛常苦寒」（鮑照東門行），「日見奔沙起，稍覺轉蓬多」「始作陽春曲，終成苦寒歌」（沈約明君詞），「焚烽望別壘，擊斗宿危樓」「圓圓婕妤扇，纖纖秦女鉤」（陸瓊關山月）。其中沈約五言十六句的〈明君詞〉，不僅聲律嚴整，而且對句高達半數以上；俳偶的密集精工與用字的錘鍊，都顯示了曹魏以後樂府的「綺麗」現象。

然而曹魏作者在慷慨任氣的襟抱驅策下，磊落使才、志兼天下的器識所構成之作品風骨，畢竟與六朝巧構形似之作不同。《文心雕龍札記》云：「風即文意，骨即文辭」，[註19] 曹魏樂府正兼有文意與文辭雙美的特色，所以《宋書‧謝靈運傳論》云：「至於建安，曹氏基命，二祖陳王，咸蓄盛藻，甫乃以情緯文，以文被質」《文心雕龍‧明詩篇》亦云：「造懷指事，不求纖密之巧；驅詞逐貌，惟取昭晰之能」所謂「以情緯文，以文被質」及「不求纖密之巧」，都清楚說明了曹魏作品的特殊性。而且就作品的前承來看，曹魏作者既大量模擬「感於哀樂，緣事而發」的漢代民歌，則在辭藻的運用上自必受其影

〔註19〕見黃侃《文心雕龍札記》風骨第二十八，頁101。另外，金達凱釋為：「所謂『風骨』，是詩歌作品的基本精神，是時代意義、作品思想與藝術創造力的綜合表現。」見〈論建安詩〉，民主評論半月刊9卷8期。金氏之說雖大體無誤，然稍嫌空泛，不若黃侃精要。

響；民歌自然樸拙的風格，加上他們「薦紳之體」的學養和文學技巧，所以發諸詩篇就構成了「典雅浸麗」的辭藻特色。黃侃〈詩品講疏〉曾云：「詳建安五言，毗於樂府。……文采繽紛，而不能離閭里歌謠之質。故其稱景物，則不尚雕鏤。敘胸情，則唯求懇誠。而又緣以雅詞，振其英響，斯所以兼籠前美，作範後來者也。」〔註20〕黃氏所謂「文采繽紛，而不能離閭里歌謠之質」正是我們論點—辭藻的典雅浸麗—的最好說明。

第三節　疊句形式的施用

　　所謂疊句，是以句為單位之重疊形式。今人裴普賢定其界說為：「疊句是作品中前句與後句所用之字重疊之謂。」但須有附款二項，以確定其範圍，即：（一）字數相同之等長疊句，後句不可包含與前句不同之字。長短不齊之句構成疊句，則為長句中必須包含最短句全部所用之字。（二）疊句前句與後句間之距離，以相隔一句為限。〔註21〕

　　疊句形式的施用，起源極早；據裴氏的考證，詩經疊句即多達一百二十一組，除〈檜風〉四篇外，徧及十五國風及二雅三頌。〔註22〕兩漢民歌中的疊句也相當普遍，如：

　　　　王子喬，「參駕白鹿雲中遨」。「參駕白鹿雲中遨」，下遊來。
　　　　（王子喬）

　　　　聞君有他心，拉雜「摧燒之」。「摧燒之」，當風揚其灰。（有
　　　　所思）

〔註20〕同註6，頁35。

〔註21〕見裴普賢《詩詞曲疊句欣賞研究》，頁6。另外陳義成〈漢魏六朝樂府疊句之類型〉一文，雖未對疊句的定義嚴予界說，但觀其內容分類，則大體仍主裴說，唯相隔一句以上之疊句形式（可稱為「遙應疊」）亦併入討論範圍；見《漢魏六朝樂府研究》附錄一，頁331～349。本節則以裴氏界說為據。

〔註22〕同註1，頁17。

「自非仙人王子喬」，『計會壽命難與期』。「自非仙人王子喬」，『計會壽命難與期』。（西門行）

我們推測疊句產生的原因，應與民歌中的「套語」極似，而同為口傳文學的特有現象；也就是巴里（Milman Parry）所謂的「運用同樣的韻律節奏，以表達一定概念的一組文字。」〔註23〕由於一組文字的反複施用，不僅具有強化情緒表達、構成樂音節奏的功能，並有使作品意象高度集中的藝術效果，故本節乃就漢魏文人樂府中疊句的施用，予以全面性的觀察及歸納。

疊句形式的出現，不外在章首、章中、章末，或全章皆疊等四種情形，我們針對本節的研討範圍而區分為下列五類：

1. 章首疊句類：疊句形式出現在一章之首。
2. 章中疊句類：疊句形式出現在一章之中。
3. 章末疊句類：疊句形式出現在一章之末。
4. 隔句疊句類：相疊之兩句，中隔不相疊之一句。
5. 多組疊句類：一章之中包含兩組或兩組以上之疊句著。

明人楊慎論「樂曲名解」云：「古今樂錄云：倡歌以一句為一解，中國以一章為一解。王僧虔啓云：古曰章，今曰解。解有多少，當是先詩而後聲。」（升菴詩話卷十二）〔註24〕樂曲中一個段落的「解」，即是上述分類所謂之「章」。

一、章首疊句類

（1）三言單疊——曹植〈桂之樹行〉：

「桂之樹」，「桂之樹」，桂生一何麗佳。揚朱華而翠葉，流芳布天涯。……

（2）五言單疊——曹操〈塘上行〉：

「蒲生我池中」，「蒲生我池中」，其葉何離離。傍能行人儀，莫能繆自知。眾口鑠黃金，使君生離別。（一解）

〔註23〕亓婷婷《兩漢樂府研究》，頁353注2。
〔註24〕見臺靜農等編《百種詩話類編（後編）》，頁1552。

「念君去我時」,「念君去我時」,獨愁常苦悲。想見君顏色,感結傷心脾。今悉夜夜愁不寐。(二解)

「莫用豪賢故」,「莫用豪賢故」,棄捐素所愛。莫用魚肉貴,棄捐蔥與薤。莫用麻枲賤,棄捐菅與蒯。(三解)

「倍恩者苦枯」,「倍恩者苦枯」,蹶船常苦沒。教君安息定,慎莫致倉卒。念與君一共離別,亦當何時,共坐復相對。(四解)

「出亦復苦愁」,「出亦復苦愁」,入亦復苦愁。邊地多悲風,樹木何蕭蕭。今日樂相樂,延年壽千秋。(五解)

(3) 四言雙連句疊──嵇康〈秋胡行〉:

「役神者弊」,『極欲疾枯』。「役神者弊」,『極欲疾枯』。顏回短折,不及童烏。縱體淫恣,莫不早徂。酒色何物,今自不辜。歌以言之,酒色令人枯。(七首之四)

(4) 四五言雙連句疊──嵇康〈秋胡行〉:

「富貴尊榮」,『憂患諒獨多』。「富貴尊榮」,『憂患諒獨多』。古人所懼,豐屋蔀家。人害其上,獸惡網羅。惟有貧賤,可以無他。歌以言之,富貴憂患多。(七首之一)

「貧賤易居」,『貴盛難爲工』。「貧賤易居」,『貴盛難爲工』。恥佞直言,與禍相逢。變故萬端,俾吉作凶。思牽黃犬,其莫之從。歌以言久,貴盛難爲工。(七首之二)

「勞謙寡悔」,『忠信可久安』。「勞謙寡悔」,『忠信可久安』。天道害盈,好勝者殘。強梁致災,多招禍患。欲得安樂,獨有無愆。歌以言之,忠信可久安。(七首之三)

「絕智棄學」,『遊心於玄默』。「絕智棄學」,『遊心於玄默』。過而復悔,當不自得。垂釣一壑,所樂一國。被髮行歌和者四塞。歌之言之,遊心於玄默。(七首之五)

「思與王喬」,『乘雲遊八極』。「思與王喬」,『乘雲遊八極』。凌屬五岳,忽行萬億。授我神藥,自生羽翼。呼吸太和,練形易色。歌以言之,行遊八極。(七首之六)

「徘徊鍾山」，『息駕於層城』。「徘徊鍾山」，『息駕於層城』。上陰華蓋，下采若英。受道王母，遂升紫庭。逍遙天衢，千載長生。歌以言之，徘徊於層城。（七首之七）

（5）五五言雙連句疊──曹操〈秋胡行〉二首：

「晨上散關山」，『此道當何難』。「晨上散關山」，『此道當何難』。牛頓不起，車墮谷間。坐盤石之上，彈五弦之琴，作爲清角韻。意中迷煩。歌以言志。晨上散關山。（一解）

「有何三老公」，『卒來在我傍』。「有何三老公」，『卒來在我傍』。負挈被裘，似非恒人。謂卿云何困苦以自怨？徨徨所欲，來到此間。歌以言志，有可三老公。（二解）

「我居崑崙山」，『所謂者眞人』。「我居崑崙山」，『所謂者眞人』。道深有可得，名山歷觀。邀遊八極，枕石嗽流飲泉。沉吟不決，遂上升天，歌以言志。我居崑崙山。（三解）

「去去不可追」，『長恨相牽攀』。「去去不可追」，『長恨相牽攀』。夜夜安得寐，惆悵以自憐。正而不譎，辭賦依因。經傳所過，西來所傳。歌以言志，去去不可追。（四解）

「願登太華山」，『神人共遠遊』。「願登太華山」，『神人共遠遊』。經歷崑崙山，到逢萊，飄颻八極，與神人俱。思得神藥，萬歲爲期。歌以言志，願登太華山。（一解）

「天地何長久」，『人道居之短』。「天地何長久」，『人道居之短』。世言伯陽，殊不知老。赤松王喬，亦云得道。得之未聞，庶以壽考。歌以言志，天地何長久。（二解）

「明明日月光」，『何所不光昭』。「明明日月光」，『何所不光昭』。二儀合聖化，貴者獨人不。萬國率士，莫非王臣。仁義爲名，禮樂爲榮。歌以言志。明明日月光。（三解）

「四時更逝去」，『晝夜以成歲』。「四時更逝去」，『晝夜以成歲』。大人先天，而天弗達。不戚年往，憂世不治。存亡有命，慮之爲蚩。歌以言志，四時更逝去。（四解）

「戚戚欲何念」，『歡笑意所之』。「戚戚欲何念」，『歡笑意所之』。壯盛智惠，殊不再來。愛時進趣，將以惠誰？泛泛

放逸，亦同何爲？歌以言志，戚戚欲何念。（五解）

「悠悠發洛都」，『幷我征東行』。「悠悠發洛都」，『幷我征東行』。征行彌二句，屯吹龍陂城。（曹叡苦寒行一解）

（6）五五三五言雙連句齊根叠 〔註25〕

北上「太行山」，『艱哉何巍巍』！「太行山」，『艱哉何巍巍』！羊腸坂詰曲，車輪爲之摧。（曹操苦寒行一解）

樹木「何蕭瑟」，『北風聲正悲』。「何蕭瑟」，『北風聲正悲』，熊羆對我蹲，虎豹夾道啼。（二解）

溪谷「少人民」，『雪落何霏霏』。「少人民」，『雪落何霏霏』，延頸長歎息，遠行多所懷。（三解）

我心「何怫鬱」，『思欲一東歸』。「何怫鬱」，『思欲一東歸』。水深橋梁絕，中道正征徊。（四解）

迷惑「失徑路」，『暝無所宿棲』。「失徑路」，『暝無所宿棲』。行行日以遠，人馬同時飢。（五解）

顧觀「故壘處」，『皇祖之所營』。「故壘處」，『皇祖之所營』。屋室若平昔，棟宇無邪傾。（曹叡苦寒行二解）

奈何「我皇祖」，『潛德隱聖形』。「我皇祖」，『潛德隱聖形』。雖沒而不朽，書貴垂休名。（三解）

光光「我皇祖」，『軒曜同其榮』。「我皇祖」，『軒曜同其榮』。遺化布四海，八表以肅清。（四解）

二、章中叠句類

（7）四言單叠——曹操〈短歌行〉：

齊桓之功，爲霸之首。九合諸侯，「一匡天下」。「一匡天下」，不以兵車。正而不譎，其德傳稱。（三解）

（8）五三言長短齊根叠——韋昭〈鼓吹曲〉：

〔註25〕所謂「齊根叠」，指兩重叠之長短句，其重叠部份爲句式的根部字數。裴普賢則釋爲：「其短句與長句自最後一字叠起，上頭不齊而其根則相齊，長句與短句如由字之高出田字一截者。」同註1，頁13。

秋風揚沙塵，寒露沾衣裳。角弓持弦急，鳩鳥化爲鷹。邊垂飛羽檄，寇賊侵界疆。跨馬披介冑，慷慨懷悲傷。辭親向長路，安知存與亡。窮達固有分，志士「思立功」。「思立功」，邀之戰場，身逸獲高賞，身沒有遺封。(秋風)

關背德，作鴟張。割我邑城，圖不祥。稱兵北伐，圍樊襄陽。嗟臂大於股，將受其殃。巍巍夫聖主，睿德「與玄通」。「與玄通」，親任呂蒙。泛舟洪氾池，溯涉長江。神武一何桓桓，聲烈正與風翔。歷撫江安城，大據郢邦。虜羽授首，百蠻咸來同，盛哉無比隆。(關背德)

荆門限巫山，高峻與雲連。蠻夷阻其險，歷世懷不賓。漢王據蜀郡，崇好結和親。乖微中情疑，讒夫亂其間。大皇赫斯怒，虎臣勇氣震。蕩滌幽藪，討不恭。觀兵揚炎耀，屬鋒「整封疆」。「整封疆」，闡揚威武容。功赫戲，洪烈炳章。逸矣帝皇世，聖吳同厥風。荒裔望清化，化恢弘。煌煌大吳，延祚永未央。(通荆州)

(9) 八三言長短齊根疊——曹植〈平陵東〉：

閶闔開天衢，通被我羽衣「乘飛龍」。「乘飛龍」，與仙期，東上蓬萊採靈芝。靈芝採之可服食，年若王父無終極。

三、章末疊句類

(10) 四五言隔句含珠疊——〔註26〕曹叡〈步出夏門行〉：

商風夕起，悲彼秋蟬。變形易色，隨風東西。乃眷西顧，雲霧相連。丹霞蔽日，彩虹帶天。弱水潺潺，葉落翩翩。孤禽失群，「悲鳴其間」。善哉殊復善，「悲鳴『在』其間」。

(二解)

四、隔句疊句類

(11) 一言隔句五疊——梁鴻〈五噫歌〉：

陟彼北邙兮，「噫」！顧瞻帝京兮，「噫」！宮闕崔嵬兮，

〔註26〕所謂「含珠疊」，此處據裴普賢的用法：「長句與短句之上部與下部均疊，而長句中間不疊之字如蚌之含珠者。」同註1，頁14。

「噫」！民之劬勞兮，「噫」！遼遼未央兮，「噫」！

（12）三言隔句六叠——曹丕〈上留田行〉：

居世一何不同，「上留田」。富人食稻與梁，「上留田」。貧子食糟與糠，「上留田」。貧賤亦何傷，「上留田」。祿命懸在蒼天，「上留田」。今爾歎息將欲誰怨？「上留田」。

五、多組叠句類

（13）五言單叠四組——曹操〈精列〉：

厥初生，造化之陶物，「莫不有終期」。「莫不有終期」，聖賢不能免，何爲懷此憂？願蝄龍之駕，「思想崑崙居」。「思想崑崙居」，見期於迂怪，「志意在蓬萊」。「志意在蓬萊」，周孔聖徂落，「會稽以墳丘」。「會稽以墳丘」，陶陶誰能度？君子以弗憂。年之暮奈何，時過時來微。

（14）五三言齊根單叠二組——繆襲〈鼓吹曲〉：

南荆何遼遼，江漢濁不清。菁茅久不貢，王師赫南征。劉琮據襄陽，賊備屯樊城。六軍盧新野，金鼓震天庭。劉子面縛至，武皇許其成。許與其成，撫其民。陶陶江漢間，普爲「大魏臣」。「大魏臣」，向風「思自新」。「思自新」，齊功古人。在昔虞與唐，大魏得其均。多選忠義士，爲喉舌。天下一定，萬世無風塵。（平南荆）

綜上所述，漢魏文人樂府中凡具叠句形式者，共計五類十四式。我們曾推測叠句的產生，初固爲口傳文學反複施用的特性，故音樂性本濃；迨樂工采詩入樂，其音樂性當更精密。至於文人依聲塡詞，雖然部份篇章事謝絲管，但多半仍依原曲之「韻逗曲折」，〔註27〕所以叠句除強化情緒表達，造成意象集中的藝術效果外，最值得注意的即是它的音樂性。我們就郭茂倩《樂府詩集》的記載考察，凡此期文人樂府具叠句形式而可入樂者包括：曹操〈精列〉〈秋胡行〉、

〔註27〕見宋書卷十九志第九樂一，頁 539 所載張華迄晉武帝泰始五年（A.D 269）的上表：「二代三京，襲而不變，雖詩章詞異，興廢隨時，至其韻逗曲折，皆繫於舊，有由然也。」

曹叡〈步出夏門行〉（以上魏、晉樂所奏）；曹操〈塘上行〉〈苦寒行〉〈短歌行〉、曹叡〈苦寒行〉（以上晉樂所奏）。〔註28〕另外再加上依其施用性質應該入樂的繆襲、韋昭〈鼓吹曲〉，則漢魏文人樂府凡具疊句形式而未必入樂的，不過梁鴻〈五噫歌〉、曹丕〈上留田行〉及曹植的〈桂之樹行〉〈平陵東〉、嵇康〈秋胡行〉等五曲而已。此應可證明文人樂府中疊句形式的出現，與曲律實有極密切之關係；而其間變化、施用之繁富巧妙，則又不能不視爲文人樂府的表現藝術了。

第四節　描寫範圍的拓展

　　本節係就描寫範圍，以探討漢魏文人樂府表現層面的寬廣性。所謂「描寫範圍」，即今人孫克寬闡釋的「詩人表達」，〔註29〕其云：「我覺得詩是以精緻之語言（人類之思考，經過美化，採用適當使人感動之語言）來表達人之思想，這是新思想的，又適爲當前環境事物的反映，所以說可以『興觀群怨』也。更由於所表達之內容不同，而產生各類型之詩。」孫氏並將元人范梈《詩法家數》所載的九種類型，〔註30〕擴充爲四類十二種，復列表說明其統屬關係如下：

〔註28〕請參見論文第四篇附表一「曹魏文人樂府入樂表」。
〔註29〕見孫克寬《分體詩選》第二部份「學詩淺說」，頁48～56。
〔註30〕《詩法家數》論詩之作法有（1）榮遇（2）諷諫（3）登臨（4）征行（5）贈別（6）詠物（7）讚美（8）哭輓（9）慶和。

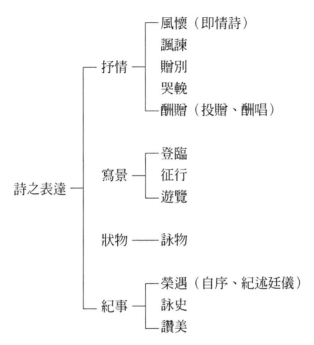

孫氏的分類，乃涵蓋近體、古詩與樂府三者，可視為近代學者對「詩之表達」的共識，雖未必與我們研討的範圍盡合，但仍為本節論題提供了一個可資尋索的架構。

　　蕭滌非曾就作品內容，將東漢民間樂府分成幻想、說理、抒情與敘事四大類，〔註31〕實則兩漢民歌皆可準此觀之；衡諸上表細目，顯然要簡單的多。兩漢文人樂府的數量雖不多，但已可別為思人（如李夫人歌）、懷鄉（如烏孫公主歌）、自述（如李陵歌）、頌讚（如郊祀歌、瓠子歌）、美刺（如五噫歌）、敘事（如羽林郎）、感逝（如廣陵王歌、董嬌饒）、閨情（怨歌行、同聲歌、定情詩）等；至曹魏文人樂府，不僅數量遽增，且描寫範圍亦更形拓展，《文心雕龍‧明詩篇》云：「建安之初……並憐風月，狎池苑，述恩榮、敘酣宴……此其所同也。」〈樂府篇〉則云：「觀其（魏之三祖）北上眾引，秋風

〔註31〕見蕭滌非《漢魏六朝樂府文學史》頁70～89。

列篇，或述酣宴，或傷羈戌……」黃侃復增「愍亂離」「敦友朋」「篤匹偶」「稱景物」「敍胸情」（註32）諸項，足見此期作品的描寫範圍已相當深廣。故本節綜合漢魏文人樂府的實際內容，並試予歸納、分類以見其表現藝術。

我們的歸類工作，除依循孫克寬氏的架構外，主要仍據作品所顯示的性質立目；每類先舉漢、魏作品各一首（無漢代作品，則不舉），另摘列同類詩例於後。

1. 閨情（怨）

新裂齊紈素，鮮潔如霜雪。裁爲合歡扇，團團似明月。出入君懷袖，動搖微風發。常恐秋節至，涼飆奪炎熱，棄捐篋笥中，恩情中道絕。（班婕妤怨歌行）

明月照高樓，流光正徘徊。上有愁思婦，悲歎有餘哀。借問歎者誰？自云客子妻。夫行踰十載，賤妾常獨棲。念君過於渴，思君劇於飢。君爲高山柏，妾爲濁水泥。北風行蕭蕭，烈烈入吾耳。心中念故人，淚墮不能止。沈浮各異路，會合當何諧？願作東北風，吹我入君懷。君懷常不開，賤妾當何依？恩情中道絕，絕止任東西。我欲竟此曲，此曲悲且長。今日樂相樂，別後莫相忘。（曹植怨詩行）

與君媾新歡，託配於二儀。充列於紫微，升降焉可知？（曹丕猛虎行）

賤妾煢煢守空房，憂來思君不敢忘。不覺淚下霑衣裳，援瑟鳴絃發清商。（曹丕燕歌行二首之一）

耿耿伏枕不能眠，披衣出戶步東西。展詩清歌聊自寬，樂往哀來摧心肝。（同上二首之二）

茉萸自有芳，不若桂與蘭。新人雖可愛，無苦故所歡。（曹植蒲生行浮萍篇）

佳人慕高義，求賢良獨難。眾人徒嗷嗷，安知彼所觀？盛

〔註32〕見黃侃《文心雕龍札記》，頁35。黃氏原文乃就各角度以綜論建安樂府的特色，本節援引以證此期作品描寫範圍之廣。

年處房室，中夜起長歎。（曹植姜女篇）

思為莞蒻席，在下蔽匡牀；願為羅衾幬，在上衛風霜。（張
衡同聲歌）

我出東門遊，邂逅承清塵。思君即幽房，侍寢執衣巾。（繁
欽定情詩）

2. 酣　宴

坐玉殿，會諸貴客。侍者行觴，主人離席。顧視東西廂，
絲竹與鏗鏘。不醉無歸來，明燈以繼夕。（曹植當車已駕行）

朝日樂相樂，酣飲不知醉。悲弦激新聲，長笛吹清氣。弦
歌感人腸，四坐皆歡悅。（曹丕善哉行四首之一）

大酋奉甘醪，狩人獻嘉禽。齊倡發東舞，秦箏奏西音。（同
上四首之三）

奏桓瑟，舞趙倡，女娥長歌，聲協宮商，感心動耳，蕩氣
回腸。（曹丕大牆上蒿行）

中廚辦豐膳，烹羊宰肥牛。秦箏何慷慨，齊瑟和且柔。陽
阿奏奇舞，京洛出名謳。樂飲過三爵，緩帶傾庶羞。主稱
千金壽，賓奉萬年酬。（曹植野田黃雀行二首之一）

歸來宴平樂，美酒斗十千。膾鯉臛胎蝦，炮鼈炙熊蹯。鳴
儔嘯匹旅，列坐竟長筵。（曹植名都篇）

3. 傷　別

（1）羈旅：偏重於去鄉遠謫之悲，藉著遨縣的情思以抒發身世
的感慨。吁嗟此轉蓬，居世何獨然。長去本根逝，夙夜無休閒。東西
經七陌，南北越九阡。卒遇回風起，吹我入雲間。自謂終天路，忽然
下沉淵。驚飆接我出，故歸彼中田。當南而更北，謂東而反西。宕宕
當何依，忽亡而復存。飄颻周八澤，連翩歷五山。流轉無恒處，誰知
吾苦艱？願為中林草，秋隨野火燔。糜滅豈不痛？願與根荄連。（曹
植吁嗟篇）

秋草捲葉摧枝莖，翩翩飛蓬常獨征，有似遊子不安寧。（曹
叡燕歌行）

劇哉邊海民，寄身於草野。妻子象禽獸，行止依林阻。吳門何蕭條，狐兔翔我宇。（曹植泰山梁甫行）

行行將日暮，何時還闕庭。車輪為徘徊，四馬躊躇鳴。路人尚酸鼻，何況骨肉情？（曹植聖皇篇）

憒憒俗間，不辨偽真。願欲披心自說陳，君門以九重，道遠河無津。（曹植當牆欲高行）

（2）懷鄉：可與羈旅並觀，但偏重於故園意識的凸顯。

吾家嫁我兮天一方，遠託異國兮烏孫王。穹廬為室兮旃為牆，以肉為食兮酪為漿。居常土思兮心內傷，願為黃鵠兮歸故鄉。（王細君烏孫公主歌）

奈何此征夫，安得去四方。戎馬不解鞍，鎧甲不離傍。冉冉老將至，何時返故鄉？神龍藏深泉，猛獸步高岡。狐死歸首丘，故鄉安可忘？（曹操却東西門行）

中夜指參辰，欲師當定從。仰天長太息，思想懷故邦。（曹植磐石篇）

（3）送別

門有萬里客，問君何鄉人？褰裳起從之，果得心所親。挽裳對我泣，太息前自陳。本是朔方客，今為吳越民。行行將復行，去去適西秦。（曹植門有萬里客行）

4. 哀輓

仰瞻帷幕，俯察几筵。其物如故，其人不存。神靈倏忽，棄我遐遷。靡瞻靡恃，泣涕漣漣。呦呦遊鹿，銜草鳴麑。翩翩飛鳥，挾子巢棲。我獨孤煢，懷此百離。憂心孔疚，莫我能知。人亦有言，憂令人老。嗟我白髮，生一何早。長吟永歎，懷我聖考。曰仁者壽，胡不是保？（曹丕短歌行）

髮紛紛兮寘渠，骨藉藉兮亡居。母求死子兮，妻求死夫。裴回兩渠間兮，君子獨安居！（華容夫人歌）

生時遊國都，死沒棄中野。朝發高堂上，暮宿黃泉下。（繆襲挽歌）

歲月不安居，嗚呼我皇考。生我既已晚，棄我何其早。蓼莪誰所興？念念令人老。退詠南風詩，灑淚滿襟抱。（曹植靈芝篇）

5. 感　逝

欲久生兮無終，長不樂兮安窮。奉天期兮不得須臾，千里馬兮駐待路。黃泉下兮幽深，人生要死，何爲苦心？何用爲樂心所喜，出入無悰爲樂亟。萬里召兮郭門閭，死不得取代庸，身自逝。（劉胥廣陵王歌）

高秋八九月，白露變爲霜。終年會飄墮，安得久馨香？……何時盛年去，歡愛永相忘。（辛延年董嬌饒）

慊慊仰天歎，愁心將何愬？日月不恒處，人生忽若寓。（曹植蒲生行浮萍篇）

人居一世間，忽若風吹塵。（曹植薤露）

盛時不再來，百年忽我遒。驚風飄白日，光景馳西流。生存華屋處，零落歸山丘。先民誰不死，知命復何憂！（曹植野田黃雀行）

厥初生，造化之陶物，莫不有終期。莫不有終期，聖賢不能免。（曹操精列）

爲樂常若遲，歲月逝，忽若飛，何爲自苦，使我心悲。（曹丕大牆上蒿行）

人生如寄，多憂何爲？今我不樂，歲月其馳。（曹丕善哉行）

林鍾受謝，節改時遷，日月不居，誰得久存？（曹叡步出夏門行）

對酒當歌，人生幾何？譬如朝露，去日苦多。（曹操短歌行）

6. 遊　仙

遠遊臨四海，俯仰觀洪波。大魚若曲陵，承浪相經過。靈龜戴方丈，神岳儼嵯峨。仙人翔其隅，玉女戲其阿。瓊蕊可療飢，仰漱吸朝霞。崑崙本吾宅。中州非我家。將歸謁東父，一舉超流沙。鼓翼舞時風，長嘯激清歌。金石固易

弊，日月同光華。齊年與天地，萬乘安足多？（曹植遠遊篇）

東到海，與天連。神仙之道，出窈入冥，常當專之。（曹操氣出唱）

乘飛龍，與仙期，東上蓬萊採靈芝。（曹植平陵東）

駕虹霓，乘赤雲，登彼九疑歷玉門。濟天漢，至崑崙，見西王母謁東君。（曹操陌上桑）

願登泰華山，神人共遠遊。經歷崑崙山，到蓬萊，飄飄八極，與神人俱。（曹操秋胡行）

思與王喬，乘雲遊八極。凌厲五岳，忽行萬億。授我神藥，自生羽翼。（嵇康秋胡行七首之六）

受道王母，遂生紫庭。消遙天衢，千載長生。（同上之七）

服藥四五日，身體生羽翼。輕舉乘浮雲，倏忽行萬億。流覽觀四海，茫茫非所識。（曹丕折楊柳行）

得道之眞人，咸來會講仙……乘蹻萬里之外，去留隨意所欲存。（曹植桂之樹行）

下有兩眞人，舉翅翻高飛。我心何踴躍，思欲攀雲追。（曹植苦思行）

乘蹻追術士，遠之蓬萊山。靈液飛素波，蘭桂上參天。（曹植升天行）

上帝休西櫺，群后集東廂。帶我瓊瑤佩，漱我沆瀣漿。（曹植五遊）

驅風遊四海，東過王母廬，俯觀五岳間，人生如寄居。（曹植仙人篇）

乘彼白鹿，手翳芝草。我知眞人，長跪問道。（曹植飛龍篇）

7. 寫 景

（1）登 臨

登山而遠望，溪谷多所有。梗柟千餘尺，眾草之盛茂。華葉耀人目，五色難可紀。雌雛山雞鳴，虎嘯谷風起。號羆

當我道，狂顧動牙齒。(曹丕十五)

溪谷多風，霜露沾衣。野雉群雊，猿猴相追。……高山有
涯，林木有枝。(曹丕善哉行)

東臨碣石，以觀滄海。水何澹澹，山島竦峙。樹木叢生，
百草豐茂。秋風蕭瑟，洪波涌起。日月之行，若出其中。
星漢粲爛，若出其裏。(曹操步出夏門行觀滄海)

孟冬十月，北風徘徊。天氣肅清，繁霜霏霏。鵾雞晨鳴，
鴻雁南飛。鷙鳥潛藏，熊羆窟棲。(同上冬十月)

釣臺寒產清虛，池塘靈沼可娛。仰泛龍舟綠波，俯擢神草
枝柯。(曹植妾薄命二首之一)

藿蒢彌斥土，林木無分重，岸巖若崩缺，湖水何洶洶。蚌
蛤被濱涯，光彩如錦虹。高波凌雲霄，浮氣象螭龍。(曹植
磐石篇)

(2) 征　行

棄故鄉，離室宅，遠從軍旅萬里客。披荆棘，求阡陌，側
步獨窘步，路局笮。虎豹嗥動，雞驚，禽失群，鳴相索。
登南山，奈何蹈磐石，樹木叢生鬱差錯。寢蒿草，蔭松柏，
涕泣雨面露沾席。伴旅單，稍稍日零落，惆悵竊自憐，相
痛惜。(曹丕陌上桑)

鎧甲生蟣蝨，萬姓以死亡。白骨露於野，千里無雞鳴。(曹
操蒿里)

白日半西山，桑梓有餘暉。蟋蟀夾岸鳴，孤鳥翩翩飛。(王
粲從軍行五首之三)

四望無烟火，但見林與丘。城郭生榛棘，蹊徑無所由。萑
蒲竟廣澤，葭葦夾長流。日夕涼風發，翩翩漂吾舟。寒蟬
在樹鳴，鸛鵠摩天遊。……雞鳴達四境，黍稷盈原疇。館
宅充廛里，女士滿莊馗。(同上五首之五)

羊腸坂詰曲，車輪為之摧。樹木何蕭瑟，北風聲正悲。何
蕭瑟，北風聲正悲。熊羆對我蹲，虎豹夾道啼。溪谷少人

民，雪落何霏霏。（曹操苦寒行）

發砲如雷，吐氣成雨。旍旂指麾，進退應矩。（曹叡善哉行二首之一）

綵旄蔽日，旌旒翳天。淫魚瀺灂，遊嬉深淵。（同上二首之二）

武將齊貫甲，征人伐金鼓。長戟十萬隊，幽冀百石弩。發機若雷電，一發連四五。（曹丕飲馬長城窟行）

8. 說 理

富貴尊榮，憂患諒獨多。富貴尊榮，憂患諒獨多。古人所懼，豐屋蔀家。人害其上，獸惡網羅。惟有貧賤，可以無他。歌以言之，富貴憂患多。（嵇康秋胡行七首之一）

恥佞直言，與禍相逢。變故萬端，俾吉作凶。（同上七首之二）

天道害盈，好勝者殘。強梁致災，多招禍患。（同上七首之三）

縱體淫恣，莫不早徂。酒色何物，今自不辜。（同上七首之四）

絕智棄學，遊心於玄默。過而復悔，當不自得。（同上七首之五）

朱紫更相奪色，雅鄭異音聲，好惡隨所愛憎，追舉逐虛名。（曹植當事君行）

王喬假虛辭，赤松垂空言。達人識真偽，愚夫好妄傳……百家多迂怪，聖道我所觀。（曹丕折楊柳行）

9. 述 志

蝦䱇遊潢潦，不知江海流。燕雀戲藩柴，安識鴻鵠遊？世事此誠明，大德固無儔。駕言登五岳，然後小陵丘。俯觀上路人，勢利是謀讎。高念翼皇家，遠懷柔九州。撫劍而雷音，猛氣縱橫浮。泛泊徒嗷嗷，誰知壯志憂？（曹植蝦䱇篇）

天地無窮，人命有終。立功揚名，行之在躬。聖賢度量，得為道中。（曹叡月重輪行）

將抗旄與鉞，曜威於彼方。伐罪以弔民，清我東南疆。（曹叡櫂歌行）

名編壯士籍，不得中顧私。捐軀赴國難，視死忽如歸。（曹

植白馬篇)

願得展功勤，輸力於明君。懷此王佐才，慷慨獨不群。(曹植薤露)。

棄余親睦恩，輸力竭忠貞。懼無一夫用，報我素餐誠。(王粲從軍行五首之二)

我有遺餐責，誠愧伐檀人。雖無鉛刀用，庶幾奮薄身。(同上五首之四)

辭親向長路，安知存與亡？窮達固有分，志士思立功。(韋昭鼓吹曲秋風)

老驥伏櫪，志在千里。烈士暮年，壯心不已。(曹操步出夏門行)

10. 詠　史

天地間，人爲貴。立君牧民，爲之軌則。車轍馬迹，經緯四極。黜陟幽明，黎庶繁息，於鑠賢聖，總統邦域。封建五爵，井田刑獄。有燔丹書，無普赦贖。皋陶甫侯，何有失職？嗟哉後世，改制易津。勞民爲君，役賦其力。舜添食器，畔者十國。不及唐堯，采椽不斲。世歎伯夷，欲以厲俗。侈惡之大，儉爲共德。許由推讓，豈有訟曲？兼愛尚同，疏者爲戚。(曹操度關山)

二皇稱至化，盛哉唐虞庭。禹湯繼厥德，周亦致太平。(曹植惟漢行)

齊桓之功，爲霸之首。九合諸侯，一匡天下。一匡天下，不以兵車。正而不譎，其德傳稱。(曹操短歌行)

虞舜不逢堯，耕耘處中田。太公未遭文，漁釣終渭川，不見魯孔丘，窮困陳蔡間。(曹植豫章行二首之一)

古公亶甫，積德垂仁，思弘一道，哲王於豳。太伯仲雍，王德之仁。行施百世，斷髮文身。(曹操善哉行二首之一)

紂爲昏亂，殘忠虐正。周室何隆，一門三聖。牧野致功，天亦革命。漢祖之興，階秦之衰。(曹植丹霞蔽日行)

蘇秦之説，六國以亡。傾側賣主，車裂固當。賢矣陳軫，
忠而有謀。楚懷不從，禍辛不救。(曹丕煌煌京洛行)

11. 頌　讚

於穆世廟，肅雍顯清。俊×翼翼，秉文之成。越序上帝，
駿奔來寧。建立三雍，封禪泰山。章明圖讖，放唐之文。
休矣惟德，罔射協同。本支百世，永保厥功。(劉蒼東漢武德
舞歌詩)

神武用師士素屬，仁恩廣覆，猛節橫逝。自古立功，莫我
弘大。桓桓征四國，爰及海裔。漢國保長慶，垂祚延萬世。
(王粲俞兒舞歌四首之四)

后皇嘉壇，立玄黃服，物發冀州，兆蒙祉福。沈沈四塞，
遐狄合處，經營萬億，咸遂厥宇。(郊祀歌后皇，餘多類此，不
另舉證)

惟太和元年，皇帝踐阼，聖且仁，德澤爲流布。災蝗一時
爲絕息，上天時雨露。五穀溢田疇，四民相率遵軌度。事
務澂清，天下獄訟察以情。元首明，魏家如此，那得不太
平？(繆襲鼓吹曲太和，餘多類此，不另舉證)

玄化象以天，陛下聖眞。張皇綱，率道以安民。惠澤宣流
而雲布，上下睦親。君臣酣宴樂，激發弦歌揚妙新。修文
堁廟勝，須時備駕巡洛津。康哉泰，四海歡忻，越與三五
鄰。(韋昭鼓吹曲玄化，餘多類此，不另舉證)

三辰垂光，照臨四海。煥哉何煌煌，悠悠與天地久長。愚
見目前，聖覩萬年。(曹丕月重輪行)

黃初發和氣，明堂德教施。治道致太平，禮樂風俗移。刑
錯民無枉，怨女復何爲？聖皇長壽考，景福常來儀。(曹植
精微篇)

12. 敘　事

此類作品因多具故事情節，頗難句摘，故僅援引〈秦女休行〉一
首。餘如辛延年〈羽林郎〉、陳琳〈飲馬長城窟行〉及阮瑀〈駕出北

郭門行〉等，則不另舉證。

> 始出上西門，遙望秦氏廬。秦氏有好女，自名為女休。休
> 年十四五，為宗行報讎。左執白楊刄，右據宛魯矛。讎家
> 便東南，仆僵秦女休。女休西上山，上山四五里。關吏呵
> 問女休，女休前置辭：平生為燕王婦，於今為詔獄囚。平
> 生衣參差，當今無領襦。明知殺人當死，兄言快快，弟言
> 無道憂。女休堅辭為宗報讎，死不疑。殺人都市中，徼我
> 都巷西。丞卿羅東向坐，女休悽悽曳梏前。兩徒夾我，持
> 刀刀五尺餘。刀未下，朣朧擊鼓赦書下。(左延年秦女休行)

13. 美　刺

> 陟彼北邙兮，噫！顧瞻帝京兮，噫！宮闕崔嵬兮，噫！民
> 之劬勞兮，噫！遼遼未央兮，噫！(梁鴻五噫歌)〔註33〕

> 頓熊扼虎，蹴豹搏貙，氣有餘勢，負象而趨。獲車既盈，
> 日側樂終。罷役解徒。犬饗離宮。亂曰：聖皇臨飛軒，論
> 功校獵徒。死禽積如京，流血成溝渠。(曹植孟冬篇)〔註34〕

綜上所述，漢魏文人樂府就作品顯示的性質，我們歸納較重要者
約有：1. 閨情（怨）；2. 酣宴；3. 傷別；4. 哀輓；5. 感逝；6. 遊仙；
7. 寫景；8. 說理；9. 述志；10. 詠史；11. 頌讚；12. 敘事；13. 美
刺等十三類。至於其主要創作心態與作品展現的情感本質，我們已於
第五篇「漢魏文人樂府的內涵」中研討過，此處不再贅述；本節主要
在指出，漢魏文人樂府在描寫範圍上，不僅較兩漢民歌豐富，並且就

〔註33〕漢書本傳云：「因東出關，過京師，作五噫之歌曰……肅宗（東漢章
　　　帝）聞而非之，求鴻不得。乃易姓運期，名燿，字侯光，與妻子居
　　　齊魯之間。」詩中所謂「宮室崔嵬」、「民之劬勞」、「遼遼未央」等
　　　語，皆有諷刺意味，故章帝「聞而非之」，梁鴻亦唯有易姓改名而僻
　　　居齊魯，以求避禍。故此詩為諷時之作當無可疑。見後漢書卷十三
　　　逸民列傳第七十三，頁2766、2767。
〔註34〕廖蔚卿據魏志文帝紀及鮑勛傳所載諫獵事，而云：「於此可見曹丕好
　　　田獵之甚。故此詩乃諫獵也。」見〈建安樂府詩溯源〉，幼獅學誌7
　　　卷1期，頁73。我們細索詩中「死禽積如京，流血成溝渠」二句，
　　　確有諷諫之意。

作品內在形式的類型而言，我們以這十三類與孫克寬氏所列的細目比
對，亦可看出漢魏文人樂府己具有各類詩題材的雛型。這種拓展，從
言志到緣情的觀點來看，自有其文學史的關鍵地位；就「詩之表達」
而言，除可視爲樂府文人化的必然現象外，或亦足以彰顯文人樂府在
藝術表現上的特殊成就。

第七章　漢魏文人樂府的影響

第一節　五言詩的成熟與七言詩的開展

　　關於五、七言正確的產生時代，由於歷來論者對起源的界說不一，以致引用的證據有所出入；加上對後人擬作、偽作的判斷亦不盡相同，故迄今仍難獲得一個完滿的論斷。然而比較一致的看法，是五、七言皆由民間歌謠中產生。〔註1〕本節不敢企圖釐清這個公案，但擬由另一個角度來看漢魏文人樂府與五、七言詩的關係。

　　五言詩句的出現，固可還溯至詩經的「風雨所漂搖，予維音曉曉」（豳風鴟鴞）或「誰謂雀無角？何以穿我家？誰謂女無家？何以速我獄？」（召南行露），但第一首全篇五言的詩作，却完成於西漢成帝（B.C 32～7）時。《漢書・五行志》云：「成帝時歌謠又曰：『邪徑敗良田，讒口亂善人。桂樹華不實，黃爵巢其顛。故為人所羨，今為人所憐。』」〔註2〕酷吏傳亦載成帝時的長安民歌：「安所求子死？

〔註 1〕見洪為法《古詩論・律詩論》，頁 13～57；余冠英〈七言詩起源新論〉〈關於七言詩起源問題的討論〉，《漢魏六朝詩論叢》，頁 127～163；勞榦〈古詩十九首與其對文學史的關係〉，詩學第二輯，頁 1～16；邱師燮友〈樂府詩導論〉，國學導讀叢編，頁 861～884；方祖燊《漢詩研究》，頁 145。

〔註 2〕見漢書卷二十七中之上五行志第七中之上，頁 1396。

桓東少年場。生時諒不謹，枯骨後何葬？」﹝註3﹞這二首全篇五言的民歌雖不知其確定的產生時間，但同出於西漢成帝時却是一致的。至於文人的創作五言，倘班婕妤的〈怨歌行〉為可信，則亦完成於成帝時；否則當須下限至班固（A.D32～92）的詠史詩（三王德彌薄），或應亨在明帝永平四年（A.D61）﹝註4﹞所寫的〈贈四王冠詩〉（濟濟四令弟）。自班、應二氏以降至東漢末年，文人的五言作品不過張衡〈同聲歌〉、辛延年〈羽林郎〉、秦嘉〈留郡贈婦詩〉、趙壹〈疾邪詩〉、酈炎〈見志詩〉、宋子侯〈董嬌饒〉、孔融〈雜詩〉及繁欽〈定情詩〉等十餘首，其中張衡、辛延年、宋子侯、繁欽等人的五言樂府佔有相當的比重；這些作品或寫閨情（如定情詩、同聲歌），或為敘事（如羽林郎），或兼有敘事及寓言的綜合形式（如董嬌饒），不僅拓展了五言詩的描寫範圍，而且擴充了五言詩的篇幅（諸作皆在一百二十字至三百二十字之間），這些都充份顯示了漢代文人樂府在五言詩發展上的重要地位。

五言詩發展到曹魏時期，已漸臻成熟的階段。當然，我們考量一種詩體的成熟與否，如果能捨棄主觀的價值判斷，而盡量由客觀現象來探討的話，那麼所謂「五言詩的成熟」，至少應考慮下列三項條件：（1）它的辭藻是否已脫離了初期的古拙僵直而有所修飾？（2）它的數量是否已較初期增多？（3）它的描寫範圍是否已較初期拓展？以下我們即以這三點來探述曹魏文人樂府對促進五言詩發展的貢獻。

就辭藻而言：劉勰雖推崇古詩十九首等作品是「五言之冠冕」，但仍以為「觀其結體散文，直而不野」（范文瀾注云：「散文，猶言敷文」）﹝註5﹞鍾嶸亦云：「東京二百載中，惟有班固詠史，質木無文。」﹝註6﹞《詩品》並將班固、酈炎與趙壹三人列入下品，可見「直而不

﹝註3﹞見漢書卷九十酷吏傳第六十，頁3674。
﹝註4﹞見丁福保《全漢三國晉南北朝詩》，頁45所載詩之序文。
﹝註5﹞見范文瀾《文心雕龍注》，頁86。
﹝註6﹞見汪中《詩品注》，頁7。另，明人許學夷詩源辨體亦云：「班固五言詠史一篇，則過於質直。」

野」「質木無文」確爲東漢一般五言詩在辭藻上的共通現象；至如西漢成帝時二首五言民歌，則「正足以見草創期的古拙僵直的氣氛」（鄭振鐸語）。〔註7〕然而曹魏作品的「麗藻」現象，却是文學史上公認的藝術評斷之一，如《宋書》：「二祖陳王，咸蓄盛藻」（謝靈運傳論），如《文心雕龍》：「析句彌密，聯字合趣，剖毫析釐」（麗藻第三十五），如《詩藪》：「建安諸子雄贍高華」「子桓兄弟……麗語錯出」（內編卷一、三），如《詩源辨體》：「子恒小藻，自是樂府本色。子建天才流麗……才太高，詞太華」（卷四載王元美語）等，在在都提供了相同的論斷。（詳見第六篇第二章「辭藻的典雅寖麗」）故就辭藻的成熟而言，曹魏作品確已脫離了五言詩初期的古拙僵直，而有著充份的藻飾與錘鍊。

　　就數量而言：兩漢的五言詩，自西漢成帝建始元年算起，到東漢獻帝興平二年（B.C 32～A.D 195）二百餘年間，民歌、文人樂府及文人古詩三者的作品總數，較可信者不過四十首左右，而曹魏（A,D 196～265）七十年間的數量，光就文人樂府而言，已超過了兩漢作品的總和，我們統計如下：

　　（1）曹操：〈薤露〉、〈蒿里〉、〈却東西門行〉，共計三首。
　　（2）曹丕：〈十五〉、〈善哉行〉二首（朝日樂相樂、朝遊高臺觀）、〈折陽柳行〉、〈猛虎行〉、〈飲馬長城窟行〉、〈釣竿〉，共計七首。
　　（3）曹叡：〈櫂歌行〉、〈長歌行〉、〈樂府〉二首（種瓜東井上、昭昭素明月）、〈猛虎行〉，共計五首。
　　（4）曹植：〈野田黃雀行〉二首（置酒高殿上、高樹多悲風）、〈怨詩行〉、〈聖皇篇〉、〈精微篇〉、〈薤露〉、〈惟漢行〉、〈鰕䱇篇〉、〈吁嗟篇〉、〈豫章行〉二首（窮達難豫圖、鴛鴦自用親）、〈蒲生行浮萍篇〉、〈門有萬里客行〉、〈泰

山梁甫行〉、〈怨歌行〉、〈當欲遊南山行〉、〈五遊〉、〈遠
遊篇〉、〈仙人篇〉、〈名都篇〉、〈美女篇〉、〈白馬篇〉、〈升
天行〉二首（乘蹻追術士、扶桑之所出）、〈鬥雞篇〉、〈盤
石篇〉、〈驅車篇〉、〈種葛篇〉、〈遊僊〉、〈君子行〉，共計
三十首。

（5）繆襲：〈挽歌〉，計一首。

（6）王粲：〈從軍行〉五首（從軍有苦樂、涼風屬秋節、從軍
征遐路、朝發鄴都橋、悠悠涉荒路），共計五首。

（7）阮瑀：〈怨詩〉、〈瑟歌〉、〈駕出北郭門行〉，共計三首。

綜上所述，曹魏文人的五言樂府共計五十四首，如果再加上曹操〈苦
寒行〉與〈塘上行〉的五言本辭，則總數爲五十六首。故就作品的篇
數而言，曹魏七十年間的五言樂府確實較五言詩初期的數量增多。

就描寫範圍而言：我們曾在上篇中論及「漢魏文人樂府描寫範圍
的拓展」，並將作品實際別爲十三類（閨情、酣宴、傷別、哀輓、感
逝、遊仙、寫景、說理、述志、詠史、頌讚、敘事、美刺），其中除
美刺一類無全篇五言的作品外，其餘十二類均有曹魏的五言樂府，因
此這十二類可以代表此期五言樂府的描寫範圍。我們以此與漢代的五
言作品比較，「古詩十九首大率逐臣棄妻，朋友闊絕，死生新故之感」
〔註8〕加上文人的詠史（如班固詠史詩）、述志（如酈炎見志詩、趙壹
疾邪詩）、頌讚（如應亨贈四王冠詩）等，其範圍仍較曹魏爲狹；至
於民間樂府，蕭滌非氏別之爲幻想、說理、抒情、敘事四類，五言作
品當然也涵蓋在此四類之中，雖然蕭氏的分類稍嫌籠統，但民間的五
言樂府在表達層面上不能超過曹魏，却是可以斷言的。故就描寫的範
圍而言，曹魏作品確較五言詩初期更爲拓展。劉大杰云：「五言詩在
建安時代雖已成熟，但到曹植的筆下才擴大其範圍，達到無所不寫的
程度。無論抒情說理祝頌象徵各種詩體，他的集子裏都有。」〔註9〕

〔註8〕見沈德潛《古詩源》卷四，頁57、58。
〔註9〕見劉大杰《中國文學發達史》，頁229。

可做為本論點的註腳之一，胡適云：「這有點像後世文人學作教坊舞女的歌詞，五代宋初的詞祇能說兒女纏綿的話，直到蘇軾以後，方才能用詞體來談禪說理，論史論人，無所不可。」〔註10〕可做為本論點的註腳之二。

　　經過辭藻、篇數與描寫範圍這三項條件的考量，我們可以說曹魏文人的五言樂府確實對五言詩的成熟有著極大的貢獻；若再綜合東漢張衡、辛延年等人的五言樂府而論，則更可見漢魏文人樂府在五言詩發展上的重要意義與影響。

　　七言詩句的出現，亦可遠溯到《詩經》的「尚之以瓊華乎而」（齊風著）或「以燕樂嘉賓之心」（小雅鹿鳴）。《詩經》以後，如《楚辭》的「夕餐秋菊之落英」（離騷）「至今九年而不復」（九章）「陰陽不可與儷偕」（九辯）、《禮記‧檀弓》的「蠶則績而蟹有匡，范則冠而蟬有緌」（成人歌）、荀卿的「愚闇愚闇墮賢良」（成相辭第一章）等，皆有七言詩句，但亦皆非全篇七言。第一首完整的七言詩的出現，就現有的史料顯示，約以西漢武帝時的〈柏梁聯句〉及東漢中葉張衡的〈四愁詩〉較早；但柏梁詩的作者非一人，其真偽迄今仍難論定，而〈四愁詩〉每章首句又含有「兮」字，所以均無法視為可信或純粹的七言詩。因此純粹七言的創製，當推曹丕的二首〈燕歌行〉：〔註11〕

〔註10〕見胡適《白話文學史》，頁57。
〔註11〕七言詩源生於先秦、漢初的民謠、俗諺，如檀弓〈成人歌〉、荀卿〈成相辭〉或武帝時俗語「畫地為獄議不入，刻木為吏期不對」等，論者大體一致；但第一首全篇七言的作品究竟產生在何時則意見紛云。余冠英以為是西漢東方朔的四句射覆語，但也不否認柏梁詩的可能性；方祖燊對柏梁詩真偽的考證頗精詳，却說了三種不同的看法：「整首的七言詩，到武漢帝元封三年（西元前108年）作柏梁臺詩，始告產生。」（漢詩研究頁154）「東漢順帝陽嘉中（西元132年～西元135年）張衡作四愁詩四章，大概至此才算是完整七言體。」（頁155）「（曹丕燕歌行）才是真正開拓了純粹七言詩的路子」（頁156）。本節對這個糾葛的問題，較保守的採取蕭滌所舉的「傳世七言，不用兮字，且出於一人手筆者，實以曹丕燕歌行二首為矯矢」（漢魏六朝樂府文學史頁123），以為就「可信」與「純粹」的觀點而言，七言詩的創製仍以曹

　　秋風蕭瑟天氣涼，草木搖落露為霜。群燕辭歸鵠南翔，念
吾客遊多思腸。慊慊思歸戀故鄉，君何淹留寄他方。賤妾
煢煢守空房，憂來思君不敢忘，不覺淚下霑衣裳，援瑟鳴
絃發清商。短歌微吟不能長，明月皎皎照我牀。星漢西流
夜未央，牽牛織女遙相望，爾獨何辜限河梁？

　　別日何易會日難，山川悠遠路漫漫。鬱陶思君未敢言，寄
書浮雲往不還。涕零雨面毀形顏，誰能懷憂獨不歎。耿耿
伏枕不能眠，披衣出戶步東西。展歌清詩聊自寬，樂往哀
來摧心肝。悲風清屬秋氣寒，羅帷徐動經秦軒。仰戴星月
觀雲間，飛鳥晨鳴聲可憐，留連顧懷不自存。

這二首燕歌行值得我們注意的地方，約有三點：（1）題旨為閨怨（2）
每句押韻（3）皆為奇數（十五）句。關於（2）（3）點的特殊現象，
余冠英曾論云：「七言謠諺中很多以一句成章的，為三四五六言所無，
騷體歌辭亦無此例。大概七言句音如特別緩長，一句就可以詠唱，兩
句也許就是複沓了。這是七言詩的特點。這可以說明七言歌謠和早期
的七言詩為什麼每句都押韻，而每一篇的句數不論奇偶都可以，不似
三四五言的詩絕不能每句押韻，且每篇句數多為偶數。」〔註12〕曹丕
的〈燕歌行〉既屬創製性質，所以正有此種特色。曹魏時期的七言詩，
另有曹叡的一首〈燕歌行〉：

　　白日晼晼忽西傾，霜露慘悽塗階庭。秋草捲葉摧枝莖，翩
翩飛蓬常獨征，有似遊子不安寧。

我們可以看出，曹叡的這首七言作品，除題旨稍異外，在「每句押韻」
及「以奇數句成篇」這二點上，都承繼著曹丕〈燕歌行〉的特色。
　　曹魏以後，七言詩的發展由於入樂較遲〔註13〕及「體小而俗」

　　丕的二首燕歌行為宜。同意這種看法的，有梁人蕭子顯「魏文之麗篆，
　　七言之作，非此誰先？」近人洪為法「古詩論・律詩論」頁53所稱「始
　　露光輝」，以及《魏晉南北朝文學史參考資料》頁43所載「這是現在
　　所能見到的最古最完整的七言詩。」等。
〔註12〕見余冠英〈七言詩起源新論〉，《漢魏六朝詩論叢》，頁149。
〔註13〕曹丕的二首〈燕歌行〉，據宋書樂志及樂府詩集所載，都至晉代方才

的時代成見所囿，〔註14〕所以較五言詩緩慢，但兩晉的七言作品已有：

1. 晉〈白紵舞歌詩〉三首
   （1）輕軀徐起何洋洋。十六句，換韻，每句押韻。
   （2）雙袂齊舉鸞鳳翔。十六句，換韻，每句押韻。
   （3）陽春白日風花香。十句，每句押韻。

2. 傅　玄
   （1）車遙遙篇（車遙遙兮馬洋洋）。六句，換韻，每句押韻。
   （2）兩儀詩（兩漢始分元氣清）。五句，每句押韻。

3. 陸機〈燕歌行〉（四時代序逝不追）。十二句，每句押韻。

4. 王　嘉
   （1）帝諱昌明運當極。四句，換韻，每句押韻。
   （2）欲知其姓草蕭蕭。三句，每句押韻。
   （3）金刀利刀齊刈之。一句。

5. 蘇若蘭〈璇璣圖詩〉。〔註15〕

6. 清商曲辭
   （1）青驄白馬等八首。皆二句，每句押韻。

入樂。余冠英則以爲「七言歌謠被采入樂府，直到晉代才有，以『隴
上歌』爲第一首。」同註12，頁152。

〔註14〕傅玄〈擬四愁詩〉的序文說：「昔張平子（衡）作四愁詩，體小而俗，
七言類也。聊擬而作之。」同註4，頁301。另，顏延之也曾譏刺湯
惠休的七言詩是「委巷中歌謠耳」。

〔註15〕璇璣圖詩有「讀圖內詩括例」云：
　（1）……已上七言四十句，每句爲一首，反讀之計八十首。
　（2）……已上七言，凡起頭退一字反讀之成四首。
　（3）……已上七言，自角退一字斜讀之成四首。
　（4）經緯三首。每首四句，每句押韻。
　（5）外經二首。每首四句，每句押韻。
　（6）中經二首。每首四句，每句押韻。
　（7）四角之方一首，每句押韻。
　（8）用色分章（橫用色）六首。每首二句，每句押韻。
同註4，頁516～520。

（2）女兒子二首。皆二句，每句押韻。

就以上所舉的例證來看，部份作品仍保持著「以奇數句成篇」的特色；在押韻上，雖然作品已有換韻的趨勢，但「每句押韻」的特色却依舊保留。我們固不敢斷言這些都受到曹丕〈燕歌行〉的影響，但陸機的擬作，以及王世貞《藝苑巵言》所謂「白紵舞歌已開齊梁妙境，有子桓燕歌行之風」却可以爲我們提供一些參考的線索。兩晉以後，等到劉宋詩家鮑照的〈擬行路難〉十九首出，更在結構、辭藻、押韻、命意等各方面爲七言詩別創新境，「由板滯遲重變而爲流轉奔放」，〔註16〕進而下開唐人七言歌行的軌轍了。

我們審視七言詩初期的衍變痕跡，可以看出曹魏七言樂府實具有深遠的開展意義。

第二節　文人樂府與依聲填詞

「依聲填詞」是樂府的特色，尤其是文人樂府的特色。廣義的說，所有的音樂文學莫不如此；而就文人本身的創製條件來說，一方面其製曲的能力有限，一方面已有前曲可依，所以「依聲填詞」自然成爲文人樂府極普徧的現象。

我們推測這種現象最初的目的，主要乃在突破樂府歌辭本身的限制。所謂「限制」，指的是施用對象與內涵二者。因爲樂府歌辭的製定，最先可能都有特定的描寫或頌讚對象，也可能有特定的施用場合，更可能有特定的情感指向；然而歌辭的流傳，在時間上往往受施用對象轉換的限制，在內涵上也受到原有題意的拘牽。所以擬作者想要表現的情感與內涵如果超出原曲範圍，或者頌讚前代功德的歌辭在代易時遷後，樂府歌辭即可能隨之更易。這種依循原有曲律而更易歌

〔註16〕見蕭滌非《漢魏六朝樂府文學史》，頁248。另外，施補華《峴傭説詩》亦云：「七言古雖肇自柏梁，在唐以前，具體而已。魏文燕歌行已見音節；鮑明遠諸論，已見魄力；然開合變化，波瀾壯濶，必至盛唐而後大昌。」

辭的現象，就是《宋書‧樂志》載曹植〈鼙舞歌〉序所謂的「依前曲改作新歌」，或是「依舊曲翻新調」，也就是「依聲塡詞」。

　　依聲塡詞的情形，在漢魏文人樂府中極爲盛行。廣義的塡詞，應指「詩章詞異」而「韻逗曲折皆繫於舊」（張革在晉武帝泰始五年的上表），亦即新辭雖有損益，但大致上仍脗合原曲的節奏；狹義的塡詞，則由韻逗曲折的大致脗合而進一步要求字數多寡與句讀長短完全相同，約如後代的「按字塡詞」。綜觀漢魏文人樂府「依聲塡詞」的作品，以前者的擬作佔絕對多數，[註17] 但部份作品的曲律與原有歌辭均已亡佚，我們只能就史籍所載來證明其性質確屬「依聲塡詞」之作。如東漢明帝時東平憲王劉蒼所寫的〈後漢武德舞歌詩〉，我們只知道是：

> 依舊文始、武行、武德、昭德、盛德修之，舞節損益前後之宜，六十四節爲武，曲副八佾之。[註18]

如王粲所寫的四首〈魏俞兒舞歌〉：

> （漢巴渝舞）舞曲有予渝本歌曲、安弩渝本歌曲、安臺本歌曲、行辭本歌曲，總四篇。其辭既古，莫能曉其句度。魏初，乃使軍謀祭酒王粲改創其詞。[註19]

如曹植所寫的五首〈鼙舞歌〉：

> 漢靈帝西園故事，有李堅者，能鼙舞。遭亂，西隨段煨。先帝（曹操）聞其舊有技，召之。堅既中廢，兼古曲多謬誤，異代之文，未必相襲，故依前曲改作新歌五篇。[註20]

餘如〈氣出倡〉、〈精列〉、〈秋胡行〉、〈月重輪行〉等均是。[註21] 這一類的作品，雖然曲律及原辭今皆已亡佚，但我們就文獻的記載，仍可推斷其爲依聲塡詞之作。至於狹義的「按字塡詞」，則只有韋昭模

[註17] 據本論文第四篇第一章「依前曲作新歌」的統計，漢魏文人樂府依聲塡詞之作共計八十六首，其中只有韋昭「炎精缺」、「漢之季」、「攄武師」、「通荊州」四首是狹義的按字塡詞之作。

[註18] 見後漢書第六冊附編一「姚輯東觀漢記」卷五祭祀志，頁41。

[註19] 見晉書卷二十二志第十二樂上，頁693。

[註20] 宋書卷十九志第九樂一，頁551。

[註21] 同註1，請參閱各曲的解題與說明。

擬繆襲的四首〈鼓吹曲〉。

1.〈朱鷺〉

漢辭爲:「朱鷺,魚以鳥路訾邪。〔註22〕鷺何食?食茄下。不之食,不以吐,將以問諫者。」

繆襲辭爲:「楚之平,義兵征。神武奮,金鼓鳴。邁武德,楊洪名。漢室微,社稷傾。皇道失,桓與靈。閹官熾,群雄爭。邊韓起,亂金城。中國擾,無紀經。赫武皇,起旗旌。麾天下,天下平。濟九州,九州寧。創武功,武功成。越武帝,邈三王。興禮樂,定紀綱。普日月,齊輝光。」(楚之平)

韋昭辭爲:「炎精缺,漢道微。皇綱弛,政德違。眾姦熾,民罔依。赫武烈,越龍飛。陟天衢,耀靈威。鳴雷鼓,抗電麾。撫乾衡,鎮地機。厲虎旅,騁熊羆。發神聽,吐英奇。張角破,邊韓羈。宛潁平,南土綏。神武章,渥澤施。金聲震,仁風馳。顯高門,啓皇基。統罔極,垂將來。」(炎精缺)

2.〈思悲翁〉

漢辭爲:「思悲翁,唐思,奪我美人侵以遇。悲翁也,但我思。蓬首狗,逐狡兔,食交君。梟子五,梟母六,拉沓高飛暮安宿。」

繆襲辭爲:「戰滎陽,汴水陂。戎士憤怒,貫甲馳。陣未成,退徐榮。二萬騎,塹壘平。戎馬傷,六軍驚。勢不集,眾幾傾。白日沒,時晦冥。顧中牟,心屏營。同盟疑,計無成,賴我武皇,萬國寧。」(戰滎陽)

韋昭辭爲:「漢之季,董卓亂。桓桓武烈,應時運。義兵興,雲旗建。厲六師,羅八陣。飛鳴鏑,接白刃。輕騎發,介士奮。醜虜震,使眾散。刼漢主,遷西館。雄豪怒,元惡債。赫赫皇祖,功名聞。」(漢之季)

〔註22〕「路訾邪」三字,里仁版樂府詩集頁 226 注云:「表聲字,當與曲辭有別。」

3.〈艾如張〉

漢辭爲：「艾而張羅，夷於何〔註23〕行成之。四時和，山出黃雀亦有羅，雀以高飛奈雀何？爲此倚欲，誰肯礙室？」

繆襲辭爲：「獲呂布，戮陳宮。芟夷鯨鯢，驅騁群雄。囊括天下，運掌中。」（獲呂布）

韋昭辭爲：「攄武師，斬黃祖。肅夷凶族。革西平夏。炎炎大烈，震天下。」（攄武師）

4.〈上陵〉

漢辭爲：「上陵何美美，下津風以寒。問客從何來，言從水中央。桂樹爲君船，青絲爲君笮，木蘭爲君櫂，黃金錯其間。滄海之雀赤翅鴻，白雁隨。山林乍開乍合，曾不知日月明。醴泉之水，光澤何蔚蔚。芝爲車，龍爲馬，覽遨遊，四海外。甘露初二年，芝生銅池中，仙人下來飲，延壽千萬歲。」

繆襲辭爲：「南荊何遼遼，江漢濁不清。菁茅久不貢，王師赫南征。劉琮據襄陽，賊備屯樊城。六軍盧新野，金鼓震天庭。劉子面縛至，武皇許其成。許與其成，撫其民。陶陶江漢間，普爲大魏臣。大魏臣，向風思自新。思自新，齊功古人。在昔虞與唐，大魏得與均。多選忠義士，爲喉唇。天下一定，萬世無風塵。」（平南荊）

韋昭辭爲：「荊門限巫山，高峻與雲連。蠻夷阻其險，歷世懷不賓。漢王據蜀郡，崇好結和親。乖微中情疑，讒夫亂其間。大皇赫斯怒，虎臣勇氣震。蕩滌幽藪，討不恭。觀兵揚炎耀，厲鋒整封疆。整封疆，闡揚威武容。功赫戲，洪烈炳章。邈矣帝皇世，聖吳同厥風。荒裔望清化，化恢弘。煌煌大吳，延祚永未央。」（通荊州）

《晉書‧樂志》云：「漢時有短簫鐃歌之樂，其曲有朱鷺、思悲翁、艾如張……等曲，列於鼓吹，多載戰陣之事，及魏受命，改其十二曲，使繆襲爲詞，述以功德代漢。……是時吳亦使韋昭制十二曲名，

〔註23〕同註6，頁227。

以述功德受命。」〔註24〕晉志的這段記載，容易令人產生二點誤解：第一，「是時吳亦使」五字，似爲二者同時並製。第二，以爲二者皆本漢辭而分製新辭，其間並無關連。但就時間而言，魏受命於建安二十五年，即文帝黃初元年（A.D 220）所以繆襲的〈鼓吹曲〉不可能早於此年寫成；且繆襲最後一首鼓吹曲〈太和〉首句即云：「惟太和元年，皇帝踐祚」，可見魏的《十二曲鼓吹》最晚已完成於明帝太和元年（A.D 227）左右。而吳有〈鼓吹曲〉的記載雖已見於建安四年及十八年，〔註25〕但建安四年（A.D 199）時，韋昭（A.D 204～273）〔註26〕尚未出生，十八年（A.D 213）時亦不過十歲，所以韋昭〈鼓吹曲〉的完成應如《宋書・樂志》所載：「韋昭孫休世上鼓吹鐃歌十二曲」。〔註27〕雖然《宋志》並沒有記載詳細的時間，但總在吳景帝孫休在位期間（A.D 258～264），與魏明帝太和元年相比，二者創製時間至少已有三十年的差距。

就作品的形式而言，我們可以由所列的四組曲辭中明顯看出，韋昭擬作的形式均與漢辭迥異，但在字數多寡及句讀長短上卻與繆襲的作品完全脗合。因此我們與其認爲韋昭的《鼓吹曲》是本於漢辭而新製，毋寧看作是他對繆襲在三十年前已完成之歌辭的高度模擬。並且我們由作品的內容，亦可發現二者極微妙的承繼關係，試以〈朱鷺〉曲爲例：在一系列勳業的頌讚之前，這是一首類似「序曲」性質的作品，篇旨在陳述漢末大亂、曹（操）孫（堅）肇基的「以功德代漢」。我們比較繆、韋二氏的作品內容於下：

〔註24〕同註3，頁701。

〔註25〕「建安四年」事見吳志孫破虜討逆傳第一，頁1108裴松之注引江表傳所載；「建安十八年」事見吳志吳主傳第二，頁1119裴松之注引吳歷所論。

〔註26〕韋昭的生卒年吳志並未詳載，但王樓賀韋華傳第二十載其爲孫皓繫獄云：「是歲鳳皇二年也。」即西曆二七三年。其臨終前曾上書云：「曜（本名昭，避晉諱）年已七十」故推測其約生於建安九年而卒於鳳皇二年（A.D 204～273）

〔註27〕同註4，頁541。

（1）言漢室之衰

　　繆襲：漢室微。皇道失。

　　韋昭：漢道微。皇綱弛。

（2）言漢末之亂

　　繆襲：邊（章）韓（遂）起。亂金城。

　　韋昭：張角破。邊（章）魏（遂）羈。

（3）言二公之起

　　繆襲：神武奮。金鼓鳴。邁武德。揚洪名。

　　韋昭：赫武烈。越龍飛。鳴雷鼓。抗電麾。

（4）言二公之功

　　繆襲：赫武皇。起旗旌。越武皇。邀三王。興禮樂。定紀
　　　　綱。普日月。齊輝光。

　　韋昭：神武章。渥澤施。金聲震。仁風馳。顯高門。啓皇
　　　　基。統罔極。垂將來。

　　經由上述的比對，或可見二者無論在篇旨、結構、詞彙、語法甚
至史實的剪裁上均極為接近。我們推測這種高度模擬的原因，可能是
基於魏、吳對峙上一種政治性的「炫耀的對抗」，所以不僅各誇其功，
甚且字腔句合，針鋒相對。能透過這個觀測點，我們才能更合理的解
釋為什麼韋昭會針對同一曲，而以同樣的字數、同樣的句讀的〈通荊
州〉來腔合繆襲〈平南荊〉的道理。

　　「依聲填詞」原是音樂文學的特色，更是文人樂府中很普徧的現
象。經過以上的研討，我們可以確知這種現象實由漢魏文人樂府開其
先河，而韋昭模擬繆襲的四首鼓吹曲辭，更是嚴格的「按字填詞」之
作；不過限於時代因素，其用韻、平仄仍較中唐以降的填詞規律為寬。
這種高度的模擬方式，最初或有其政治上的目的，但由於作品數量相
當有限，恐未必真能影響到二百五十年後梁、陳「朝雲曲」、「江南弄」、

「長相思」等的填詞雛型；(註28) 但就文學史的溯源立場而論，韋昭這種字脗句合的模擬方式，無疑可視為唐宋填詞的先聲。

第三節　模擬方式與擬古傳統的確立

　　我們在上一章中曾論及「依聲填詞」是文人樂府的特色，就創製的性質而言，是對前曲曲律及曲辭的模擬；並且狹義的按字填詞，在文學史的溯源上，可視為唐宋規律精嚴的填詞先聲。本節則在討論漢魏文人樂府各種模擬方式對後世樂府作品的影響。

　　本論文第四篇第三章第一節「內涵的模擬變化」中，我們曾就漢魏文人樂府的擬古作品，歸納此期依聲填詞的模擬方式，並得到如下的結論：

1. 擬用前曲篇名及篇首

　　如劉蒼擬漢高祖〈武德舞〉而作「後漢武德舞歌」；曹丕擬〈月重輪〉；曹操擬〈陌上桑〉(今有人)；陳琳擬〈飲馬長城窟行〉等。

2. 擬用前四曲篇名而篇旨已異

　　如〈薤露〉本為喪歌，而曹操 (惟漢廿二世)、曹植 (天地無窮極) 用以述志；〈平陵東〉本敘漢翟義事，而曹植 (閶闔開天衢) 但言服食遊仙；〈猛虎行〉本為述志，而曹丕 (與君媾新歡) 出以閨情；〈月重輪〉本為頌讚，而曹叡 (天地無窮) 則用以述志等。這一類的擬作雖然篇旨已異，但仍可由部份特色中看出它們模擬、衍化的軌迹：

　　　(1) 保留前曲篇旨的部份基調：如曹植〈薤露〉「人居一世間，忽若風吹塵」，仍留著漢辭「露晞明乾更復落，人死一去何時歸」的傷逝基調。

　　　(2) 保留前曲曲辭的部份技巧或特性：如曹植〈平陵東〉在「乘飛龍」處仍保留著漢辭「刼義公」與「兩走馬」的複沓技巧；曹丕〈折楊柳行〉在「彭祖稱七百」以下仍保留著漢

〔註28〕見李純勝《漢魏南北朝樂府》，頁 156、157。

辭說理的特色。

（3）擴充前曲曲辭的部份技巧，而意義、性質不同：如曹丕〈善哉行〉擴充漢辭「彈箏酒歌」而鋪陳爲「朝遊高臺觀，夕宴華池陰。大酋奉甘醪，狩人獻嘉禽。齊倡發東舞，秦箏奏西音。……五音紛繁會，拊者激微吟」（朝遊高臺觀）；但漢辭是藉此以求忘憂，曹丕則以此興憂：「樂極哀情來，寥亮摧肝心」。

（4）篇旨已異，爲明模擬該曲，乃直接襲入該曲篇名：如曹丕〈上留田行〉篇旨已與漢辭的「爲孤弟諷兄」不同，却於篇中重複施用「上留田」六次，雖有送和聲的效果，但其主要動機當在標明模擬該曲。

（5）併兩首漢辭以成篇：如曹丕〈臨高臺〉乃併漢鼓吹曲〈臨高臺〉及瑟調曲〈艷歌何嘗行〉前半首而成新篇。

3. 另立篇名，而仍承續前的篇旨

如繆襲模擬漢喪歌〈蒿里〉而題爲〈挽歌〉；韋昭模擬繆襲〈楚之平〉而題爲〈炎精缺〉等。

4. 另立篇名而篇旨亦異：

如曹植模擬感逝的〈長歌行〉（青青園中葵）而爲述志的「鰕䱇篇」；模擬求忘憂的「善哉行」首句「來日大難」，而爲離別前宴樂的「當來日大難」等。

綜合上述這四類及第二類的五項細目，我們可以看出漢魏文人樂府的模擬方式，在廣度與深度上，均已完成相當精密的拓展；並且擬作數量保守估計已達三十三曲八十六首，幾佔此期作品總數的二分之一，可見依聲填詞確在時代風尚的影響下，獲得模擬上的高度發展。

曹魏以後，由於「尋値喪亂，遺聲舊制，莫有記者」〔註29〕「永

〔註29〕見宋書卷十九志第九樂一，頁 540。

嘉之亂，海內分崩，伶官樂器，皆沒於劉、石」，〔註30〕樂府曲律
幾皆亡佚。所以六朝隋唐的文人樂府多直擬漢魏的樂府篇名，其篇
旨或同或異，均難出第一、二類的範疇；而另立篇名者，亦多半摘
自原辭詩句，如擬〈陌上桑〉，而題爲〈採桑〉、〈艷歌行〉、〈羅敷
行〉、〈日出東南隅行〉、〈日出行〉等，仍不出第三、四類的範疇。
然而也正因失去曲律的憑依（或説拘牽），所以擬作的句式往往更
趨整齊，擬作者亦往往更能就漢魏曲辭的內容，掌握其中某項特點
而全力鋪陳，並以此構成作品的唯一重心。這種純粹「爲模擬而模
擬」的性質，已與漢魏的擬作不同，我們試以清調曲的〈長安有狹
斜行〉爲例來説明這種現象。漢辭爲：

> 長安有狹斜，狹斜不容車。適逢兩少年，狹轂問君家。君
> 家新市傍，易知復難忘。大子二千石，中子孝廉郎。小子
> 無官職，衣冠仕洛陽。三子俱入室，室中自生光。大婦織
> 綺紵，中婦織流黃。小婦無所爲，挾瑟上高堂。丈夫且徐
> 徐，調絃詎未央。(清調曲另一首「相逢行」與此極似)

這裏我們應注意的是詩中的三點特色：第一，對三子的夸飾；第二，
對三婦動作的描寫；第三，篇尾仍以「丈夫」作結。曹丕瑟調曲〈艷
歌何嘗行〉第二、三解爲：

> 長兄爲二千石，中兄被貂裘。小弟雖無官爵，鞍馬馼馼，
> 往來王侯長者遊。

顯然保留著第一點特色，然因曲調與篇旨不同，所以對二、三點未作
進一步的模擬。曹丕以降，則歷代的擬作多兼有漢辭的三點特色：

> 大兄珥金璫，中兄振纓綏。伏臘一來歸，鄰里生光輝。小弟
> 無所爲，鬥雞東陌遠。大婦織紈綺，中婦縫羅衣。小婦無所
> 爲，挾瑟弄音徽。丈人且卻坐，梁塵將欲飛。(宋·荀昶)
> 大息組細縕，中息佩陸離。小息尚青綺，總角遊南皮。……
> 三息俱入戶，戶內有光儀。大婦理金翠，中婦事玉觿。小
> 婦獨閒暇，調笙遊曲池。

〔註30〕見晉書卷二十三志第十三樂下，頁 697。

丈人少徘佪，鳳吹方參差。（梁·武帝）

大息騫金勒，中息縮黃銀。小息始得意，黃頭作弄臣。……
三息俱入戶，照耀光容新。大婦舒綺紃，中婦拂羅巾。小
婦最容冶，映鏡學嬌嚬。丈人且安坐，清謳出絳脣。（梁·
簡文帝）

長子登麟閣，次子侍龍樓。少子無高位，聊從金馬遊。……
大婦褰雲裘，中婦卷羅幬。少婦多妖艷，花鈿繫石榴。夫
君且安坐，歡娛方未周。（梁·庾肩吾）

大子執金吾，次子中郎將。小子陪金馬，遨遊蔑卿相。……
大婦裁舞衣，中婦學清唱，小婦窺鏡影，弄此朝霞狀。佳
人且少留，爲君繞梁唱。（梁·王同）

大息登金馬，中息謁承明。小息偏愛幸，走馬曳長纓。……
大婦縑始呈，中婦繡初營，小婦多姿媚，紅紗映削成。上
客且安坐，胡牀妄自擎。（梁·徐防）

由上述諸例的印證，我們可以明顯看出他們這種模擬漢辭特色的共同
現象；並且自宋劉鑠的「三婦艷詩」開始，這種模擬又產生新的變化。
作品一方面已完全捨棄對「三子」的夸飾，一方面則集中篇幅凸顯「三
婦」，這種變化，就是我們所謂的「爲模擬而模擬」：

大婦裁霧縠，中婦牒冰練。小婦端清景，含歌登玉殿。丈
人且徘佪，臨風傷流霰。（宋·劉鑠）

大婦織綺羅，中婦織流黃。小婦獨無事，挾瑟上高堂。丈
夫且安坐，調弦詎未央。（齊·王融）

大婦舞輕巾，中婦拂華茵。小婦獨無事，紅黛潤芳津。良
人且高臥，方欲薦梁塵。（梁·昭明太子。梁朝另有沈約、王筠、
吳均及劉孝綽各一首，不另舉）

大婦避秋風，中婦夜牀空，小婦初兩鬢，含嬌新臉紅。得
意非霜日，可憐那可同？（陳·後主「三婦艷詩」十一首之一。
陳朝另有張正見一首，不另舉）

大婦裁紈素，中婦弄明璫。小婦多姿態，登樓紅粉妝。丈

人且安坐，初日漸流光。（唐・董思恭。唐朝另有王紹宗一首，不另舉）

經由上述的研討，我們可以看出曹魏以後雖然模擬方式已漸趨單純，但擬作的現象却相當普徧，作品數量亦頗爲豐富。究其淵源，則當溯自於漢魏文人樂府的濫觴；究其方式，則又難脫漢魏文人樂府的四類範疇，因此我們以爲在「模擬方式」與「擬古傳統」上，漢魏文人樂府實居於啓後的祖祧地位。本節最後，我們再以《樂府詩集》所載的相和曲作品爲據，列表說明六朝、隋、唐時期的擬作情形，以期實際印證漢魏文人樂府對模擬方式與擬古傳統的確立。

曲名及漢辭首句	曹魏作品		兩晉迄唐的擬作			數量
	作　者	首　句	朝代	作　者	首　句	
度關山（無漢辭）	曹操	天地間	梁	簡文帝	關山遠可度	七
			梁	戴暠	昔聽隴頭吟	
			梁	柳惲	長安倡家女	
			梁	劉遵	隴樹寒色落	
			梁	王訓	邊庭多緊急	
			陳	張正見	關山度曉月	
			唐	李端	寒雁日初晴	
十五（無漢辭）	曹丕	登山而遠望	唐	李白	登高丘而望遠海	一
薤露「薤上露」（惟漢行）	曹操	惟漢廿二世	晉	張駿	在晉之二葉	一
	曹植	天地無窮極				
	曹植	太極定二儀	晉	傅玄	危哉鴻門會	一
蒿里「蒿里誰家地」（挽歌）	曹操	關東有義士	宋	鮑照	同盡無貴賤	二
			唐	僧貫休	兔不遲	
	繆襲	生時遊國都	晉	陸機	卜擇考休貞	十三
					重阜何崔嵬	
					流離親友思	

			晉	陶潛	荒草何茫茫	
					有生必有死	
					在昔無酒飲	
			宋	鮑照	獨處重冥下	
			齊	祖孝徵	昔日驅駟馬	
			唐	趙微明	寒日蒿上明	
			唐	于鵠	陰風吹黃蒿	
					雙轍出郭門	
			唐	孟雲卿	草草門巷喧	
			唐	白居易	丹旐何飛揚	
對酒 （無漢辭）	曹操	對酒歌	梁	范雲	對酒心自足	八
			梁	張率	對酒誠可樂	
			陳	張正見	當歌對玉酒	
			陳	岑之敬	色映臨池竹	
			周	庾信	春水望桃花	
			唐	崔輔國	行行日將夕	
			唐	李白	松子棲金華	
					勸君莫拒杯	
陌上桑 「日出東南 隅」	曹操 曹丕	駕虹霓 棄故鄉	梁 梁	吳均 王臺卿	嫋嫋陌上桑 令月開和景	六
			梁	王筠	人傳陌上桑	
			唐	李白	美女渭橋東	
			唐	常建	翳翳陌上桑	
			唐	陸龜蒙	皓齒還如貝色含	
（採桑）			宋	鮑照	季春梅始落	十四
			梁	簡文帝	春色映空來	
			梁	姚翻	雁還高柳北	
			梁	吳均	賤妾思不堪	
			梁	劉邈	倡妾不勝愁	

			梁	沈君攸	南陌落光移	
			陳	後主	春樓鬢梳罷	
			陳	張正見	春樓曙鳥驚	
			陳	賀徹	豔妾出房櫳	
			陳	傅縡	羅敷試採桑	
			唐	郎大家宋氏	春來南雁歸	
			唐	劉希夷	楊柳送行人	
			唐	李彥遠	採桑畏日高	
			唐	王建	鳥鳴桑葉間	
（艷歌行）			晉	傅玄	日出東南隅	二
			陳	張正見	城隅上朝日	
（羅敷行）			梁	蕭子範	城南日半上	三
			陳	顧野王	東隅麗春日	
			魏	高允	邑中有好女	
（日出東南隅行）			晉	陸機	扶桑升朝暉	十
			宋	謝靈運	柏梁冠南山	
			梁	沈約	朝日出邯鄲	
			梁	張率	朝日照屋梁	
			梁	蕭子顯	大明上迢迢	
			陳	後主	重輪上瑞暉	
			陳	徐伯陽	朱城壁日起朱扉	
			陳	殷謀	秦樓出佳麗	
			周	王褒	曉星西北沒	
			隋	盧思道	初月正如鈎	
（日出行）			周	蕭撝	昏日隱遠霧	三
			唐	李白	日出東方隈	
			唐	李賀	白日下崑崙	

綜上所計，曹魏相和曲中有後世擬作者，共計六曲十首（其中三曲有漢辭），兩晉迄唐的擬作則有七十一首。

第四節　文人敘事樂府的濫觴

我國故事詩（Epic）的雛型，雖然可遠溯至《詩經》〈大雅〉生民和〈商頌〉玄鳥的感生敘述，但比較完整的作品，却須到兩漢的民歌中方才完成。在現代「文學類型論」上，故事詩與敘事詩同屬「抒情——史詩類」，〔註31〕這類作品的特性，在其內涵著重於鋪敘一個完整的情節；作者以客觀的角度及比較自由的詩律，描寫一些民間傳誦的故事、傳奇或古代流傳的神話。因此，故事詩多半是些篇幅較長的敘事詩。〔註32〕

綜觀歷代的敘事詩，就其母題（Motif，或稱本事）的性質而言，大致可別爲樂歌性、歷史性及寓言性三種類型。〔註33〕兩漢的民間敘事樂府，如〈隴西行〉、〈婦病行〉、〈孤兒行〉（以上爲瑟調曲）、〈相逢行〉、〈長安有狹斜行〉（以上爲清調曲）、〈十五從軍征〉（雜曲）等，都是屬於樂歌性的敘事作品；〈雁門太守行〉（瑟調曲）則爲歷史性的敘事作品。

文人樂的第一篇敘事之作，就今存作品考證，當以辛延年的〈羽林郎〉爲最早。這個問題我們宜用兩方面來看：第一，兩漢的文人樂府中，屬於敘事性質的只有這一首。（董嬌饒的故事情節稍不完整）第二，〈羽林郎〉始見於《玉臺新詠》，徐陵列於〈班婕妤怨詩一首并

<hr />

〔註31〕見趙師滋蕃〈寒山詩評估〉，《文學與美學》，頁194。「抒情——史詩類」一般包括敘事詩、敘事民歌、寓言詩與英雄頌等四「型」。
〔註32〕見邱師燮友《中國歷代故事詩》緒論，頁4。
〔註33〕同註2，頁5～8。邱師論樂歌性類型云：「這類作品，多半屬於風謠或樂府詩。……」似以來自鄉土、表現民間文學特色爲判別前提，故將辛延年的羽林郎納入此一類型；本節則就作品本事的性質區分，而將羽林郎、飲馬長城窟行、秦女休行、駕出北郭門行等四首均納入歷史性類型。

序〉及「宋子侯董嬌饒詩一首之前（卷第一），〔註34〕題作〈辛延年羽林郎詩一首〉；郭茂倩《樂府詩集》列於「雜曲歌辭三」（第六十三卷），作者題爲「後漢辛延年」：沈德潛《古詩源》、王闓運《八代詩選》、丁福保《全漢三國晉南北朝詩》等均同意此說。邱師燮友據朱乾《樂府正義》所謂：

> 案後漢和帝永元元年，以竇憲爲大將軍，竇氏兄弟驕縱，而執金吾景尤甚。奴客緹騎，強奪財貨，篡取罪人妻，略婦女，商賈閉塞，如避寇讎。此詩疑爲竇景而作，蓋託往事以諷今也。

並就（1）軍制（羽林郎、執金吾）（2）胡姬職業（3）對胡姬衣飾描繪的修辭（4）首句以「今」代「昔」的換用（5）婦女佩戴耳環的習尚（6）青銅鏡的普及，等六點的探述，而推斷〈羽林郎〉當完成於東漢和帝（A.D 89～105）年間，辛延年目覩當時羽林軍橫虐驕縱的實情，故託西漢霍光家奴——馮子都——事以爲諷諭。〔註35〕

經由這二點的研討，足證東漢和帝時人辛延年的〈羽林郎〉確爲文人樂府詩史上的第一首敘事作品，而其本事，則屬歷史性類型。原辭如下：

> 昔有霍家奴，姓馮名子都。依倚將軍勢，調笑酒家胡。胡姬年十五，春日獨當鑪。長裾連理帶，廣袖合歡襦。頭上藍田玉，耳後大秦珠。兩鬟何窈窕，一世良所無。一鬟五百萬，兩鬟千萬餘。不意金吾子，娉婷過我盧。銀鞍何煜爚，翠蓋空踟躕。就我求清酒，絲繩提玉壺。就我求珍肴，金盤繪鯉魚。貽我青銅鏡，結我紅羅裾。不惜紅羅裂，何謂輕賤軀。男兒愛後婦，女子重前夫。人生有新故，貴賤不相踰。多謝金吾子，私愛徒區區。

東漢以後，曹魏的敘事樂府計有陳琳的〈飲馬長城窟行〉、阮瑀的〈駕出北郭門行〉及左延年的〈秦女休行〉三首；或苦秦長城之役、

〔註34〕本論文所據版本，爲文光圖書公司據向達所藏明寒山趙氏刊本影印本。
〔註35〕同註2，頁44～55。

或悲漢末孤兒之亂離、或寫義婦爲夫報仇，大致仍具有若干的史實背景，故其本事亦應歸屬歷史性類型。〈飲馬長城窟行〉及〈秦女休行〉二首的原辭頗長，此處不再援引，曹魏敘事樂府中較值得我們注意的，應是阮瑀〈駕出北郭門行〉的結尾特質：

> 駕出北郭門城，馬樊不肯馳。下車步踟躕，仰折枯楊枝。顧聞丘林中，嗷嗷有悲啼。借問啼者出：何爲乃如斯？親母舍我歿，後母憎孤兒。飢寒無衣食，舉動鞭捶施。骨消飢肉盡，體若枯樹皮。藏我空室中，父還不能知。上塚察故處，存亡永別離。親母何可見，淚下聲正嘶。棄我於此間，窮厄豈有誓？傳告後代人，以此爲明規。

「駕出北郭門城」雖是以第一人稱的觀點敘事，但全篇均無作者的主觀意見，其客觀性是相當明顯的，然而結尾「傳告後代人，以此爲明規」二句，不僅突兀，而且作者的議論企圖十分強烈。這種特質，與〈飲馬長城窟行〉、〈秦女休行〉、〈羽林郎〉等文人樂府有異，甚至與〈隴西行〉、〈相逢行〉、〈婦病行〉、〈孤兒行〉、〈十五從軍征〉、〈上山採蘼蕪〉等民間樂府亦不相同，然而卻胗合文學類型論的「抒情──史詩類」性質。所謂「抒情──史詩類」，即是將抒情詩的原則接枝到史詩的原則上，其特質趙師滋蕃在〈寒山詩評估〉一文中闡釋的極明確，他說：

> 這類作品，一方面通過完整的個性，通過故事情節，去描寫生活；另一方面又抒寫出跟故事情節不發生關聯的、主觀的感覺。這種既通過詩人的主觀感覺，又通過故事情節來映現生活的作品，就把抒情詩和史詩的原則結合起來了。而這種結合，賦予作品以特殊的性質……〔註36〕

這種一方面「通過完整的個性，通過故事情節」，一方面又「抒寫出又故事情節不發生關聯的、主觀的感覺」，正與阮瑀「傳告後代人，以此爲明規」的結尾特質胗合。阮瑀以後的文人敘事樂府，如傅玄敘鴻門會的〈惟漢行〉結尾：「健兒實可慕，腐儒安足歎」、敘麗氏烈婦

〔註36〕同註1，頁194～195。

為父母報仇的〈秦女休行〉結尾：「今我作歌詠高風，激揚壯發悲且清」；石崇敘昭君和蕃的〈王明君辭〉結尾：「傳語後世人，遠嫁難為情」等，可以說都濫觴於阮瑀〈駕出北郭門行〉的結尾特質。

　　漢魏文人的敘事樂府雖然篇數有限，但在敘事詩史的發展上，却具有相當重要的地位；就文人敘事樂府的流變與結尾特質而言，更是後代擬作、創製（如唐代新題樂府）的濫觴，其影響確是難以估量的。最後我們謹列舉漢魏以後，歷代較為重要的文人樂府篇目，以印證本節的結論。

晉	傅　玄	〈秦女休行〉，〈秋胡行〉，〈惟漢行〉，〈艷歌行〉。
	石　崇	〈王明君辭〉。
宋	顏延之	〈秋胡行〉。
	吳邁遠	〈杞梁妻〉。
	蕭子顯	〈日出東南隅行〉。
隋	薛道衡	〈明君辭〉。
唐	李　白	〈長干行〉，〈襄陽曲〉，〈東海有勇婦〉，〈白頭吟〉。
	杜　甫	〈兵車行〉，〈麗人行〉，〈三吏〉：〈新安吏〉、〈潼關吏〉、〈石壕吏〉，〈三別〉：〈新婚別〉、〈垂老別〉、〈無家別〉。
	柳宗元	〈東門行〉。
	劉禹錫	〈泰娘歌〉。
	王　翰	〈飲馬長城窟行〉。
	白居易	〈長恨歌〉，〈新豐折臂翁〉，〈琵琶行〉。
	元　稹	〈連昌宮詞〉。
	韋　莊	〈秦婦吟〉。
宋	王安石	〈明妃曲〉。
元	方　回	〈木棉怨〉。
清	吳偉業	〈圓圓曲〉。
	鄭　燮	〈孤兒行〉。

　　王闓運　　〈圓明園宮詞〉。

　　楊　圻　　〈檀青引〉。

第五節　組詩形式的擴充及影響

　　組詩形式的出現，最先或與疊句相同，都源生於口傳文學的沓唱方式，並藉著對同一主題的反覆沓唱，而構成形式上自然的系列組合，也由於反覆沓唱同一主題，所以作品內涵亦自然產生密切的關聯。如《詩經・王風》黍離：

> 彼黍離離，彼稷之苗。行邁靡靡，中心搖搖。知我者，謂
> 我心憂；不知我者，謂我何求？悠悠蒼天，此何人哉！
> 彼黍離離，彼稷之穗。行邁靡靡，中心如醉。知我者，謂
> 我心憂；不知我者，謂我何求？悠悠蒼天，此何人哉！
> 彼黍離離，彼稷之實。行邁靡靡，中心如噎。知我者，謂
> 我心憂；不知我者，謂我何求？悠悠蒼天，此何人哉！

這首作品是「行役者傷時之詩」，〔註37〕作者藉著目睹「稷之苗、之穗、之實」的成長，而感傷自己久役不歸。我們可以明顯看出詩中反覆沓唱的方式，也可以看出三段內涵的一致性，這種方式與〈衛風〉木瓜、〈王風〉采葛等，均可視爲初期組詩形式的雛型：

> 投我以木瓜，報之以瓊琚。匪報也，永以爲好也。
> 投我以木桃，報之以瓊瑤。匪報也，永以爲好也。
> 投我以木李，報之以瓊玖。匪報也，永以爲好也。（木瓜）

> 彼采葛兮。一日不見，如三月兮。
> 彼采蕭兮。一日不見，如三秋兮。
> 彼采艾兮。一日不見，如三歲兮。（采葛）

　　《詩經》以後，到西漢樂府成立之初，屬於組詩形式的作品，多爲郊廟性質的宗教組曲，如《楚辭》中的〈九歌〉（東皇太一等十一篇）、漢高祖姬唐山夫人的〈安世房中歌〉（大孝備矣等十七章）、司

〔註37〕見屈萬里《詩經釋義》，頁51。

馬相如等人的〈郊祀歌〉（練時日等十九章）及漢武帝頌禱河神的〈瓠子歌〉（瓠子決兮將奈何、河湯湯兮激潺湲）；這些作品不僅篇幅較長，連章的方式也由單純的沓唱而漸趨於「合則成篇，分則成章」〔註38〕的組合形式。東漢中葉以後，文人徒詩中才開始出現組詩，就今存作品而言，計有張衡〈四愁詩〉，秦嘉〈述昏詩〉二首、〈留郡贈婦詩〉三首，酈炎〈見志詩〉二首，趙壹〈疾邪詩〉二首，仲長統〈述志詩〉二首及蔡琰的〈悲憤詩〉二首等。總計兩漢四百年間（自高祖即位至獻帝興平二年，B.C 202～A.D 195）約有十組五十首作品。

曹魏時期，由於模擬漢代樂府的風尚影響，致使文人素養與樂府的音樂性高度結合，所以組詩數量在七十年間（A.D 196～265），有漸形擴充的趨勢。就文人樂府而言，除純依曲律組合而內容相左的曹植〈鼙舞歌〉五首外，另有：

曹操：〈氣出倡〉三首（遊仙）、〈秋胡行〉二首（遊仙）、〈步出夏門行〉四首（登臨感懷）。共計三組九首。

曹丕：〈燕歌行〉二首（閨怨）、〈秋胡行〉二首（三首之二、三，思人）、〈善哉行〉二首（四首之一、三，宴樂生憂）。共計三組六首。

曹叡：〈善哉行〉二首（征行）。計一組二首。

曹植：〈豫章行〉二首（詠史述志）、〈升天行〉二首（遊仙）、〈妾薄命〉二首（自傷不遇）。共計三組六首。

王粲：〈從軍行〉五首（征行）、〈俞兒舞歌〉四首（頌讚）。共計二組九首。

繆襲：〈鼓吹曲〉十二首（頌讚）。計一組十二首。

韋昭：〈鼓吹曲〉十二首（頌讚）。計一組十二首。

嵇康：〈秋胡行〉七首（避禍處亂）。計一組七首。

總計曹魏文人樂府中具組詩形式者，共有十六組六十八首作品，已較

〔註38〕見劉聖旦《詩歌原論》，頁389。

兩漢略多；若再加上二十四組一百七十五首文人徒詩，〔註 39〕則總數幾達四十組二百五十首之鉅，這個數字或可充份說明曹魏時期對組詩形式的擴充。

漢魏二代，或因組詩這種文學形式尚未臻於成熟，故並未獲得作者普徧的認知，因此除郊廟頌讚性質的作品外，一般組詩多半只以二首連章，至多不過如嵇康的〈秋胡行〉七首（或曹植的贈白馬王彪七首）。但經曹魏階段的試驗與擴充後，這種形式乃漸成爲共通的表現手段，兼以詩、樂逐漸分途，詩作失去了曲律協配的憑依，篇幅較長的作品爲求突破換韻的瓶頸，〔註 40〕組詩遂正式由初期沓唱的雛型，過渡到對詩主題不同角度的精密觀照與組合。魏晉之交阮籍的八十二首〈詠懷〉組詩，應是一個明顯的例證。

曹魏以後，組詩的發展經由左思、張協、郭璞、陶潛、鮑照、庾

〔註 39〕曹魏文人徒詩中的組詩作品，據丁福保《全漢三國晉南北朝詩》記載，計有：

曹丕：〈黎陽作〉三首、〈代劉勳妻王氏雜詩〉二首。共計二組五首。

曹植：〈送應氏詩〉二首、〈雜詩〉六首、〈雜友詩〉二首、〈贈白馬王彪詩〉七首、〈朔風詩〉五首。共計五組二十二首。

王粲：〈雜詩〉四首、〈七哀詩〉三首。共計二組七首。

陳琳：〈遊覽〉二首。計一組二首。

劉楨：〈贈五官中郎將〉四首、〈贈從弟〉三首。共計二組七首。

阮瑀：〈詠史詩〉二首、〈雜詩〉二首。共計兩組四首。

應瑒：〈別詩〉二首。計一組二首。

應璩：〈百一詩〉三首。計一組三首。

嵇康：〈贈秀才入軍〉十九首、〈酒會詩〉七首、〈答二郭〉三首、〈述志詩〉二首。共計四組三十一首。

郭遐周：〈贈嵇康〉三首。計一組三首。

郭遐叔：〈贈嵇康〉五首。計一組五首。

阮德如：〈答嵇康〉二首。計一組二首。

阮籍：〈詠懷詩〉八十二首。計一組八十二首。

總計共二十四組一百七十五首。

〔註 40〕廖美玉云：「排律不能轉韻，五古亦不宜於轉韻，非功力至深者，韻轉則氣易斷，而使上下失其貫串，此長古、排律之窮也。濟之者乃在連章詩（即組詩），以之抒寫不盡之情感寄興，長短適意，轉換自如，雖至數十首而不蹶」見《杜甫連章詩研究》諸論，頁 3。

信等諸家的次第開拓，不僅風氣日益普徧、作品日益增多。且內涵亦日趨深廣精密，直接間接均有助於唐代杜甫在組詩藝術上的高度成就，吳闓生《古今詩範》曾云：

> 凡一題連作數首，必一氣搏挽，以文章之氣勢行之。又須章法分明，層析瀏亮，方爲出色當行。大家於此最見才力，必須見得不可不連作數首之故，乃非妄爲。杜公秋興、諸將及詠懷古蹟，最足爲後世法。〔註41〕

吳氏所謂「一氣搏挽，以文章之勢行之」、「章法分明，層析瀏亮」、「必須見得不可不連作數首之故」、「最足爲後世法」諸項論點，十分精要的彰顯了杜甫〈秋興〉、〈諸將〉等組詩作品的藝術評價與精密技巧。我們就組詩的淵源及發展過程來看，這種成就除了杜甫本身的才情功力外，當然也匯集了前期作者所有的嘗試與成績；那麼漢魏文人樂府在郊廟組曲及遊仙、登臨、閨怨、征行等各方面的貢獻，無疑具有相當深遠的意義與價值。

　　本節最後，謹摘錄六期以「詠懷」爲主題的組詩篇目〔註42〕及杜甫諸作〔註43〕於後，以略加印證漢魏文人樂府在組詩形式上的影響：

一、六朝的詠懷組詩

　　左　思　〈詠史詩〉八首

　　張　協　〈雜詩〉十首

　　郭　璞　〈遊仙詩〉十四首

　　陶　潛　〈歸園田居〉五首，〈飲酒〉二十首，〈擬古〉九首，〈雜詩〉二十首，〈讀山海經〉十三首。

　　鮑　昭　〈擬行路難〉十八首，〈擬古〉八首

　　庾　信　〈詠懷詩〉二十七首

〔註41〕見吳闓生《古今詩範》卷十六，頁5。
〔註42〕據李正治《六朝詠懷組詩研究》，頁19、20。
〔註43〕同註4，目錄。

二、杜甫的組詩

1. 〈曲江三章章五句〉
2. 〈前出塞〉九首
3. 〈陪鄭廣文遊何將軍山林〉十首
4. 〈重過何氏〉五首
5. 〈後出塞〉五首
6. 〈得弟消息〉二首
7. 〈喜達行在所〉三首
8. 〈羌村〉三首
9. 〈收京〉三首
10. 〈曲江〉二首
11. 〈夢李白〉二首
12. 〈乾元中寓居同谷縣作歌〉七首
13. 〈絕句漫興〉九首
14. 〈西山〉三首
15. 〈諸將〉五首
16. 〈秋興〉八首
17. 〈詠懷古跡〉五首

第八章 結 論

自漢武帝於元鼎六年（B.C111）成立樂府後，采詩有兩大來源，一是「文人詩賦」，一是「趙代秦楚之謳」。文人詩賦經過樂府機構的叶樂後，即成為施用於郊祀之禮、天地諸祠的宗廟組曲；初期的文人樂府如司馬相如等人的〈郊祀歌〉十九章、劉蒼的〈後漢武德舞歌〉等，多屬此類性質。然而在趙代秦楚等各地民間歌謠的影響下，「感於哀樂、緣事而發」的緣情寫實精神，經過西漢中葉到東漢中葉的長期醞釀，逐漸過渡到文人的創作心靈，而產生〈同聲歌〉、〈羽林郎〉、〈董嬌饒〉及〈定情詩〉等抒情、敘事的樂府作品。

以建安（A.D196～220）為主的曹魏文學，是我國文學觀念由美刺、言志到浪漫、唯美的重要樞紐，也是五七言詩發展的重要關鍵；此期的文人樂府無論在內容或形式上，都提供了極為豐富的證據。就樂府的發展而言，由於曹魏不行采風之舉，所以民間新聲無由進，兼以曹氏父子大力獎掖文學，致中原文士雲集鄴下，酣宴賦詠，和墨琳瑯，因而促成了文人樂府的空前盛況。雖然漢末的長期戰亂，使舊有的曲譜與聲辭遭到無比陵夷，但因漢代殘留的民間歌謠獲得文人普遍的愛好及模仿，再加上曹氏父子基於門第背景、政治衝突等多種因素的倡導，所以文人樂府「依前曲作新歌」的模擬現象，遂成為此期作品的最大特色。

　　「依前曲作新歌」與「空無依傍的創製」是漢魏文人樂府的二大創製性質。後者的數量約有十八類四十三首；前者據我們的探討，較可信的「前曲」約有二十類三十三曲，而依此三十三曲的擬作，則漢代二首、曹魏八十四首，共計有八十六首。就作品內涵的模擬而言，可分爲四類：

　　1. 擬用前曲篇名及篇旨。

　　2. 擬用前曲篇名而篇旨已異。

　　3. 另立篇名，而仍承繼前曲的篇旨。

　　4. 另立篇名而篇旨亦異。

其中以第二類在數量（十六曲三十九首）及變化上較爲繁富，此或可說明漢魏（尤其是魏）文人樂府仍多承續著前曲的名稱而更易其內涵。就作品形式的模擬而言，除曹丕的〈善哉行〉與漢辭完全相同外，餘皆略有損益。在句式上，大抵仍以保持前曲規格者較多（本爲雜言，仍擬以雜言；本爲齊言者，仍擬以齊言）；在篇幅上，擬作較前曲簡短者有十九首，增長者有三十七首，可見擴充原曲篇幅是當時模擬上的一般趨勢。《文心雕龍·樂府篇》稱魏之三祖「宰割辭調」，《晉書·樂志》亦稱「聲歌雖有損益，愛奱在乎雕章」，宋書樂志則稱「二代三京襲而不變，雖詩章詞異，興廢隨時，至其韻逗曲折，皆繫於舊」這三段記載正脗合了我們的結論。

　　漢魏文人樂府的內涵，大體而言，兩漢較作於個人性的純粹獨白，因此主題相當分散，幾無類型（Genre）的共通性可供抽取。曹魏則在世積亂離、風衰俗怨的時代環境籠罩下，文人的際遇、感受與寄托都有著共同的範疇，因此表現在作品內涵的主題類型亦隨之凸顯。《文心雕龍·明詩篇》所謂「慷慨以任氣，磊落以使才」，即是重要的內涵特質之一；我們經由作品實際的分析與歸類，可以指出此期文人慷慨任氣的內在襟抱，面對世局動盪的外在衝擊時，欲經世濟用、英雄畢力的心態，發諸作品便形成一種殷切的壯志嚮往，以及登車攬轡澄清天下的磊落豪情。然而這種豪情壯志却常因際遇的乖舛而

受到挫敗，於是在現實界無法得遂的心願與憂懣，便極易轉托成遊仙
的玄想與感逝的嗟歎。由另一個角度來看，在整個時代的動亂中目覩
「百姓死亡，暴骨如莽」——生命的存亡固無任何保障，這種對現實
摧迫的感慨與逃世心態，亦足以產生遊仙與感逝類型的作品。因此，
「慷慨任氣的襟抱」、「磊落使才的壯志嚮往與嗟歎」、「人生如奇的感
逝與遊仙」，是我們就作品歸納得出的內涵類型，它們在基調與表現
方式上或容有差異，但就創作心態的脈絡而言，却互爲有機性質的組
合，並構成文人樂府發展至曹魏時期最主要的內涵世界。

　　就漢魏文人樂府在篇幅上的表現而言，最短爲漢武帝的〈李夫人
歌〉，僅十五字；最長爲曹丕的〈大牆上蒿行〉，已達三百六十四字之
鉅。其中超過百字的作品，漢代有十首，曹魏有五十首，發展曲線約
從東漢中葉張衡的〈同聲歌〉到建安初期較爲平穩，以前或以後的曲
線則起伏較大。就句式的表現而言，一言句到十言句都曾予嘗試，全
篇齊言的作品（一百○四首）略多於雜言（八十三首），而以全篇五
言者（五十九首）最多。尤其值得我們注意的，是曹植的樂府總數共
四十五首，而五言即高達三十首，佔三分之二，並爲漢魏五言樂府總
數的一半以上；此不僅說明他確是第一個全力創製五言樂府的重要作
者，也足以說明他在五言詩史上的關鍵地位。另外，四言詩自詩經後
再興的盛況，我們亦可由此期〈郊祀歌〉及三祖、陳王、王粲的四言
樂府中得到實際印證。

　　就辭藻的表現而言，從〈郊祀歌〉的「尚辭」（胡應麟語），到曹
魏作品的「咸蓄盛藻」（沈約語），文人樂府在辭藻上所表現的精錬典
麗，本是薦紳之體展現學養與文學技巧的必然現象；也唯其如此，方
能下開六朝那種靡曼精工的「競一韻之奇，爭一字之巧」的唯美風尙。
所以對比於漢代民歌的古拙與六朝的刻意鍛鍊，文人樂府實居於兩造
之間過渡性的地位，是以許學夷認爲「建安之詩，體雖敷敍，語雖構
結，然終不失雅正。至齊梁以後，方可謂綺麗也」（詩學辨體卷四），
葉燮也認爲「建安、黃初之詩，大約敦厚而渾樸，中正而達情；一變

而爲晉，如陸機之纏綿舖麗，左思之卓犖磅礴，各不同也」（原詩内篇上）。我們就各代「客子懷鄉」的樂府作品進行比對的結果，也得到了相近的結論。另外，五類十四式的疊句形式的施用，以及閨情、酣宴、傷別……等十三類描寫範圍的拓展，不僅印證了文人樂府與曲律的密切關係，更彰顯了我國文學由言志到緣情的重要轉變；我們經由這些論點的釐清，或可具體而微的說明漢魏文人樂府在表現藝術上的高度成就。

　　至於漢魏文人樂府在文學史上的影響，較重要者約有下列幾點：

1. 就「辭藻的修飾」、「數量的增加」及「描寫範圍的拓展」這三個觀測點顯示，漢魏文人樂府促進了五言詩的成熟。

2. 曹丕的二首〈燕歌行〉開展了純粹的七言詩，並影響以後部份作品「以奇數句成篇」及「每句押韻」的特性。

3. 「依聲塡詞」的創作方式實由漢魏文人樂府開其先河；而韋昭模擬繆襲的四首〈鼓吹〉曲辭，更是嚴格的「按字塡詞」之作，可視爲唐宋塡詞的先聲。

4. 漢魏文人樂府，確立了後代樂府模擬方式及擬古的傳統。

5. 文人敘事樂府，濫觴於東漢和帝時人辛延年的〈羽林郎〉。

6. 漢魏文人樂府開拓了《詩經》、《楚辭·九歌》以降的組詩發展。

參考書目舉要

一、專書類

1. 《樂府詩集》，宋郭茂倩輯，里仁書局，民國 69 年 12 月出版。

2. 《全漢三國晉南北朝詩》，丁福保輯，世界書局，民國 67 年 10 月三版。

3. 《玉臺新詠》，陳徐陵輯，文光圖書公司，民國 61 年 6 月據明寒山趙氏刊本影印再版。

4. 《昭明文選》，梁蕭統輯，文友書店，民國 55 年 12 月再版。

5. 《全上古三代秦漢三國六朝文》，清嚴可均校輯，中文出版社，民國 64 年 7 月再版。

6. 《兩漢三國文彙》，高明等編纂，中華叢書委員會，民國 49 年 8 月印行。

7. 《古今圖書集成精裝縮印本第九十一冊》，樂律典，清陳夢雷等編，鼎文書局，民國 65 年 2 月初版。

8. 《古今注》，晉（？）崔豹撰，叢書集成第七十五冊，商務印書館，民國 28 年 12 月初版。

9. 《古今樂錄》，陳僧智匠撰，清馬國翰重刻玉函山房所輯佚書第三函佚，光緒甲申（十年）春日楚南湘遠堂刊本。

10. 《中國音樂史》，田邊尚雄撰，陳清泉譯，臺灣商務印書館，民國 59 年 10 月臺三版。

11. 《歷代樂官制度試析》，李健撰，五洲出版社，民國 64 年 12 月出版。

12. 《史記會注考證》，漢司馬遷撰，唐司馬貞等注，瀧川龜太郎考證，

宏業書局，民國66年10月再版。

13. 《漢書》漢班固撰，鼎文書局，民國68年2月二版。

14. 《三國志》，晉陳壽撰，鼎文書局，民國65年6月二版。

15. 《後漢書》，劉宋范曄撰，鼎文書局，民國70年4月四版。

16. 《宋書》，梁沈約撰，鼎文書局，民國64年6月初版。

17. 《南齊書》，梁蕭子顯撰，鼎文書局，民國64年3月初版。

18. 《晉書》，唐房玄齡等撰，鼎文書局，民國69年8月三版。

19. 《隋書》，唐魏徵等撰，鼎文書局，民國64年3月初版。

20. 《通志二十略》，宋鄭樵撰，世界書局，民國45年2月初版。

21. 《秦漢史》，勞榦撰，中華文化出版事業社，民國53年11月四版。

22. 《魏晉南北朝史》，勞榦撰，中華文化學院出版部，民國69年8月新一版。

23. 《文心雕龍注》，梁劉勰撰，范文瀾注，明倫出版社，民國64年9月三版。

24. 《文心雕龍札記》，黃侃撰，文史哲出版社，民國62年6月再版。

25. 《詩品注》，梁鍾嶸撰，汪中注，正中書局，民國68年10月臺七版。

26. 《百種詩話類編》，臺靜農等編，藝文印書館，民國63年5月初版。

27. 《滄浪詩話校釋》，宋嚴羽撰，郭紹虞校釋，河洛圖書出版社，民國68年12月再版。

28. 《詩藪》，明胡應麟撰，廣文書局，民國62年9月初版。

29. 《詩比興箋》，清陳沆撰，廣文書局，民國59年10月初版。

30. 《古詩選》，清王士禛選，廣文書局，民國61年8月初版。

31. 《方東樹評古詩選》，清王士禛選，方東樹評，汪中編，聯經出版事業公司，民國64年5月初版。

32. 《古今詩範》，吳闓生評選，臺灣中華書局，民國60年9月臺二版。

33. 《三曹資料彙編》，不列篇者，木鐸出版社，民國70年10月版。

34. 《中國文學發展史》，劉大杰撰，中華書局，民國62年4月臺四版。

35. 《中國詩史》，陸侃如、馮沅君合撰，藍田出版社。(不列出版時間)

36. 《插國本中國文學史》，鄭振鐸撰。(不列出版單位及時間)

37. 《中國文學史》，錢基博撰，西南書局，民國64年6月初版。

38. 《中國文學史》，葉慶炳撰，弘道文化事業有限公司，民國69年9月新一版。

39. 《白話文學史上卷》，胡適撰，商務印書館，民國 27 年 5 月四版。

40. 《中國文學史初稿》，邱師燮友等撰，石門圖書公司，民國 67 年 11 月初版。

41. 《魏晉南北朝文學史參考資料》，林庚等編審，漢學供應社。（不列出版時間）

42. 《中國俗文學史》，鄭振鐸撰，粹文堂，民國 64 年 8 月三版。

43. 《中國文學批評史》，郭紹虞撰，明倫出版社，民國 64 年 5 月三版。

44. 《漢魏六朝文學批評史》，羅根澤撰，臺灣商務印書館，民國 55 年 4 月臺五版。

45. 《兩漢魏晉南北朝文學批評資料彙編》，曾永義等編輯，成文出版社，民國 67 年 9 月初版。

46. 《漢魏六朝文學》，陳鐘凡撰，臺灣商務印書館。（東海圖書館藏本缺出版時間，商務印書館目前已不印行）

47. 《中國文學史論文集第二冊》，馮承基等撰，羅聯添編，學生書局，民國 67 年 5 月初版。

48. 《中國之美文及其歷史》，梁啓超撰，中華書局，民國 57 年 1 月臺二版。

49. 《中國韻文通論》，陳鐘凡撰，河洛圖書出版社，民國 68 年 5 月影印初版。

50. 《樂府通論》，王易撰，廣文書局，民國 68 年 5 月再版。

51. 《樂府文學史》，羅根澤撰，文史哲出版社，民國 61 年 3 月再版。

52. 《漢魏六朝樂府文學史》，蕭滌非撰，長安出版社，民國 65 年 10 月初版。

53. 《漢魏樂府風箋》，黃節箋註，古詩集釋等四種之三，世界書局，民國 67 年 11 月三版。

54. 《樂府詩選》，余冠英選註，華正書局，民國 64 年 3 月臺一版。

55. 《樂府詩粹箋》，潘重規註，人生出版社，民國 52 年 6 月初版。

56. 《樂府詩選註》，龔慕蘭輯註，廣文書局，民國 67 年 10 月四版。

57. 《樂府詩研究》，江聰平撰，復文書局，民國 67 年 3 月初版。

58. 《兩漢樂府研究方婷婷撰》，學海出版社，民國 69 年 3 月初版。

59. 《漢魏南北朝樂府》，李純勝撰，臺灣商務印書館，民國 65 年 12 月四版。

60. 《樂府詩論文集》，王運熙等撰，作家出版社，民國 46 年出版。

61. 《漢短簫鐃歌注》，夏敬觀撰，廣文書局，民國 59 年 10 月初版。

62. 《古詩十九首探索》，馬茂元撰，河洛圖書出版社，民國 68 年 12 月再版。

63. 《漢詩研究》，方祖燊撰，正中書局，民國 58 年 4 月臺二版。

64. 《曹集詮評》，清丁晏編，臺灣商務印書館，民國 67 年 10 月臺一版。

65. 《漢魏六朝詩三百首注》，不列注者，明倫出版社，民國 64 年 4 月初版。

66. 《漢魏六朝詩論叢》，余冠英撰，中古文學概論等五書之五，鼎文書局，民國 66 年 2 月初版。

67. 《樂府古辭考》，陸侃如撰，同前之二。

68. 《漢大曲管窺》，丘瓊蓀撰，同前之三。

69. 《六朝樂府與民歌》，王運熙撰，同前之四。

70. 《六朝詩論》，洪順隆撰，文津出版社，民國 67 年 5 月出版。

71. 《六朝文論》，廖蔚卿撰，聯經出版事業公司，民國 67 年 4 月初版。

72. 《中國中古文學史》，劉師培撰，中國中古文學史等七書之一，鼎文書局，民國 66 年 2 月初版。

73. 《中古文學風貌》，王瑤撰，同上之三。

74. 《魏晉思想論》，劉大杰撰，中華書局，民國 68 年 6 月臺七版。

75. 《中國文學思想》，王瑤撰，中國中古文學史等七書之二，鼎文書局，民國 66 年 2 月初版。

76. 《魏晉南北朝文學思想史》，張仁青撰，文史哲出版社，民國 67 年 12 月初版。

77. 《中古文人生活》，王瑤撰，三人行出版社，民國 63 年 10 月初。

78. 《由隱逸到宮體》，洪順隆撰，河洛圖書出版社，民國 69 年 9 月臺排印初版。

79. 《山水與古典》，林文月撰，純文學出版社，民國 67 年 7 月再版。

80. 《分體詩選》，孫克寬編撰，學生書局，民國 58 年 10 月再版。

81. 《古詩論·律詩論》，洪爲法撰，經氏出版社，民國 65 年 2 月初版。

82. 《詩詞曲疊句欣賞研究》，裴普賢撰，三民書局，民國 66 年 2 月三版。

83. 《詩學第二輯》，勞榦等撰，瘂弦、梅新主編，巨人出版社，民國 65 年 10 月出版。

84. 《中國歷代故事詩》，邱師燮友撰，三民書局，民國 63 年 5 月四版。

85. 《國學導讀叢編》，邱師燮友等撰，康橋出版事業有限公司，民國 68 年 8 月再版。

86. 《國學月報彙刊》，北京述學社編，文海出版社，民國 60 年 12 月影印版。

87. 《漢魏六朝百三家集題辭注》，明張溥撰，不列注者，河洛圖書出版社，民國 64 年 5 月臺影印初版。

88. 《文學論》，韋勒克、華倫合撰，王夢鷗、許國衡譯，志文出版社，民國 65 年 10 月初版。

89. 《實用詞譜》，蕭師繼宗撰，中華叢書編審委員會，民國 59 年 3 月再版。

90. 《朱希祖先生論文集第一冊》，朱希祖撰，九思出版有限公司，民國 68 年 5 月臺一版。

91. 《朱自清集》，朱自清撰，河洛圖書出版社，民國 66 年 4 月臺影印初版。

92. 《胡適文存》，胡適撰，洛陽圖書公司。(不列出版時間)

93. 《毛詩引得》，23 年 10 月北京燕京大學圖書館。

94. 《詩經釋義》，屈萬里撰，華岡出版部，民國 63 年 10 月五版。

95. 《山帶閣注楚辭》，清蔣驥注，廣文書局，民國 60 年 7 月三版。

96. 《屈辭精義》，清陳本禮箋註，廣文書局，民國 60 年 12 月再版。

97. 《楚辭概論》，游國恩撰，臺灣商務印書館，民國 68 年 11 月臺三版。

98. 《九歌研究》，張壽平撰，廣文書局，民國 64 年元月再版。

二、期刊類

1. 〈建安諸子的文學通性〉，錢振東，《師大國學叢刊》1：1（不列出刊時間），56～67，古亭書屋 59、8 影印初版。

2. 〈魏晉文學的時代背景〉錢振東，《師大國學叢刊》1：2（20、5），93～97，古書屋 59、8 影印初版。

3. 〈論樂府〉，朱謙之，《國立中山大學文史學研訊所月刊》1：3（22、3），45～68。

4. 〈建安文學繫年〉，陸侃如，《清華學報》13：1（30、4），211～256，東方文化書局 68 年春季複刊。

5. 〈漢詩別錄〉，逯欽立，《中研院歷史語言研究所集刊》13（60、1 再版），269～334。

6. 〈兩漢樂舞考〉，臺靜農，《台大文史哲學報》1（39、6），253～308。

7. 〈論建安詩〉，金達凱，《民主評論半刊》9：8（47、4），15〜19。

8. 〈魏晉六朝詩的特色〉，金達凱，《民主評論半月刊》9：11（47、6），10〜14。

9. 〈談五言詩〉，伍俶，《華國》2〜4（47、9〜52、12）。

10. 〈漢與六朝樂府產生時的社會形態〉，田倩君，《大陸雜誌》17：9（47、11），9〜14。

11. 〈論曹操父子的文學〉，張文珠，《華國》3（49、6），78〜92。

12. 〈中國文學史上的偽作擬作與其影響〉，梁容若，《東海學報》6：2（53、6），41〜53。

13. 〈西漢樂府官署的采風〉，張壽平，《建設》13：8（54、1），31〜32。

14. 〈魏晉文學〉，錢穆，《新亞書院中文系年刊》3（54、6），1〜10。

15. 〈樂府歌辭類別考訂〉，張壽平，《大陸雜誌》31：12（54、12），6〜10。

16. 〈西漢樂府官署始末考述〉，張壽平，《大陸雜誌》34：5（56、3），6〜13。

17. 〈漢樂府欣賞〉，糜文開、裴普賢，《文壇》82（56、4），12〜15。

18. 〈建安樂府詩溯源〉，廖蔚卿，《幼獅學誌》7：1（57、1），1〜76。

19. 〈建安文學的代表曹植〉，章江，《中華文化復興月刊》1：9（57、11），30〜34。

20. 〈唐宋俗樂調之理論與實用〉，張世彬，《饒宗頤教授南遊贈別論文集》（59、3），155〜197。

21. 〈魏晉樂府詩解題〉，方祖燊，《師大學報》15（59、6），21〜82。

22. 〈南北朝樂舞考〉，廖蔚卿，《台大文史哲學報》19（59、6），111〜194。

23. 〈論陸機的詩〉，廖蔚卿，《現代文學》41（59、10），240〜261。

24. 〈漫談魏晉文學思想〉，陳森甫，《反攻月刊》353（60、8），9〜14。

25. 〈詩與樂舞（上）〉，涂公遂，《珠海學報》4（60、7），73〜125。

26. 〈典論論文與建安時代的文學批評〉，楊祖聿，《學術論文集刊》1（60、12），105〜129。

27. 〈詩與樂舞（下）〉，涂公遂，《珠海學報》5（61、1），118〜154。

28. 〈論魏晉遊仙詩的興衰與類別〉，康萍，《中外文學月刊》3：5（63、10），154〜167。

29. 〈有關漢詩面貌與結構的幾點觀察〉，Debon Gunther，《中外文學月

參考書目舉要

刊》4：4（64、9），66～79。

30. 〈神仙思想與遊仙詩研究〉，唐亦璋，《淡江學報》14（65、4），121～178。

31. 〈南北朝樂府詩體制之研究〉，周誠明，《台中商專學報》8（65、6），29～64。

32. 〈魏晉風氣與六朝文學〉，朱義雲，《黃埔學報》10（66、4），1～26。

33. 〈論五七言古詩之真偽及其源流〉，李道顯，《台北師專學報》7（67），137～148。

34. 〈論郭茂倩相和歌辭之分類〉，胡紅波，《成大學報人文篇》13（67、5），183～212。

35. 〈兩漢樂府詩之研究〉，張清鐘，《嘉義師專學報》8（67、5），187～266。

36. 〈樂府詩的特性及其源流〉，邱師燮友，《幼獅月刊》47：6（67、6），21～28。

37. 〈古風之用韻與調律〉，李立信，《東海中文學報》2（70、4），55～66。

38. 〈試論古樂府「孤兒行」的幾個命題〉，沈志方，《中國文化月刊》17（70、3），127～136。

三、論文類

1. 《漢代樂府研究》，鄭開道撰，文化學院60年碩士論文。

2. 《南北朝樂府詩研究》，周誠明撰，文化學院60年碩士論文。

3. 《漢魏六朝樂府研究》，陳義成撰，輔仁大學62年碩士論文。

4. 《漢樂府之社會觀》，李元發撰，文化學院65年碩士論文。

5. 《建安文學之探述》，張芳鈴撰，師範大學65年碩士論文。

6. 《杜甫連章詩研究》，廖美玉撰，東海大學68年碩士論文。

7. 《唐代樂府詩之研究》，張國相撰，東海大學69年碩士論文。

8. 《六朝詠懷組詩研究》，李正治撰，師範大學69年碩士論文。

9. 《中唐樂府詩研究》，張修蓉撰，政治大學70年博士論文。

10. 《詞律探原》，張夢機撰，師範大學70年博士論文。

－203－